앙상블 스타즈
Ensemble ★ Stars

혁명아의 개

캐릭터 소개

2wink

아오이 유우타
1학년 부활동/경음부

아오이 히나타
1학년 부활동/경음부

紅月 AKATSUKI

키류 쿠로
3학년 부활동/가라테부(부장)

하스미 케이토
3학년 부활동/궁도부(부장)

칸자키 소마
2학년 부활동/해양생물부

ㅅ
3학년

혁 명 아 의 개 가

아키라 지음
Happy Elements 주식회사 일러스트

앙상블 스타즈
Ensemble ★ Stars

혁 명 아 의 개 가

CONTENTS

Wonderland

"도착~☆"

아케호시 스바루 군과 함께, 나는 목적지에 도착했다.

몹시 오랜만인 것 같기도 했지만――여기를 안내받은 건 오늘 점심시간이다. 불과 몇 시간 만에 오는 '강당'이다.

해가 떨어지고 건물엔 그늘이 져, 어딘가 음산해 보이기도 한다. 망령이 떠도는 낡은 극장이나 어떤 군사시설 같다.

"오, 다행이야! 아직 드림페스 시작 전인 것 같은걸~?"

스바루 군은 흥겹게 춤추듯 앞으로 나간다.

내가 미아가 되는 걸 막으려는 듯, 손은 계속 잡고 있다.

"전학생, 이쪽이야 이쪽♪ 공식 드림페스는 접수해야 들어갈 수 있으니까. 먼저 접수처에서 학생수첩에 도장을 받아야 해! 이쪽이야, 안내하겠습니다~☆"

스바루 군은 힘차게 '강당' 안 정면으로 나를 끌고 간다.

이제부터 라이브가 시작될 텐데, 주변 분위기는 마치 장례식장 같다.

어둡고 무겁다.

"음~ 관객 숫자는 '그럭저럭'인 것 같네. 이번 드림페스는

『S2』인 것 같아. 교내 한정의 극히 평범한 공식전이지.”

평소의 스바루 군답지 않게—— 머뭇거리는 나를 알아채고, 친절히 설명해 준다.

“우리 유메노사키 학원 학생은 공식 드림페스를 무료로 관전할 수 있어. 다른 사람의 드림페스를 보는 것도 공부가 되니까, 매번 제법 많은 학생들이 보러 와~.”

둘러보니 확실히 사람이 좀 많다. 줄을 길게 섰다. ——사람 숫자만 따지자면, 어제 있었던 【용왕전】의 두 배나 몇 배는 될 인원이었다.

그런데도 【용왕전】에 비해 이상하게—— 열기가 없다. 기침 소리도 들리지 않을 정도로 조용하다. ‘곧 라이브가 시작할 거야~.’ ‘기대되는걸~.’ 같은 들뜬 분위기가 하나도 느껴지지 않는다.

정말 이제부터 아이돌의 라이브가 시작되는 걸까……. 그 전제부터 의심스러울 정도의 정적과 긴장감. 나는 왠지 수험 합격자 발표가 생각났다. 인생이 걸린 듯한 분위기다.

무섭다고 느껴질 정도로, 모두 줄을 딱 맞춰 서 있다. 같은 교복을 입고 나른한 표정을 짓고 있다. 내가 유메노사키 학원에 전학을 왔을 때 처음 느낀 인상처럼—— 감옥 같은 광경이다.

어두워 알아보기 힘들지만, 잘 보니 모두 유메노사키 학원 학생인 것 같다. 『S2』는 교내 한정으로 열리는 드림페스라 했다. 좀 늦은 시간이기도 하고, 다른 학과에서 굳이 관전하러 오는 사람은 적은지 거의 모두 남자애들이다.

열성적인 팬처럼 보이는 사람도 없다. 뭔가 모두 의무적으로 서 있는 것 같다. 생기 없는 분위기에 기가 죽어, 나는 스바루 군의 손을 세게 다시 잡았다.

"관전할 때마다 학생수첩에 도장이 찍히고, 기록이 남아. 어느 『유닛』에 투표했는지 같은 것도 기록되는 시스템이 있어."

설명하면서, 괜찮다고 다독여 주는 것처럼 스바루 군이 웃어 주었다.

"이거, 사실 성적에 영향을 주거든."

늘어선 줄 맨 끝으로 나를 데려가, 자리를 잡게 해 주며──.

그답지 않게, 스바루 군은 어딘가 비꼬듯 입가를 일그러뜨렸다. 아아……또, 그 허무한 눈이다. 언제나 반짝반짝 빛나던 그 눈동자에서 빛이 사라져 있다.

"관전 횟수가 많을수록 '의욕이 있다'는 평가를 받아. 그리고 드림페스에서 어떤 투표를 했는지에 따라 '센스' 등을 판단하지."

이것도 시험──수업의 일환이라고 봐야 할까, 성적표에 영향을 주는 종류인 것이다.

"그래서 요즘은 다들 반드시 이기는 학생회에 투표해. 가장 유력하고, 틀릴 일이 없으니까. 지는 쪽에 투표해 봤자 메리트가 없는걸."

수업에 출석하는 것처럼, 정해진 시험 답안을 작성하는 것처럼── 여기 서 있는 학생들은 열의도 없이 아이돌의 라이브를 관전하려 하고 있다.

"그래서 요즘 공식 드림페스는 재미가 없어. 학생회가 참가하면 무조건 학생회가 이겨. 시작 전부터 결과가 정해지는 거야."

그것이 유메노사키 학원에선 당연한 일인 것이다.

"뭘 위한 투표에 드림페스인지 잘 모르겠지~?"

줄이 줄어들기를 기다리면서, 스바루 군은 먼 곳을 보며 투덜거렸다.

"홋케~는 '승부 조작'이라고 하지만, 그래도 학생회가 딱히 규칙을 위반한 건 아냐. 그저 필연적으로, 어쩔 수 없이, 학생회가 압도적 강자로서 승리하고 군림해 나가는 흐름이 있을 뿐. 매너리즘에 빠져 구조가 정형화됐을 뿐이야."

어려운 표현을 쓰고 있다. 아마 호쿠토 군이 그렇게 설명해 준 적이 있겠지……. 나는 고개를 끄덕이며 그저 이야기를 듣는다.

다시금 현실을 확인하고 나는 우리가 하려는 일의 어려움을 실감하고 말았다. 단단히 구축된 체제에, 제국에, 우리는 바람이 통할 구멍을 낼 수 있을까.

"이 흐름을 바꾸는 건, 꽤 어려울 것 같지~?"

스바루 군은 혁명이다, 유메노사키 학원을 바꿀 거야, 같은 의욕적인 모습을 그렇게 많이 보이지 않는다. 어딘가 남 일처럼 생각하고 있는 것 같다. 호쿠토 군처럼 심각하게 고민하고 있지 않다.

아니면 아까 본인 입으로 말한 대로, 그런 무거운 것을 잘 모르는 걸까? ——들판을 달리며 햇빛을 받는 것만으로도 행복해할 것 같은, 이 천진난만한 남자애는.

하지만, 그런 그가 무기를 손에 들고 전장에 서야만 한다.

"그래도, 우린 해야만 해. 기적을 일으켜야만 해. 죽은 듯이 사는 건, 이제 싫으니까."

내가 바라보고 있는 것을 눈치채고 스바루 군은 조금 얼굴을 굳혔다. 느슨한 분위기가 반전되어 씩씩하게 앞을 바라보고 있다.

"드림페스는. 아니, 아이돌은—— 좀 더 꿈이 있는 존재라고, 믿고 있으니까."

재차 손을 잡고서, 우리는 소중한 결의를 다시 가슴에 새겼다.

나도 아직, 스바루 군보다 이곳 유메노사키 학원에 만연한 어둠을 훨씬 이해하지 못하고 있다. 실감하지 못했다. 하지만 정말로—— 이대로는 안 된다는 생각이 들었다.

아이돌이란, 모두를 웃게 하는 사람을 말하는 거다. 그런데도 여기엔 아무도—— 웃는 사람조차 없다. 이런 건 이상하다. 기분이 나쁘다.

이건 잘못됐다고, 그렇게 생각하고 맞서 싸우고 있는 남자애들이 있다. 나는 그런 그들에게—— 동료로서, 기대와 함께 받아들여지고 만 것이다.

"지금 상황을 뒤집을 방법은 아직 모르겠지만, 희망은 보이기 시작한 느낌이 들어. 전학생—— 그래서 난 말이야, 지금 굉장히 두근두근 설레~☆"

밤하늘에 홀로 떠오른 일등성처럼, 스바루 군은 아름답게 웃어 주었다.

"······아, 어느새 맨 앞까지 왔네."

이야기하는 사이에 줄이 다 줄었다. 우리 뒤에는 아무도 없다, 맨 마지막이었다. 우린 많이 늦게 도착했으니까.

머지않아 곧 라이브가── 드림페스가 시작되겠지.

"전학생, 학생수첩 꺼내. 공식 드림페스에 참가했다는 증표로 여권처럼 도장을 찍는 곳이 있거든."

그 말을 듣고, 나는 서둘러 가슴 주머니에서 학생수첩을 꺼낸다. 어둠 속에서 고생하여, 스바루 군이 가르쳐 준 페이지를 펼쳤다.

빼곡히 적힌 교칙──을 지나니 새하얀 페이지가 꽤 있다. 메모장 같은 거라 생각했었는데, 도장을 찍기 위한 페이지였던 모양이다.

물론 막 전학 온 나의 학생수첩은 도장 하나 없이 깨끗하다.

"그 페이지를 펼쳐서, 접수처에 보여주면 돼~"

스바루 군도 자신의 학생수첩을 꺼내 익숙한 몸짓으로 앞장서 준다.

"어제는 비공식전이었으니까. 이번이 전학생에겐 첫 공식 드림페스지~? 기념이 될 첫 도장을 받자☆"

어떤 때라도 즐거워 보이는 스바루 군이다.

"다음 분, 어서 오세요~ ♪"

긴장하던 내 마음을 부드럽게 풀어주는 듯한 천사의 목소리. 고개를 드니, 점심 때 '강당'에서 청소를 하고 있었던—— 시노 하지메 군이 느긋하게 서 있다.

_{보 이 소프라노}

학생수첩에 도장을 찍는 일 말고도 판매 같은 것도 하고 있는 듯하다. 훌륭한 판매 공간이 세워져 있고, 각종 굿즈가 진열되어 있다.

나는 신기해서 하나하나 구경하고 말았다.

"앗, 시노농!"

하지메 군을 정말 좋아하는 건지 스바루 군이 꼬리를 흔드는 것처럼 기뻐했다. 카운터 너머에 손을 뻗어 하지메 군의 양손을 잡고 위아래로 흔들고 있다.

"아케호시 선배, 정말 보러 와 주셨네요…… ♪"

붕붕 흔들리면서도, 하지메 군도 행복한 듯 미소 짓는다.

복장은 교복. 남학생용 교복임에도 역시 예쁜 여자애로만 보인다. '소년'이란 존재가 한없이 천사에 가까워지는, 짧은 한 순간을 떼어서 놔둔 것 같은 아이다.

귀여워서 참을 수 없는지, 스바루 군이 몸을 내밀어 하지메 군에게 안겨든다.

"난 약속은 지킨다고~. 근데 왜 '접수원' 일을 해? 시노농은 『유닛』으로 드림페스에 참가하잖아?"

"네. 이것도 '교내 아르바이트'예요, 접수 일을 하고 있어요."

낮에도 청소하고 있었고, 하지메 군은 굉장히 부지런한 것 같다. 약소 『유닛』이라 군자금이 부족해 곤란하다는 이야기를 했었던 것 같기도.

"어떤 분들이 관객으로 오시는지 볼 수 있어 참고도 되고요. 활동자금도 받을 수 있으니, 좋은 일 가득이에요…… ♪"

목소리는 작지만 근성 있는 이야기를 하는 하지메 군이다.

응원하고 싶어지는 아이다. 스바루 군도 같은 마음인지 하지메 군의 머리를 쓰다듬어 주고 있다.

"시노농은 정말 부지런하네. 감동했어. 기특해, 기특해 ♪"

"에헤헤, 가난한 사람은 쉴 틈이 없어요. 드림페스에 참가하는 데도 자금이 필요하니까요. 쓰는 만큼이라도 벌어야 손해를 면하죠."

쓰다듬고 안겨들고 하는 스바루 군에게 휘둘리며, 하지메 군은 곤란한 듯 몸을 흔든다.

잠시 그대로 사이좋게 둘이서 이야기하고 있었다. 스바루 군이 끌어안고 있는 탓에 보이지 않는지, 하지메 군은 내가 옆에 있는 것도 눈치채지 못한 것 같다.

"드림페스에서 이기면 보수를 받을 수 있지만, 이긴다는 보장은 없으니까요."

"그래도, 시노농. 곧 라이브가 있는데 그렇게 악착같이 일하지 않아도―― 동료들과 회의라든가, 연습하는 게 좋지 않아?"

"그렇긴 하지만, 제 천성이에요. 일하는 거, 좋아하거든요. 무대에 서기 전엔 긴장이 되니까, 다른 일이라도 하고 있는 게 마음도 편하고요."

"그렇구나. 난 전혀 긴장하는 일이 없어서, 그 느낌은 잘 모르겠지만."

"그러시군요, 역시 아케호시 선배는 대단해요…… ♪"

"대단하긴. 『유닛』 경험에선 시노농에게 지는걸. 우리 『유닛』은 아직 드림페스에 참가한 적도 없어."

그런 두 사람의 대화를, 나는 끼어들지도 못하고 가만히 듣고 있다.

그렇구나. 『Trickstar』는 결성한 지 얼마 되지 않았다고 듣긴 했지만. 아직 드림페스에 참가한 적은 없는 것이다.

그렇기에 학생회의 주목을 받지 않아서, 처음 승부에 나설 때 사전 정보가 상대에게 없기에 기습이 가능하다. 그 불의의 습격이 승부처라고, 호쿠토 군이 말했었다.

즉, 생각해 보면……. 아까 경음부에서 보여준 그들의 퍼포먼스는──『Trickstar』가 처음으로 누군가에게 보여준 라이브였던 걸지도 모른다.

그렇다면, 나는 기쁘다. 특별한 첫 공연을 내게 준 것이다. 『Trickstar』가 첫울음을 터뜨리는 순간에 함께할 수 있게 해준 것이다.

내가 그런 생각을 하는 사이에도, 스바루 군은 힘차게 이야기하고 있다.

"용감하게 드림페스에 도전하는 시노농이 대단한 거야. 나, 열심히 응원할게! 오늘 힘내~☆"

"네, 열심히 할게요. 감사합니다~. 전 열심히 하는 것밖에 못하니까. 열심히 해야 된다고, 항상 생각해요."

꼭 끌어안겨 더워졌는지, 하지메 군의 볼이 살짝 붉어져 있다.

"아케호시 선배. 괜찮으시면, 이따 대기실에도 와 주지 않으시겠어요? 『유닛』멤버들 소개도 하고 싶고, 갓 만든 따끈따끈한 전용 의상을 보여드리고 싶어요~ ♪"

"어, 가도 돼? 갈래 갈래! 전학생도, 같이 갈 거지?"

거기서 드디어 내 존재를 떠올려 주었던 거겠지, 스바루 군이 돌아보며 나를 불러 주었다. 기다렸다고 당당히 앞으로 나올 배짱도 없어, 나는 어중간하게 인사하고 말았다.

하지메 군도 그제야 내가 있는 걸 알아챘는지, 눈을 동그랗게 뜨며 인사해 준다.

"그분, 여자분이시죠? 저기, 오늘 드림페스는 『S2』라. 일반 손님은 곤란한데요……?"

이제 와서 알았지만, 나와 하지메 군은 서로 자기소개를 한 적도 없었다. 인사를 나누기 전에, 나는 경음부 쌍둥이에게 납치당했었으니까.

"아니면 일반과에 다니는 분이신가요? 그래도, 그쪽 교복이 아닌 것 같은데……?"

"아아, 전학생이야. 시노농은 못 들었어? 『프로듀스과』라는 게 새로 생겼다든가 그런 거? 이 전학생이 바로 제 1호야!"

상당히 애매한 설명을 하는 스바루 군에게, 하지메 군은 납득했다는 듯 고개를 끄덕였다.

"아, 소문으로는 들었어요. 정말 여자분이셨군요, 조금 놀랐어요. 실례되는 말을 해서, 죄송합니다!"

있는 힘껏, 하지메 군은 내게 머리를 숙인다. 실례되는 말을 하긴 했던가? ——그런 생각이 들 정도로 사과할 이유는 없는 듯한 기분이 들어, 오히려 내가 당황해하고 말았다.

하지메 군은 조심스레 고개를 들어 내가 화내는지 아닌지 확인한 후, "휴우." 하고 가슴을 쓸어내린다. 그리고 천사처럼 웃고는 자기 임무를 다해 주었다.

"같은 학원 학생이라면 물론 입장하실 수 있어요. 자, 도장을 찍어 드릴 테니 수첩을 보여주세요…… ♪"

지시대로 학생수첩을 내밀자 "영차." 하고 하지메 군이 온몸에 힘을 실어 도장을 찍어준다. 동작 하나하나가 사랑스럽다.

성취감에 찬 표정으로, 하지메 군은 도장이 찍힌 학생수첩을 돌려준다.

"후후. 저희의 드림페스를 즐겨 주셨으면 좋겠어요, 『프로듀서』씨 ♪"

내게는 아직 익숙하지 않은 호칭을 입에 담으며, 꾸벅 고개를 숙여 주었다.

그후.

"자자, 어서 들어오세요. 여기가 대기실이랍니다~ ♪"

일을 마친 하지메 군의 안내로, 나와 스바루 군은 한 번 학교 건물까지 서둘러 돌아오게 되었다. 판매 코너 뒷정리 등을 보다

못해 도와주었더니 모처럼이고── 답례도 하고 싶다며 하지메 군이 의외로 초대를 강행한 것이었다.

실내화로 갈아 신고, 이미 상당히 늦은 시간이기에 인기척 없는 복도를 종종걸음으로 나아간다. 라이브가 시작할 때까지 시간이 얼마 없을 테니 느긋하게 있을 여유는 없다.

듬뿍 노동을 했기에 지쳤는지, 스바루 군에게 안겨 있기에 걷기 힘든지── 하지메 군은 몹시 난감해하고 있다.

"진짜 대기실을 빌릴 돈이 없어, 빈 교실을 이용하고 있어요. '강당'에선 조금 멀어서 불편하지만요."

그래도 미소를 잃지 않고, 하지메 군은 버스 가이드처럼 한 손을 들었다.

"아케호시 선배, 전학생 선배도 편하게 들어오세요 ♪"

앞에 있는 건, 『Ra*bits』라는 종이가 붙여진 극히 평범한 교실이다. 그 문을 스바루 군이 호쾌하게 열었다.

성큼 성큼, 힘차게 안으로 들어선다.

"이리 오너라~☆ 잘하고 있는가 제군들, 대견하군, 대견해!"

"아하하. 아케호시 선배는, 대체 정체가 뭐예요……?"

조금 늦으면서도, 역시 하지메 군은 기쁜 듯──강아지처럼 스바루 군을 따라간다. 선배도 들어오세요, 라고 말하듯 미소 지어 주기에, 나도 흠칫거리며 발을 내디뎠다.

둘러보니, 평범한 교실이다.

실내 조명이 환해서 눈이 부시다. 정말로 빈 교실을 대기실로 이용하는 거겠지. 연예인의 출연 대기실 같은 곳을 상상했던 나는 조금 마음이 편해졌다. 이거라면 일상의 연장선이다.

늘어선 책상은 교실 한구석에 모여 있고, 몇 개인가 남은 의자에 남자애들이 몇 명 앉아 있는 것이 보인다. 깔끔하게 정돈된 교복. 과자. 칠판에는 앞으로 시작될 라이브에 대한 이런저런 사항이 적혀 있다.

"하지메쨩~!"

갑자기, 포탄처럼 무언가가 돌격해왔다.

"늦었어, 늦었다구! 기다리다 목 빠지는 줄 알았다구!"

느긋하게 실내를 둘러보고 있던 내 바로 앞, 가장 먼저 대기실 안으로 들어선 스바루 군이 직격타를 맞고 옆으로 넘어질 뻔한다. 나는 허둥지둥 하지메 군과 함께 둘이서 그를 받쳤다.

"모두 벌써 준비됐다구, 하지메쨩만 남았어~ ♪"

힘차게 떠들고 있는 건, 세라복같이 귀여운 아이돌 의상을 입은 남자애다. 정말로 '남자애'란 느낌이라── 한순간, 어째서 초등학생이 교내에 있을까 생각하고 말았다.

움직임에는 기운이 한가득. 짧은 머리와 빛나는 하얀 이. 순진무구라는 말이 그대로 구현된 것 같은, 보기만 해도 기운이 날 것 같은 자유분방한 분위기. 키는 작고 말랐지만, 하지메 군 같은 부드러움은 없다.

어디까지나 남자애다. 근처 공원에서 놀고 있거나, 상점가에서 엄마의 손을 잡고 걷고 있을 것 같은 느낌. 마구 뛰고 있기에 머리에 쓴 모자가 떨어질 것 같다.

　어떻게든 버티고, 스바루 군조차도 놀라 눈을 깜빡이고 있다.

　"우왓? 뭐야, 갑자기 달려들지 마!"

　"웅? 넌 누구냐!"

　"그건 내가 할 말이거든! 뭐야 넌, 시노농 친구야?"

　꼭 끌어안겨 곤란해 하는 스바루 군의 얼굴을, 신비한 남자애는 물끄러미 바라보고 있다. 아무래도 상대가 누군지 제대로 확인하지 않고 끌어안은 모양이다.

　야생동물 같은 남자애에게 하지메 군이 미안하다는 듯 말을 건다.

　"앗, 미츠루 군. 죄송해요, 접수대 일이 길어져서요."

　우선 사과부터 하고 나서, 우리에게 정체불명의 남자애에 대해 설명해 주었다.

　"소개드릴게요. 저와 반은 다르지만 같은 학년 친구, 함께 『유닛』을 하고 있는 텐마 미츠루 군이에요 ♪"

　"에헴! 난 하지메짱의 가장 친한 친구이자, 『Ra*bits』의 자랑스러운 슈퍼스타! 텐마 미츠루라구! 잘 부탁한다구!"

　"다구다구 진짜 시끄럽네, 얘는?"

　텐마 미츠루 군이라고 하는 듯한 남자애에게 안긴 채 왠지 휴일에 아이 돌보기를 맡게 된 아버지 같은 상태가 된 스바루 군은 —— 심호흡하고, 헛기침.

　질 수 없다는 듯, 미츠루 군과 같거나 그 이상의 큰 목소리로 외쳤다.

"여하튼, 나도 자기소개하지! 난 시노농의 최고 팬이자, 『Trickstar』의 센터! 아케호시 스바루라구! 잘 부탁한다구☆"

" '다구' 가 옮으셨네요, 선배…… ♪"

훈훈하게 인사를 나누는 우리에게 실내에 있던 다른 남자애가 말을 건다.

"하지메, 이상한 짓 말고 얼른 갈아입어."

불안한 듯 무언가 자료를 들여다보고 있는 건, 하지메 군이나 미츠루 군에 비해 다소 개성이 적어 보이는── 어디에나 있을 법한 남자애였다. 그다지 인상에 남지 않는 극히 평균적인 외모와 존재감.

미츠루 군과 같은 의상을 깔끔하게 입고 있다. 아이돌 의상이 화려해 눈길을 끌지만, 평범하게 교복 차림으로 걷고 있으면 눈에 들어오지 않을 것 같은── 주변 풍경에 녹아버릴 것 같은, 어떤 의미로는 친숙해지기 쉬운 남자애이기는 하다.

어째서인지 미츠루 군을 안고 빙글빙글 돌고 있는 스바루 군 (미츠루 군은 꺅꺅거리며 기뻐하고 있다)과 이를 불안한 듯 바라보고 있는 나와 하지메 군에게 그 남자애는 한숨을 쉰다.

"우리 차례는 아직 안 왔지만, 먼저 전체적으로 회의하고 리허설을 하고 싶으니까."

"앗, 토모야 군. 그렇네요, 저도 갈아입어야……. 죄송해요, 너무 느려서."

"너무 사과하지 마, 나쁜 버릇이야 하지메. 여기 의상~. 얼른 갈아입고 와."

"네. 항상 고마워요, 토모야 군 ♪"

토모야, 라고 하는 듯한 그 남자애에게 종종걸음으로 다가가, 하지메 군은 막 세탁을 마친 것 같은—— 깨끗한 흰 의상을 받았다. 교실 구석에 걸려 있던 그것이, 아무래도 『Ra*bits』라는 『유닛』의 전용 의상인 것 같다.

귀여운 의상이니, 분명 하지메 군에게 잘 어울리겠지.

"내가 할 말이라니까. 하지메가 교내 자금을 벌어주지 않았으면, 이 의상도 만들 수 없었을 거야. 뭐, 바보 미츠루가 멋대로 주문해버린 거긴 하지만."

"에헴 ♪"

"칭찬한 거 아니거든. 모두와 보조는 맞추라고, 맘대로 돌진하지 마. 너 따라가는 것도 힘들어, 우린 『유닛』이잖아?"

어째서인지 의기양양해 하는 미츠루 군을 토모야 군은 괴이쩍은 눈으로 노려보았다. 그제야 처음으로 우리가 있는 걸 눈치챘는지, 가볍게 목례를 해 준다.

"후후. 토모야 군이 신경 써 준 덕에, 우린 공중분해 되지 않은 거라 생각해요. 토모야 군은, 『Ra*bits』의 기둥이에요…… ♪"

우리를 간단히 소개해 주며, 하지메 군이 친근감을 담아 미소 지었다.

"항상 도움이 되고 있어요, 정말로요."

소중한 듯 의상을 받고 끌어안고, 하지메 군은 나나 다른 사람의 시선을 의식하며 우왕좌왕했다. 아무래도 갈아입을 장소를 찾고 있는 것 같았다.

아까 스바루 군에게 상담받았던 일이지만, 확실히 『유닛』의 공통 의상이 있으면 눈에도 띄고 통일감도 있어 좋을 것 같다. 『Trickstar』에게 어울리는 의상 디자인, 부탁을 받았으니 생각해야 한다. 그것이 지금 내가 할 수 있는 가장 큰 일이다.

"정말 그렇게 생각한다면 너무 고생시키지 말아 줘……. 그래도 뭐, 너흰 우리 학원의 개성파 인물들 중에선 '정상'에 속하는 축이니까."

토모야 군은 한숨 섞인 목소리로 중얼중얼 잔소리를 쏟아냈다.

"그러니까 『유닛』을 짠 거야. 우리 연극부 변태가면을 상대하는 것보다 훨씬 수월하기도 하고~?"

"연극부? 그럼, 너 훗케~랑 아는 사이야?"

스바루 군이 스스럼없이, 기쁜 듯 토모야 군에게 다가간다.

넥타이 색을 보고 선배라 판단했는지 토모야 군이 어색한 경어로 물었다.

"'훗케~'가 누구죠? 혹시 호쿠토 선배?"

"응응. 나, 훗케~랑 같이 『유닛』 활동하고 있어☆"

"흐응. 호쿠토 선배를 『Ra*bits』에 권유했을 때, '선약이 있다'며 거절당했었는데. 당신들 얘기였군요."

토모야 군은 이상한 상상을 한 듯, 파랗게 질려 손으로 입을 틀어막았다.

"설마, 오늘 대전 상대? 안 돼, 호쿠토 선배와는 싸우고 싶지 않아!"

"아냐, 우린 응원하러 온 것뿐이야~ ♪"

팔짱을 끼듯 나를 데리고 앞으로 나와, 스바루 군은 서슴없이 질문했다.

"그러고 보니, 자세히 알아보진 않았는데. 시노농, 너흰 어느 『유닛』과 대전하는 거야?"

"백문이 불여일견! 직접 보시라~ ♪"

스바루 군의 질문에 새로이 실내에 들어온 인물이 대답했다.

깜짝 놀라 뒤돌아보니 어느새 우리 뒤에 누군가 서 있었다. 『Ra*bits』의 의상을 입은 깜짝 놀랄 정도의 미소년이었다. 좌우비대칭인 황금빛 머리칼. 토끼같이 붉은 눈동자. 피부도 하얗고 예쁘지만 키는 작아서 만지는 것만으로도 부러져버릴 것 같이 호리호리하다. 요정이나 천사 같았다.

정체불명의 미소년은 에헴 하고 가슴을 펴며 선언한다.

"후후후. 방송위원 권한으로 '강당'에 카메라를 설치해 뒀거든~? 관객 시점에서 영상으로 드림페스를 볼 수 있단 말씀!"

우리가 입구 부근에 모여 있어 교실 안까지 들어오지 못하는 듯, "잠깐 실례할게." 하고 양해를 구한 후 작은 몸을 활용해 재주 좋게 빠져나간다. 교실 구석, 천장 부근에 설치된 텔레비전과 노트북을 연결해 영상을 띄우고 있었다.

대담하게도 바닥에 책상다리로 앉아, 굉장히 즐거운 듯이.

"곧, 선공 『유닛』이 퍼포먼스를 시작할거야~ ♪"

그 손이 눈에도 보이지 않을 속도로 움직이며 키보드를 두드린다. 익숙한 손놀림이다, 어린애가 장난감을 가지고 놀고 있는 것처럼 보이기도 하지만──.

"앗, 뭐야 뭐야? 또 '꼬맹이' 잖아~?"

"『Ra*bits』는 1학년 중심의 작고 귀여운 『유닛』이에요 ♪"

흥미롭다는 듯 실례되는 말을 하는 스바루 군의 의문에 대답한 건, 아무래도 쌓여 있는 책상 뒤에서 옷을 갈아입고 있었는지 잠시 모습을 보이지 않았던 하지메 군이었다.

그도 다른 멤버들과 같은 아이돌 의상을 입었다.

"와아, 시노농! 잘 어울리는데, 귀여워~☆"

"에헤헤. 감사합니다~ ♪"

하지메 군을 끌어안으려는 스바루 군을 나는 옷을 잡아당겨 멈춰 세웠다. 모처럼 갈아입은 의상이 구겨지니까. ──그나저나 정말로, 모두 사랑스럽다.

"너희도 참 왜 이리 느긋해. 사람이 말을 하면 좀 들어~!"

무시당한 셈이 된 미소년이 노트북 화면에서 얼굴을 떼고 태클을 걸었다.

"앗. 죄송해요, 니~쨩."

움찔하고 사과하는 하지메 군의 말을 듣고 스바루 군이 호기심이 생겼는지 '니~쨩' 이라 불린 미소년 옆까지 걸어갔다.

그리고는 스스럼없이 그 머리를 '톡톡' 두드렸다.

" '니~쨩'? 이 녀석도 1학년이야? 정말 작네, 귀여워~ ♪"

" '귀엽다' 고 하히 마! 난 3학년이야, 선배라고~?"

"엣, 선배? 농담이지? 다른 1학년들보다도 더 작은데?"

"작다고 하지 마! 난 3학년 B반 테니스부 부장, 방송위원장——그리고 『Ra*bits』의 리더, 니토 나즈나!"

"이름까지 귀여워~ ♪"

"으냐아아! 싸우자는 거지~. 짜증 나! 난 지금 드림페스 직전이라 예미나거덩, 연약한 토끼도 화라면 문다고~!"

"아하하. 화내면 혀가 짧아지는구나, 귀여워~ ♪"

"쓰다듬지 마!"

니토 나즈나라고 하는 듯한 남자애(3학년이란 말이 사실이라면 선배지만)와 장난을 치고 있는 스바루 군. 나즈나 군—— 나즈나 씨는 일일이 반응이 민감해서, 놀리는 게 재밌는 거겠지.

그나저나 우리는 아무리 생각해도 라이브 직전인 『Ra*bits』를 방해하고 있다.

"야, 하지메찡. 이 녀석 어떻게 좀 해 봐! 아니 일단 외부인은 데려오지 말랬쟈나!"

봉제 인형처럼 안기는 바람에 답답했는지 나즈나 씨는 얼굴을 새빨갛게 붉히며 소리쳤다. 그러는 동안에도 그 손가락은 바쁘게 노트북 키보드를 두드리고 있다.

하지메 군은 수줍게 웃으며 살짝 다가갔다.

"죄송해요. 그래도 응원해 주는 사람은 소중히 해야 한다고, 니~쨩이 항상 말했는걸요?"

"으음. 나쁜 의도가 없다면 괜찮지만. ……방해만은 하지 마. 너희도 알겠지?"

의외로 그 이상은 묻지 않고 나즈나 씨는 깨끗이 용서해 준다. 마음이 넓은 거겠지. ──이런 점은 연상인 선배답다.

"그것보다 영상을 봐. 우리 대전 상대의 퍼포먼스를! 지뤄지 기면 백전백승……☆"

"발음이 뭉개져서 오히려 무슨 말 하는지 모르겠어요. 니~쨩♪"

"으으~. 웃을 수 있는 것도 지금뿐이라고. 우리 상대는 학생 회『유닛』이거든~?"

태평한 하지메 군을 노려본 후, 멋대로 움직이는 다른 멤버들을 바라보고── 나즈나 씨는 한숨을 푹 쉬었다.

이 자리에서는 가장 상식적인 토모야 군이 심각한 투로 중얼거린다.

"학생회── 공교롭게도 최악의 상대네요."

"응. 정신 똑바로 차려. 그렇지 않으면 우린 '산 제물 토끼' 야. 짓밟히고 다진 고기가 돼서 학생회의 먹이가 될걸~?"

학생회는 어제 있었던 【용왕전】에서는 단순히 권력을 구사해 비공식 드림페스를 진압했는데. 그들의 아이돌 실력은 어느 정도일까.

지피지기면 백전백승── 그건 정말 그 말대로다.

이 학원에서는 학생회가 굉장한 권력과 발언권을 갖고 있다. 확실한 실력이 기반에 있으니까 그렇게 고압적인 행동을 취할 수 있는 거겠지. 권력만 가진 그저 썩어빠진 사람들이라면 오히려 마음이 편했겠지만.

"이번 드림페스에 참가하는 건……. 학생회장이 장기입원으로 부재중인 지금 학생회의 최강 전력이라 할 수 있는 부회장의 『유닛』――『홍월(紅月ㅡ아카츠키)』이야.”

현재 학생회의, 최고 전력. 아마 『Trickstar』도 언젠가 싸우게 될 숙명인 강적. 그 벽을 넘지 못하는 한 미래는 없다.

나는 숨을 죽이고 나즈나 씨가 가리킨 화면을 주시한다. 이미 '강당'의 모습이 생중계되고 있는 듯, 영상이 바쁘게 돌아가고 있다.

어디에서 촬영하고 있는 걸까, 무대 천장에서 내려다보는 앵글 등도 있었다.

“상대로는 부족함이 없지. 뭐 그쪽은 우리를 적이라 생각하고 있지도 않겠지만 말이야~?”

나즈나 씨가 태연하게 웃고는 무릎을 두드리며 임전 태세에 들어간다. 주변에 모여든 『Ra*bits』멤버들과 덤으로 나나 스바루 군을 올려다보며 힘차게 외쳤다.

“한 방 먹여 주자고. 우리 『Ra*bits』의 모든 걸 다해서!”

그 말에 모두가 표정을 바꾼다. 작고 사랑스럽지만―― 역시 이니토 나즈나라는 사람은 『Ra*bits』를 이끄는 대장이다.

열기를 띤 실내와는 반대로 화면 속에선 서늘한―― 무표정한 학생 무리들이 관객으로서 밀집해 있다. 매스게임 같은 광경……. 호러 영화보다 몇 배는 무서운, 무언가 정체를 알 수 없는 으스스함이 전개되고 있다.

똑바로 보면 분명 후회할 거다. 본능이 그렇게 경고하고 있다. 하지만 눈을 뗄 수가 없다.

그건 유메노사키 학원이 품고 있는 일그러짐과 어둠의 구현. 이 학원을 지배하는 제국, 학생회가 주도하는 공포의 의식이었다.

✦✧✦✦

나즈나 씨의 머리 위로 텔레비전 화면에 흐르는 영상을 뚫어지라 본다.

근처에서, 현장에서 라이브를 관전하는 건 아니다. 영상이니까 어느 정도는 현장감이나 박력이 약하다. 하지만 이상하게 온몸이 떨렸다.

뭔가 정말로 무섭다. 기분이 나쁘다. 어딘가 상식이 다른 나라의 광경 같았다. 아이돌의 라이브에 관해서는 나도 으스대며 말할 수 있을 만큼 잘 알지는 못하지만, 라이브엔 더 꿈이 있는 게 아닐까. 보고 있으면 웃는 얼굴이 되는, 행복해질 것 같은 꿈이······.

하지만 내가 느끼고 있는 건 얼어붙을 듯한 공포뿐이었다.

실제로 아직 라이브는 시작되지 않았다. 관객들이 '강당' 좌석에 앉아 있을 뿐이다. 미동도 없이 늘어서서 밀집해 있다. 공개처형을 구경하러 온 별난 민중처럼.

무언가 굉장히 꺼림칙한 일이 시작되려 한다. 그 예감만으로도 나는 손 하나 까딱할 수 없을 정도로 기분이 나빠졌다. 손으로 입을 막고 무심코 눈을 떼고 만다.

그랬더니 시선이 닿는 곳에 조금 평화로운 장면이 있어——
마음이 놓였다.

"아케호시 선배~, 차 드세요 ♪"

"고마워, 시노농!"

곧 라이브에 나가야 할 텐데 하지메 군이 어째서인지 차를 준
비하고 있었다. 익숙한 손놀림으로 홍차를 끓여, 다과도 나눠
주고 있었다.

"대접이 후한걸~. 차는 오히려 내가 준비했어야 할 것 같은
데. 곧 무대에 올라야 하잖아?"

"아니요, 뭘요. 손님은 편하게 쉬어 주세요. 자, 전학생 씨도 ♪
＊오렌지 페코는 좋아하시나요?"

스바루 군마저 웬일로 상식적인 이야기를 했는데 하지메 군은
신경 쓰지 않고 생긋 웃으며 내게도 찻잔을 건네주었다. 좋은
향기. 한 모금 입에 머금은 것만으로도 온몸이 녹아버릴 것처럼
편해졌다. 굳어 있던 얼굴 근육을 손끝으로 주물러 푼다.

오렌지 페코는 맛있었다.

몸도 마음도 따뜻해진다.

그래, 내가 긴장하고 있어도 어쩔 수 없다. 싸우는 건 『Ra＊bits』
다. 괜히 내가 긴장해서 공기를 무겁게 만들지 말아야 한다. 라
이브에 나가는 아이돌에게 걱정을 끼쳤다간 『프로듀서』실격이
다.

＊ 오렌지 페코: 두 번째 어린잎을 의미하는 홍차의 등급 기준 중 하나이자 상품명. 맑고 신선한 향과 은은하고
부드러운 맛이 특징이다.

고맙다고 하지메 군에게 감사를 전하자, 그는 왜 감사를 받았는지 모르겠다──는 듯 머뭇거리고 나서, 살짝 웃어 보였다.

이제는 슬슬 보다 못했는지 나즈나 씨가 주의를 준다.

"너희 말이야, 여유 부리지 말랬잖아. 영상을 잘 봐두라고~. 현장에서 가까이서 보는 게 좋겠지만, 그러면 의견 교환이나 검토를 할 수 없어. 학생회『유닛』의 라이브는 그런 잡담에 예민하니까."

"오오, 역시 방송위원. 정말 솜씨가 좋으시네요."

고분고분 말을 따르며 토모야 군이 나즈나 씨 옆에 의자를 가져온다. 그리고는 부족한 걸 알아채고 우리가 앉을 의자까지 가져다주었다.

본래 이런 일은 아이돌에게 시키면 안 된다. ──내가 해야 했다. 언제까지고 손님 기분으로 있어선 안 된다.

나즈나 씨는 머리끝을 손으로 만지작거리며 그저 화면을 주시하고 있다.

"난 나하고 관계없는 드림페스의 영상도 뿌리는 일이 있거든. 완전 익숙해~. 이번엔 현장에 시노붕을 파견해서 촬영을 부탁했지만. ……하지메찡, 차 마시는 건 좋지만 의상을 더럽히면 못쓴다?"

"알겠어요. 다들, 차 한 잔 더 드실래요~?"

"하지메찡은 왜 그렇게 '손님 대접'을 좋아하는 걸까……. 뭐, 별로 상관없지만. 느긋하게 있을 수 있는 것도 지금뿐일 걸?"

차를 대접하는 하지메 군에게 잔소리를 하고, 나즈나 씨는 팔짱을 낀다.

"우리 대전 상대인 『홍월』의 퍼포먼스를 잘 봐둬."

"어디 보자. 보여줘, 보여줘♪"

"너무 앞으로 나오지 마, 미츠루찡. 다른 애들이 안 보이잖아~. 나 참, 『Ra*bits』는 정말 어린이집 같은 느낌이라니까?"

"니~쨩도, 차 드세요♪"

"고마워. 아아, 정말. '강당'과 빈 교실 사이를 이리저리 뛰어다녔더니 목이 말라버렸어~."

미츠루 군과 하지메 군을 상대하며 나즈나 씨는 성대하게 한숨을 쉰다. 이렇게 비교해 보니 나즈나 씨는 역시 최고학년이다──침착함이 있다.

만족스러운 표정으로 하지메 군이 온화한 미소를 짓고 있다.

"후후. 고생 많으셨어요, 니~쨩♪"

"저기. 아무래도 좋은 이야기긴 한데, 왜 '니~쨩'이라 부르는 거야?"

의자를 덜컹덜컹 시소처럼 앞뒤로 움직이며 정신 사납게 구는 스바루 군이 나도 궁금했던 것을 물었다. 나즈나 씨는 간단히 대답해 준다.

"성이 '니토'니까, 니~쨩. 형이나 연상 같은 느낌이 들어서 좋지~? 꿀꺽꿀꺽, 차 맛있어♪"

지극히 행복한 표정으로 차를 즐기고 있는 나즈나 씨를 스바루 군이 가끔씩 보이는 몹시도 냉철한 표정으로── 관찰하고 있다.

(음~. 귀여운걸, 니~쨩. 전혀 3학년으론 안 보여. 이런 '꼬꼬마 군단'이 학생회『유닛』과 제대로 싸울 수 있을까?)

(뭐, 우리도 남 걱정할 여유는 없겠지.)

나즈나 씨로부터 시선을 떼고 스바루 군도 텔레비전 화면을 바라본다.

(그것보다도. 지금 학생회의 최강 전력이라는『홍월』의 퍼포먼스를 봐 두는 건……. 학생회와 적대할 예정인 우리에게도 손해될 건 없을 거야.)

의자 위에 책상다리로 앉으면서도 진지하게.

(시노농을 응원하러 오긴 했지만 생각지 못한 수확일지도. 내친김에 시노농네가 학생회를 쓰러뜨려 주면 좋겠지만…….)

곁눈질로 콧노래를 흥얼거리며 새 홍차를 끓이고 있는 하지메 군을 바라보고 있다. 자기 손으로 소중히 키운 아이라도 보는 것처럼 스바루 군의 눈빛은 따뜻하다.

(시노농은 열심히 했으니까. 그 노력과 열정은 보상을 받아 마땅해.)

나즈나 씨가 왠지 그런 스바루 군을 기쁜 듯 보고서 조용히 말했다.

"이 기회에『홍월』에 대한 예비지식을 공유해 두자. ……토모찡, 설명해 줄래?"

"왜 제가, 라고 말하고 싶지만 역시 적임자겠네요."

어물거리는 하지메 군을 보다 못했는지 이것저것 도와주던 토모야 군이 한숨을 쉬었다.

"저는 오랫동안 아이돌이 아닌 일개 팬이었으니까요. 이 학원 아이돌들에 대한 예비지식도 꽤 많고요."

일개 팬이었다——는 건 어떤 의미일까. 이 아이는 1학년인 데다 아직 4월이고……. 유메노사키 입학을 정하기 전까지는 나처럼 연예계와는 인연이 없는 일반인이었던 걸까.

"『홍월』은 학생회장이 부재 상태인 지금 학원 최강이라 해도 좋을 『유닛』입니다. 분위기는 일본풍. 전통문화에 기반한 안정감 있는 퍼포먼스를 특기로 삼고 있죠."

자료 등을 확인하는 일도 없이 토모야 군은 술술 설명해 준다.

"수수하다고도 할 수 있지만, 다시 말하자면 견실하단 뜻이죠. 인류가 수백 년 넘게 써내려온 음악의 역사, 사람을 즐겁게 하는 기술의 결정체야말로—— 전통예능입니다."

교과서를 읽는 것 같은 진지한 말투다.

"그걸 극한까지 끌어올려 완벽하게 수행하는 『홍월』의 퍼포먼스에는 잔재주로는 낼 수 없는 깊이와 무게가 생겨나요. 전통문화의 거센 흐름엔 누구도 저항하지 못하고 단번에 제압당해요. 왕도이기에 흔들리지 않습니다."

목소리 톤을 낮추어 두려움을 담아.

"아악(雅樂), 클래식, 전통문화의 강점은 '역사의 무게'예요."

"그런 대단한 사람들이 대전 상대란 말이에요……?"

"에헴, 적이 강한 건 이미 알고 있다구! 일단 부딪혀 보고 깨져 주자구!"

"깨져서 어쩔 건데~. 이왕 시작했으니까 꼭 이길 거야."

각자 다양하게 하지메 군, 미츠루 군, 나즈나 씨가 의견을 피력한다. 나즈나 씨도 바닥에서 일어나 의자에 앉아 옆에 있는 미츠루 군을 소중히 끌어안는다.

"곰팡이 핀 낡아빠진 전통예능 따윈 젊은 사람의 마음엔 닿지 않아. 아이돌은 젊은이들의 문화야. 과거의 유물이 뻐기게 둘 순 없는걸~?"

그리고 태연하게 웃어 보였지만, 그 마음속은 언동처럼 편하지만은 않았다.

(그렇다고는 해도.『홍월』은 전통문화를 중시하면서 현대적인 스타일로 어레인지 하고 있어. 무겁고, 깊이가 있고, 감동을 줘. 완벽해. 너무 강하다고.)

작고 귀여워도 나즈나 씨는 이곳 유메노사키 학원에서 3년 동안―― 살아남은 역전의 용사인 거겠지. 다른 아이들보다『홍월』의 무서움을 실감하고 있다.

(『유닛』멤버 각각의 재능도 뛰어나, 최고 권력자인 학생회라는 권위에 학원의 지원까지 있어. 정말로 왕(王)―― 솔직히 우리에겐 승산이 없을지도~?)

그래도 다른 멤버들이 불안하지 않게 하려고, 그는 다부지게 행동하고 있는 것이다.

(하지만 가장 연장자인 내가 기죽을 순 없지. 태연하게 있자.)

에헴 하고 가슴을 펴고 미츠루 군의 머리를 가슴팍에 세게 누른다.

열을 교환해, 새끼를 지키듯.

(무서움을 모르는 우리 꼬마들이⋯⋯. 최대한 매력을 발휘해 준다면 가능성이 있을지도 몰라.)

미츠루 군을, 토모야 군을, 하지메 군을——미래가 있는 아이들을 한 사람 한 사람 바라본다.

(그래도 다짜고짜 덤비는 건 안 돼. 학생회 손바닥 안에서 놀아나게 될 뿐이야. 나같이 든든한 '형'이 지켜줘야지~♪)

키는 다른 멤버들과 그렇게 차이가 나지 않는데도 훨씬 더 커 보였다. 소중한 것을 지키기 위해 강하게 있으려 하는 선배를 ——그 열기를 나도 가까이에서 느낀다.

(진다고 해서 목숨을 잃는 것도 아니고. 이 아이들이라면 패배하더라도 양식으로 삼아 성장할 수 있어. 내 동료들은 귀여움만이 무기인 꼬맹이들이지만. 그만큼 무한한 가능성을 갖고 있다고.)

나와 눈이 마주쳐, 나즈나 씨는 곤란한 듯 쓴웃음을 지었다.

(미래도 있고 장래도 유망한 아이들이지만. 지금의 유메노사키 학원에선 3년 동안⋯⋯. 고개를 숙이고 학생회의 눈치를 보면서 벌벌 떨며 지내게 돼.)

뒤이어 내 머리도 쓰다듬고서 나즈나 씨는 라이브 영상 확인에 집중한다. 천사처럼 아름다운 얼굴에 용기의 빛을 담고서.

(그런 건 잘못됐어. 조금이라도 이 녀석들이 빛날 수 있게 도울 거야. 그게 내가 할 일이야.)

나약함도 모두 받아들이고 『Ra*bits』는 앞으로 나아가려 하고 있다.

(좋아♪ 따끔한 맛을 보여 주겠어~ 학생회!)

나즈나 씨가 미소 짓자 모두들 덩달아 웃는다. 희망이 가득한 얼굴이었다. ──반짝반짝 빛나고 있었다. 나는 그걸 보는 것만으로도 포로가 되어버릴 것만 같았다.

그 반짝임이 언제까지고 사라지지 않길 기도했다.

Sacrifice 🎤✦

해가 완전히 저물고, 새까만 어둠이 깔린 유메노사키 학원.

달빛마저 두터운 구름에 가려 한 치 앞도 보이지 않는다. 수은
등의 빛만을 지표삼아 살아 있는 시체처럼 다리를 질질 끌며 걷
는 사람들이 있다.

"……사, 살아 있어, 유우키?"

"나도 정말 신기하지만, 살아 있는 것 같아, 히다카 군."

서로의 어깨를 빌려 전장에서 총탄이라도 맞고 온 것처럼 비
틀비틀 걸으며――『Trickstar』의 멤버, 히다카 호쿠토 군과
유우키 마코토 군은 작은 목소리로 서로 속삭이고 있다.

호쿠토 군은 무슨 일이 있었는지 머리칼이 흐트러지고 눈은
공허하며, 장거리 마라톤을 끝까지 마친 직후 같다. 목소리에도
전혀 기운이 없다. 부서졌거나, 용수철이나 나사가 빠진 기계
처럼 삐걱대고 있다.

마코토 군도 피폐해 있는 건 마찬가지였지만, 호쿠토 군보다
몸을 혹사했는지 자기 힘으로는 거의 걷지도 못하고 있다. 호쿠
토 군에게 기대어, 끌려가듯 이동하고 있다. 안경이 삐뚤어져
단정한 맨얼굴이 드러나 있다.

"안색이 좋지 않은데, 유우키. 그리고 옷은 왜 그렇게 너덜너덜해진 거야. 네 특별 훈련은, 그럴 정도로 힘들었어?"

"히다카 군이야말로, 얼굴색하고 목소리가 완전 죽은 사람 같은걸?"

두 사람은 지금까지 우리와 따로 행동하고 있었다. 우리의 스승, 지도자──와 같은 든든한 존재가 되어 준 '삼기인(三奇人)' 사쿠마 레이 씨의 지시에 따라 호쿠토 군은 경음부 쌍둥이와, 마코토 군은 '광견' 오오가미 코가 군과 특별 훈련을 하고 있었던 것이다.

"서로, 지옥을 맛보고 온 모양이군."

"이런 게 2주간, 계속된단 거지."

목소리를 내지 않으면 의식을 유지하는 것도 어려운 모양이다. 호쿠토 군의 말에, 마코토 군도 힘겹게 맞장구를 친다.

두 사람은 느릿느릿 걸으며, 서로의 건투를 칭찬하며 위로하고 있었다.

"조금, 후회하고 있어. 난 도중에 죽어버릴지도 몰라. 그렇게 되면 뒷일을 부탁한다. ……우린 어쩌면, 악마에게 영혼을 판 걸지도 몰라."

"멋진 비유인걸, 후후후. 이제와선 웃음밖에 안 나와. 이렇게 했는데도 학생회를 이기지 못한다면, 진심으로 쇼크사 할지도."

"그래, 반드시 이기자. 그렇지 않으면 흘린 피와 땀과 눈물이 다 헛수고가 돼."

"울었구나, 히다카 군. 히다카 군이 운다니 정말 상상이 안 가는걸."

"웃으며 울기에 도전했어. 내 특별 훈련은 그런 취지였어. 난 좀 더 릴렉스하고 유연해져야 한단 이야기였으니까."

호쿠토 군은 자신이 체험했던 지옥을 띄엄띄엄 이야기한다.

"계속 쌍둥이의 만담을 보면서 전혀 웃지 않았더니 둘이서 날 간지럽 태웠어. 그대로 웃다 죽기 직전까지 갔지."

그 쌍둥이라면 유쾌한 개그를 보여주었겠지만.

강요된 웃음만큼 괴로운 건 없다.

"그리고 유연성을 기른다는 명목으로 신 음식을 마구 먹였어. 스트레칭을 하기도 하고. 무슨 의미가 있는 건지 도무지 모르겠어."

그건 정말 의미를 모르겠다. 그 쌍둥이는 개구쟁이 같은 구석도 있는 것 같고── 호쿠토 군이라는 장난감으로 마음껏 놀기만 한 게 아닐까.

"너무 웃어서 복근과 얼굴근육이 아파. 쌍둥이의 포즈 등을 보고 적절한 타이밍에 웃지 않으면 간지럽을 태웠지. 거의 고문 수준이었어. 하지만 덕분에 개그에 대해 꽤 잘 알게 됐어."

"우리, 아이돌 맞는 거지……?"

왠지 자랑스러워하는 것 같은 호쿠토 군에게 마코토 군이 먼 산을 바라보며 투덜거렸다.

"음. 그럴 거야. 어째서인지 나는 기본적으로 개그 훈련을 하고 있었어. 그 과정에서 자작 개그도 하라고 했었고."

"히다카 군이 개그라니……. 그것도 상상이 안 가. 어떤 느낌이야?"

"말하기 싫어. 잊고 싶어. 하지만 익숙해져야만 해."

악몽이 되살아난듯, 호쿠토 군은 아랫입술을 세게 깨물고 부들부들 떨었다.

"난, 몇 번이고 몇 번이고 '바보가 돼라!' 는 말을 들었어. 그래서 난 바보가 되려고…… 노력하고, 또 노력했는데."

"그만 됐어. 괜찮아 히다카 군. 아무 말 하지 않아도 돼. 고생 많았어."

마코토 군은 부들부들 떨고 있는 호쿠토 군을 살포시 끌어안았다. 함께 지옥을 넘어서 두 사람 사이엔 기묘한 일체감이 생기기 시작했다.

그것마저도 레이 씨의 노림수였다면 감탄할 수밖에 없지만.

"히다카 군은 정신 공격 타입의 특별 훈련이었던 것 같네. 난 평범하게 체력 훈련이었어. 이젠 온몸이 근육통이야."

호쿠토 군을 옳지옳지 하고 쓰다듬으며 마코토 군은 자신이 맛본 악몽을 이야기한다.

"기초체력이 부족하다고 계속 오오가미 군이 휘두르는 죽도에 맞으며 근육 운동이나 달리기를 했었어. 그리고 번지 점프라든가."

"……무슨 소리야?"

"겁 많은 내 성격을 고쳐주겠단 명목으로 옥상에서 번지 점프를 시켰어. 몇 번이고 몇 번이고, 선생님이 보고 혼내러 오실 때까지 쭉."

실제로 번지 점프는 어느 한 나라의 민족 내에서 이뤄지는 성인식—— 어른이 되기 위한 통과의례^{이 니 시 에 이 션}에서 유래한다는 이야기를 들은 적이 있다.

"오오가미 군, 중간에 귀찮아졌는지 마지막엔 줄도 묶지 않고 뛰어내리게 하려고 했어. 그건 그냥 투신자살 아닐까?"

한 번 불평하기 시작하니 멈출 수 없었던 것이리라. 울먹이며 한탄하고 있다.

"으으. 번지 점프할 때 안경도 떨어져서 깨져버렸고. 지금은 예비 안경인데, 왜인지 오오가미 군은 그걸 보고 마구 화내질 않나! 진짜 영문을 모르겠어!"

공포가 다시 악화된 듯 마코토 군도 부들부들 떨기 시작한다.

"그리고 파충류 같은 이상한 게 가득 꿈틀대는 구멍에 떨어뜨리질 않나. 오오가미 군 지인의 오토바이에 태워 *치킨 게임을 시키질 않나. 에어건으로 날 탕탕 쏘기까지 했다고……? 이거 정말 아이돌 특별 훈련 맞아? 아이돌이란 건, 대체 뭐였지?"

"PTSD^{트 라 우 마}가 생길 것 같군. 너도 많이 힘들었구나."

"가장 마음이 꺾인 건—— 이게 아이돌의 실력 향상과 무슨

---

* 치킨 게임: 두 세력이 정면으로 맞붙는 상황에서 먼저 물러나는 쪽이 치킨(겁쟁이)이 되는 게임. 본 문장에서는 오토바이를 타고 서로 정면충돌하는 코스로 달렸다는 의미.

관계가 있는지 모르겠단 거야!"

걸을 수 없어져 두 사람은 길을 따라 설치된 벤치에 앉아 머리를 부둥켜안고 쉬고 있다.

마코토 군은 아기처럼 울고 있었다.

"히다카 군. 어쩌면 사쿠마 선배가 그냥 우리를 가지고 노는 게 아닐까?"

"그 점은 의심하지 마, 유우키. 이건 특별 훈련이고 우리가 성장하기 위해 필요한 과정이야. 그렇게 자기 자신을 설득하지 않으면—— 나도 버티지 못할 것 같아."

호쿠토 군도 평소보다 말투에 기운이 없다.

"지금은 믿고 노력할 수밖에 없어. 언젠가 고생한 보상을 받을 때를 꿈꾸며."

"……그러고 보니 우리가 이렇게 악몽 같은 특별 훈련을 받는 동안—— 아케호시 군은 전학생 쨩이랑 느긋하게 데이트하고 있겠지."

"그래. 왠지 굉장히 열이 뻗쳐."

"응, 아케호시 군 치사해."

"그래, 우린 『유닛』인데 말이지 ♪"

"동료인걸. 아케호시 군도 우리와 같은 고통과 절망을 맛봐야 해 ♪"

점점 두 사람의 증오의 화살이 스바루 군에게 돌아가기 시작했다.

"——음?"

"왜 그래, 히다카 군. ……어라? 전학생 쨩!"

호쿠토 군이 숙였던 얼굴을 갑자기 든다. 그와 내 시선이 마주쳤다. 마코토 군도 늦게나마 알아채고 몸을 일으키고 있었다.

나는 숨을 거칠게 몰아쉬며 그들이 앉아 있는 벤치를 향해 달려갔다.

그들 이상으로 초췌해져. 거의 넘어질 뻔하며.

필사적으로 그들을 찾고 있었다. 한 번 경음부 부실까지 가서 레이 씨에게 '둘은 아까 돌아간 참일세.'——란 말을 듣고 서둘러 쫓아왔다.

"전학생 쨩, 혼자 있어? 아케호시 군이랑 같이 있었던 거 아니었어?"

내 모습이 예사롭지 않기 때문인지, 상냥한 마코토 군은 자신도 피곤할 텐데 일어서서 황급히 손을 내밀었다. 최소한 숨을 고르게 해 주려고 그랬는지, 등을 쓸어주려고 한 듯한 그 손을 나는 있는 힘껏 잡았다.

숨이 차 말도 나오지 않아, 억지로 그들을 끌고 가려 했다.

"왜, 왜 그래? 그렇게 세게 끌지 말아줘. 나 지금 온몸이 근육통이라 마음을 놓으면 끊어져버릴 것 같아!"

"전학생, 왜 그래. 무슨 일이 있었는지 말해 줘."

늦게 일어선 호쿠토 군이 밀치락달치락하는 우리에게 다가와 어깨를 잡아 주었다.

"괜찮아, 내가 어떻게든 할게. 그러니까 일단 심호흡하고 진정해."

시범을 보이듯 크게 숨을 들이쉬고——.

내뱉은 말은 정확한 추측이었다.

"……아케호시에게, 무슨 일 있었어?"

나는 필사적으로 몇 번이고 고개를 끄덕였다.

부탁이야. 도와줘——.

"유우키, 움직일 수 있겠어? 잘 모르겠지만 아무래도 긴급사태인 것 같다."

호쿠토 군은 한 번 나를 끌어안고서 마코토 군의 등을 때렸다.

"오늘은 그만 돌아가서 자고 싶은 마음이지만. 안타깝게도 그렇게 쉽게 될 것 같진 않군."

"그래그래. 쉴 틈 없이 바쁜걸~. 오히려 재밌어지기 시작했어!"

마코토 군도 활력이 돌아왔는지 땀을 닦고서 씩씩하게 앞을 바라본다.

'어디로 가면 돼?' 라고 말하는 듯이 바라보기에 나는 멀리에 있는 '강당' 을 가리켰다. 그리고 앞장서서 달리기 시작했다. 호쿠토 군도 마코토 군도 따라와 주리라 믿었다.

전학 둘째 날—— 첫날보다도 더 농밀한 하루가 드디어 끝나려 하고 있다.

깊은 어둠 속에 스바루 군은 홀로 주저앉아 있었다.

'강당'이다. 이미 라이브는 끝나 텅 빈 관객석이나 무대가 어쩐지 쓸쓸해 보인다. 배포된 팸플릿이나 음식물 쓰레기가 무질서하게 흩어져 있다. 태풍이 지나간 직후, 혹은 폭격기가 통과한 후 불타버린 벌판처럼 확 트인 풍경⋯⋯.

스바루 군은 멍하니 좌석에 몸을 맡긴 채 손바닥으로 얼굴을 덮고 있다. 언제나 밝고 떠들썩하던 그였기에 그런 모습은 이상하게 느껴졌다.

고독감의 덩어리 같다.

우리는 서둘러 강당에 도착해 관객석 맨 앞줄에 앉은 스바루 군을 향해 달려갔다. 우리가 온 것을 아는지 모르는지 반응도 없이 그저 멍하니 있었다.

나와 마코토 군에 비해 조금 여유가 있는 호쿠토 군이 결심한 듯 스바루 군을 불렀다.

"아케호시."

호쿠토 군도 이런 스바루 군을 보는 건 처음일지도 모른다.

"이런 어두운 곳에서 혼자 뭐 하는 거야?"

얼굴을 가까이 하고 호쿠토 군은 걱정하면서도 상냥하게 물었다.

"전학생이 걱정했어. 왜 그래. 무슨 일이 있었던 거지?"

그랬다. 내가 뭘 해도 스바루 군이 반응을 보이지 않아 어쩌면 좋을지 모르겠어서—— 나는 필사적으로 모두를 찾아 달렸다.

도와줄 사람을 부르는 것 말고⋯⋯ 다른 방법은 아무것도 할 수 없었다. 어떤 말이나 행위도 스바루 군을 움직이게 할 수 없었다.

하지만 호쿠토 군이나 마코토 군이라면. 『Trickstar』의 모두라면.

"너답지 않아. 그렇게 침울해하고 있는 건⋯⋯. 드림페스를 관전한 모양인데, 거기서 무슨 충격적인 거라도 본 거야?"

어린애나 손자에게 이야기하듯, 호쿠토 군은 부드럽게 묻고 있다.

"말해 봐. 우린 동료잖아. 네가 안 웃으면 우리도 어떻게 해야할지 모르겠어. 넌 우리를 비추는 일등성이야."

"⋯⋯으으."

진심을 담은 호쿠토 군의 말에 스바루 군이 반응한다. 얼굴을 덮고 있던 손을 떼자 그 안에 있던 눈물에 얼룩진 표정이 드러났다.

"으앙앙, 홋케~!"

"음, 징그럽게 끌어안지 마. 정말 무슨 일이야, 아케호시? 평소와는 다른 방향으로 상태가 이상한데?"

호쿠토 군에게 달라붙어 흐느껴 우는 스바루 군을 마코토 군이 어딘가 조금 부러운 듯 바라보고 있다.

"음~. 오늘 드림페스에서 무슨 일이 있었던 거구나. 『S2』였나── 공식 드림페스는 학생 전용 사이트에 영상이 올라오니까 그걸 확인해 볼까?"

심약한 부분이 있는 마코토 군도 궁지에서는 도움이 된다.

"저기⋯⋯. 서둘러 나오다 보니 스마트폰밖에 없지만 말이야. 화면이 작아서 보기 힘들다면 미리 사과할게."

우리 앞으로 나와 교복 주머니에서 스마트폰을 꺼내 내민다.

"역시 드림페스 당일은 사이트가 느려……. 로딩이 너~무 길어. 학생 전용 사이트일 텐데 외부에서의 접속도 꽤 있는 것 같아."

중얼중얼 혼잣말을 하면서도 마코토 군이 전파가 잘 터지는 곳을 찾고 있는지 스마트폰을 높이 들어 좌우로 움직이고 있었다.

"오늘 업로드 담당은 니토 선배 아니었을까. 좀 대충 편집한 것 같네. 음질도 떨어지고~. 센고쿠 군이 맡았나……?"

"대체 무슨 말이야. 내게도 보여줘. 유우키."

스바루 군에게 안긴 채 호쿠토 군이 손짓하는 것 같은 몸짓을 취한다.

"응. 영상이 흔들려서 보기 힘들지만 학생회 『유닛』일 거야. 부회장이 소속된 『홍월』이지. 현재 유메노사키 학원의 최대 전력."

"우리가 상대해야 할 적이군. 그 경이적인 실력을 보고 우리와의 격차를 실감해서, 아케호시가 좌절하고 만…… 건가?"

마코토 군의 손 위에 놓인── 스마트폰을 들여다보며 호쿠토 군이 얼굴을 찌푸린다.

"아케호시는 그 정도로 기가 죽을 만큼 약하지 않을 텐데."

내게도 오라고 손짓하기에, 이미 본 풍경이긴 하지만── 함께 스마트폰 화면을 들여다본다. 모두 볼이 닿을 정도로 얼굴이 가깝지만 신경 쓰고 있을 틈이 없다.

"흠, 역시 대단하군『홍월』. 관록이 있어. 세 사람뿐인『유닛』이라곤 생각되지 않을 정도로 큰 박력이야. 마치 풀 오케스트라의 연주야.『홍월』과 비교하자면 우리처럼 평범한 아이돌의 퍼포먼스 따윈 '아이들 장난' 으로 보이는군."

사전 지식이 적은 내게 해설해 주려는 건지 호쿠토 군이 화면을 가리킨다. 그리고 왠지 그리움마저 느껴지는 과외 선생님 모드로 이야기했다.

"역시 눈에 띄는 건『홍월』의 수장이자 학생회 부회장…… 하스미 케이토."

화면 속에서는『홍월』의 퍼포먼스가 펼쳐지고 있다.

그 중심에 있는 건 어제도 마주쳤던 하스미 케이토 씨다.

『홍월』의 의상은 일본풍에, 거칠면서도 우아한 전투복장 같은 분위기.

오늘도 아름다운 안경 부회장은 화려한 부채를 손에 들고 춤추고 있다.

굉장히 움직이기 힘들어 보이는 의상이지만 전원이 조화롭게 우아한 퍼포먼스를 보여주고 있다. 때로는 깜짝 놀랄 정도로 움직인다. 인간과는 동떨어져 있다고 생각될 정도로.

완급을 주어 문답무용으로 관객의 시선을 빼앗는다.

"부회장은 실수가 없어. 빈틈없이 완벽한 연주와 노래야. 나와 비슷한 타입이지만 여러 면에서 나보다 훨씬 고도한 정교함과 치밀함을 갖고 있어. 솔직히 홀딱 반할 정도야."

호쿠토 군이 흠을 잡으려 했지만 찾을 수 없어서 분하다——
같은 이야기를 했다. 언젠가 맞닥뜨릴『유닛』이다. 약점이라도
찾을 수 있으면 좋겠지만.

마코토 군이 쓴웃음을 짓는다.

"히다카 군처럼 엄격하지만. 부회장은 웃는 모습도 보이지 않
아. 그래도 오히려 대단하다 느껴지는걸. 조금 무서울 정도야.
마치 프로 청부업자 같다고 할까?"

"『홍월』엔 더 무서운 존재가 있어."

화면을 가리키며 호쿠토 군이 누가 듣고 있는 것도 아닌데도
——소리를 죽여 더 절망적인 사실을 고한다.

"부회장이 잘 연마된 칼이라면……. 그걸 호쾌하게, 거칠게
휘두르는 영웅이 있지. 『홍월』의 No. 2이자 학원 최강이라 일
컬어지는, 키류 쿠로."

부회장 옆에서 호쾌하게 움직이고 있는 우람한 거구가 있다.
어제【용왕전】에서도 크게 날뛰었던—— 키류 쿠로 씨다.

그도『홍월』, 우리의 적인 것이다.

타오르는 것 같은 붉은 머리칼과 삼백안의 무서운 얼굴. 정말
가부키 배우 같다. 케이토 씨와 같은 의상을 입고 그를 주목받
게 하기 위해 한 발 물러서 있긴 하지만 강렬한 존재감을 내뿜고
있다.

쿠로 씨의 분위기는 정말 목숨을 걸기라도 한 것 같다. 살벌하다고 해야 할까—— 치고 받으며 싸움이라도 하고 있는 것 같았다.

하지만 결코 속되지 않고 모든 몸짓이 아름답다.

"역시 학원 최강, 일반인을 초월한 신체 능력과 운동량이야. 『홍월』의 퍼포먼스는 다소 수수하다고도 할 수 있지만……. 키류 선배의 사나운 움직임으로 완급을 주고 있어."

호쿠토 군이 이제는 절찬하는 걸로만 들리는 이야기를 하고 있다. 냉정하게 평가하자면, 『홍월』은 정말 최강 클래스의 『유닛』이란 거겠지.

"전통예능—— 예를 들어 가부키 같은 것에서는, 움직이고 있지 않는 것처럼 보이지만 실제로는 '움직이지 않기' 위해 굉장한 근력이나 체력이 필요해."

이건 아마 나를 위한 해설이겠지.

움직이지 않는 것의 고통—— 확실히 계속 손을 올리고 있는 건 어렵다. 그보다 무리다. 하지만 쿠로 씨는 그것을 실행하고 있다. 완벽하게.

상상을 초월하는 신체 능력이다. 그러고 보니 어제도 꽤 키가 큰—— 즉 체중도 있을 터인 코가 군을 높이높이 하늘로 날려버렸을 정도다.

앞으로 우린 그런 초인적인 존재와 싸워야 한다.

"키류 선배는 완벽한 정지가 가능하고 움직일 때는 아름다움이 있어. 최고의 신체표현자야. 부회장도 그런 키류 선배를 잘 다루고 있어. 이 두 사람이 함께하는 한 빈틈은 전혀 없어."

호쿠토 군이 말한 대로겠지. 『홍월』에게는 실수를 기대하는 것조차 할 수 없다. 완벽하다, 무적이다. 결코 공략할 수 없는 난공불락의 성이다.

"그리고. 그런 두 사람을 뒤에서 받쳐 주는 공로자가 있어."

마지막으로 호쿠토 군이 객석에서 가장 떨어진 위치에 있는 인물을 가리켰다.

"『홍월』의 유일한 2학년 멤버. 칸자키 소마."

아름다운 남자애였다. 스마트폰의 작은 화면을 통해서는 여성으로 보인다. 무사처럼 올려 묶은 아름다운 긴 머리. 어째서인지 검을 허리에 차고 부채를 쥐고 유려하게 춤추고 있다.

그 얼굴을 나는 본 적 있는 것 같은 느낌이 들었다. 아이돌 의상을 입고 있기에 잠깐 알 수 없었지만—— 어디선가 만났던 것 같은데?

"우리 반 애야. 부회장의 『유닛』에 소속되어 있었군. 다루기 어려운 이상한 녀석인데도 부회장은 솜씨 좋게 관리하고 있는 것 같아."

호쿠토 군이 바로 내 의문에 답을 내준다. 그렇구나. 같은 반 사람이다. 나는 아직 이틀밖에 등교하지 않았고—— 교실에 거의 없었기에 같은 반 아이라도 아직 얼굴과 이름을 외우지 못했지만.

같은 반이라도 『유닛』이 적대하고 있다면 싸울 일도 있다. 가혹한 전장, 그것이 바로 유메노사키 학원인 거겠지. 아직 친해지기 전이라 다행이라 생각해야 할까…….

심란한 와중에도 호쿠토 군은 담담하게 이야기하고 있다.

"칸자키도 뛰어난 신체 능력을 가졌으면서도 결코 자신은 앞에 나서지 않고 선배들을 보좌하는 데 충실하고 있어. 순종적이고 진지하게 강철과도 같은 충성심으로 부회장을 모시고 있지."

확실히 백댄서라고 할 정도는 아니지만── 소마 군은 다른 두 사람을 앞에 내놓고 자신은 뒤쪽에 자리를 잡고 있다. 『홍월』의 중심에 있는 두 사람을 방해하지 않기 위해, 그렇지만 자신이 해야 할 임무를 다하며── 보좌하고 있었다.

각자의 머리색이 화려하고, 품위가 있어서 정말로 일본에서 예로부터 전해 내려온 전통 공예품 같다. 그런 무대였다── 가치와 아름다움이 있었다.

압도당할 수밖에 없다. 스마트폰 영상으로 보고 있는 두 사람과 달리 나는 가까이서 이를 목격하고 말았다. 제대로 된 라이브를 본 건 처음이었던 점을 감안하더라도 온몸의 뼈가 산산이 부서지는 것처럼 충격적이었다.

다시 영상으로 봐도 굉장하지만. 직접 볼 때의 박력은 월등히 크다. 소리라는 것이 피부에 박힐 정도로 아픈 것이라고 처음 알았다.

호되게 당하고 단단히 묶여, 굴복할 수밖에 없었다.

『Trickstar』가 보여준 것처럼 애정이 가득한 퍼포먼스는 아니었다. 그때처럼 나는 감동의 눈물을 흘리진 않았지만.

가슴을 울리는 무언가는 느꼈다. 『홍월』은 거대하고 저항도 할 수 없이 먹혀버릴 수밖에 없는, 정체 모를 무시무시한 괴물이었다.

"전통예능을 메인으로 삼는다는 풍문만으로는 『홍월』이 수수하게 느껴지지만. 완벽한 왕과 무적의 대장군, 충의의 오니와 같은 젊은 무사가 모인 3인조야. 이건 상상 이상으로 강해, 소름이 끼칠 정도로."

호쿠토 군도 한 방 크게 맞았다는 것처럼 납득한 듯 고개를 끄덕였다.

"이 『홍월』의 퍼포먼스를 가까이서 본다면 아케호시가 압도당하는 것도 무리는 아냐. 영상으로 봤을 뿐인 나조차도 간담이 서늘해져."

"그게 아냐."

드디어 진정이 됐는지 손등으로 눈물을 닦고──스바루 군이 신음했다.

"『홍월』같은 건 아무래도 상관없어. 학생회가 강한 건 알고 있었으니까. 이제 와서 놀랄 것도 없어. 문제는 그 뒤야."

스바루 군은 작게 떨고 있다. 융단폭격을 받고 소중한 것들이 전부 불타버리고 만 것 같았다.

"그 뒤가 지옥이었어."

"미안해, 걱정 끼쳐서."

'강당' 천장을 올려다보며 스바루 군이 목소리를 낸다.

스마트폰에서 나오는 작은 소리에마저 묻혀버릴 것만 같은 미약한 목소리. 주변에 있는 나를, 호쿠토 군을, 마코토 군을 순서대로 보고── 안심한 듯 미소 짓는다.

"난 침울해하는 일이 거의 없으니까. 내가 왜 이렇게 된 건지 모르겠어. 정리하기 위해서라도 제대로 설명할게."

크게 심호흡을 하고서 굉장히 차분하게 말한다.

"공식 드림페스에선 상위 『유닛』부터 차례대로 공연해 나가. 『홍월』 다음이 나와 전학생이 응원하러 간 『Ra*bits』── 시노농네 『유닛』의 공연이었는데. ……놀랐어. 아니, 무서웠어."

사실을 있는 그대로 말하는 것만으로도 가슴이 아픈 거겠지.

스바루 군은 얼굴을 마구 찡그리고 있다.

"『홍월』의 공연이 끝난 후…… 거의 모든 관객이 '강당'을 떠났어."

감정이 결여된 목소리로 스바루 군은 사실을 이야기한다.

"『Ra*bits』의 공연은 아직 시작하지도 않았는데. 나하고, 전학생만 남고 말았어."

지금과 같다. 아무도 없는 넓디넓은 '강당'……. 다른 점이 있다고 한다면, 무대 위에 『Ra*bits』가 있었다는 것뿐.

미래에 꿈도 희망도 있을 그 소중한 아이들이──.

"관객들의 태반은 썰물처럼 모습을 감춰버렸어."

"그랬겠지."

그 광경을 쉽게 상상할 수 있었는지 호쿠토 군이 쓰디쓴 표정으로 고개를 끄덕였다.

"공식 드림페스에서 상위 『유닛』부터 공연하는 규정이 있다는 건 그런 뜻이야. 보통 극장 같은 곳에서 공연할 때는 '개막 공연'이 있어. 신인이나 아직 풋내기인 유망주들에게 짧은 시간을 맡기고 자신의 존재를 알리게 하지."

본래라면 그랬어야 한다. 인기 있는 사람 편만 들고 신인을 키우지 않는 업계는 언젠가 황폐해진다. 새로운 피가 통하게 하지 않으면 서서히 쇠퇴할 수밖에 없다. 미래에 투자하지 않으면 기다리고 있는 건 파멸뿐이다.

"하지만 공식 드림페스에는, 아니 유메노사키 학원에는 그게 없어. 인기 있는 상위 『유닛』이 먼저 공연을 해. 그걸 다 보고 나면, 관객들은 돌아가 버려."

그 말대로였다.

처음에 나는 이해할 수 없을 정도였다. 아직 라이브는 끝나지 않았다, 이제부터 『Ra*bits』의 공연이 시작될 텐데도. 우리를 제외한 모두는 당연하다는 듯 자리를 뜨고 말았다. 정적과 쓰레기들만을 남기고서…….

"인기가 없고 누구에게도 알려지지 못한 『유닛』은 그 존재조차 인식되지 못하고, 공연을 보여줄 수 없어. 그래서 이 유메노사키 학원에 일발역전은 없어."

이상하다고 느꼈을 땐 이미 늦었다.

"공식 드림페스를 보러 온 관객들은 압도적 강자인 학생회에 투표해. 그것만이 목적이야. 성적을 올리는 데 필요한 건 그것뿐이니까."

스바루 군은 전력으로 모두를 말리려 했다. 웃으며 불러 세우고 마지막엔 필사적으로 부탁하면서.

하지만 의미는 없었다. 오히려 우리는 상식을 모른다며 매도당했다. 잘못된 건 우리고 무자비하게 떠나는 그들이 정의였다.

"그래서 학생회의 공연이 끝나면 다들 떠나버리지. 실제로 학생회 이외의 공연을 볼 필요는 없어. 어차피 누구도 학생회를 이길 수 없으니 본다고 해도 시간 낭비가 돼."

그것이 이 학원의 상식—— 일상적인 광경이란 걸 알고 소름이 끼쳤다.

"그런 분위기가 만연해 있어. 당연한 결과야. 관객에게 마지막까지 함께할 의무는 없어. 오히려 학생회 외의 인물을 응원하거나 공연을 보면 따돌림을 당하고 말 거야."

기묘한 인습에 지배된 유메노사키 학원. 오랜 시간에 걸쳐 모든 것이 부패해 있다.

그런 지옥이 이 학원이었는데. 나는 아직 남 일처럼 느껴졌다. 호쿠토 군의 눈물을 보고, 스바루 군의 마음속 깊숙한 곳을 접했는데도.

이미, 나도 유메노사키 학원 교복을 입고 있는데도.

귀여운 아이들이 눈앞에서 무참히 찢겨나갈 때까지 어리석게도 태평하게 손님 기분으로 있었던 것이다.

"이런 현재 상황을 싫어하는 녀석들의 발버둥으로서 비공식 드림페스가 생기고 있는 거지만. 거기서는 순위나 인기와 관계 없이……. 동등하게 공연을 하고 공평하게 승부를 할 수 있는 배려가 있어."

비공식전—— 예를 들면 어제의 【용왕전】이다.

확실히 거기에는 공식 드림페스엔 없는 긍정적인 에너지가 있었다. 두 경기에 모두 출전했던 쿠로 씨도 어제가 더 활기가 있어 보였다.

"하지만 공식 드림페스는 '학생회에 투표하는' 행사가 되어 버렸어. 유명무실해졌지. 이젠 승부라고 할 수도 없어."

이미 결과가 예정된 의식처럼.

공식 드림페스는 시작하기 전부터 결과가 정해져 있다. 그래서 누구도 결과에 일일이 기뻐하거나 슬퍼하지 않는다. 기적은, 대역전은 없다. 지루한 단순 작업이 되었다——.

그것이 당연한 일이 되어 모두가 받아들이고 있다.

"관객이 나가버리기 때문에 뒷 순서인 『유닛』에겐 표가 모이지 않아. 집계할 필요도 없이 매번 학생회가 다수 득표로 우승하지."

호쿠토 군이 내뱉듯이 말했다.

"누구도 학생회에겐 이길 수 없어."

"알고 있었어."

스바루 군이 갑자기 목소리를 냈다.

"아니, 그런 이야긴 몇 번이고 들었을 거야. 하지만 난 그걸 제대로 실감하지 못했어. 그 사실을 깨달았어. 오늘 드림페스를 보고 나서."

스바루 군은 곧바로 웃는 얼굴로 돌아오고 만다. 아까까지 펑펑 울고 있었던 게 거짓말이었던 것처럼, 그 표정 외에는 모른다는 것처럼…….

미소 지으며 몇 번이고 고개를 갸웃거리며 어딘가 고장이 난 것처럼 이야기하고 있다.

"나 말이야. 이 학원의 현재 상황을 제대로 이해하지 못했었던 것 같아. 하지만 이번에 피부로 느꼈어. 아플 정도로 실감했어……. 이런 건 이상해. 정말 이상해. 공연을 보여주는 것조차 할 수 없다니."

그 전신에서 무언가의 감정이 배어나온다. 스바루 군은 그게 어떤 건지 역시 모르겠다는 듯 계속 자신의 볼을 매만지고 있다.

오싹해질 것 같은 광경이었다.

우린 모두 아무 말도 할 수 없었다. 숨을 죽이고 그저 스바루 군 안에서 무언가가 변하기 시작하고 있음을——예감했다. 항상 활기차게 웃으며 밝고 기운 넘치게 행동하던 그의 내부에 걸쭉한 용암 같은 것이 소용돌이치고 있다.

그것은 뿜어 오르길 기다리고 있는 뜨거운 감정의 격류다.

"시노농은 정말 열심히 했어. '교내 아르바이트'도 하면서 필사적으로 자금을 모아 착실히 연습하고—— 동료들과 함께. 여러 마음을 한데 모아 빛나려고 열심히 노력했는데."

솔직한 동경과 희망과 호의를 보여주었던 하지메 군. 무서움을 모르는 소년답게 자신의 패배를 상상도 하지 않았던 듯한 미츠루 군. 같은 나이의 멤버들을 조금 부러운 듯, 소중한 듯 받쳐주던 토모야 군. 사랑스러운 그 아이들을 작은 몸으로 있는 힘껏 형 노릇을 하며 지키려고 했던 나즈나 씨——.

"하지만 그런 노력은 전혀 인정받지 못했어. 비참했어. 다시 떠올리는 것만으로도 숨이 막혀 괴로워."

『Ra*bits』는 아무 죄도 없다.

나쁜 일은 아무것도 하지 않았다. 서로 모여서 손을 잡고 지옥 같은 학원 속에서 꿈을 좇고 있었다.

단지 그것뿐인데.

갓 싹트기 시작한 고귀한 꿈은 꽃필 일 없이 짓밟히고 말았다.

"관객은 나와 전학생밖에 없었어. 그래도 우리를 위해 『Ra*bits』는 전력으로 퍼포먼스를 보여줬어."

그랬다. 그들은 귀엽기만 한 집단이 아니다. 의지가 있고, 관객을 즐겁게 하려는 애정이 있었고, 그렇기에 잔혹했다.

그들은 나와 스바루 군, 단 두 사람을 위해 전력을 다해 준 것이다.

텅 빈 '강당'에서 목소리를, 열의를 짜내서.

"굉장했어. 곡도 노래도 뭐든 다. 시노농네의 노력이 눈에 보이는 것 같았어. 가슴이 떨렸어. 그렇게 감동적인 공연이었는데."

스바루 군은 처음으로 부모님께 맞은 아이처럼 말을 잇지 못했다. 그 표정에 한순간 미소가 떠오르려 했다. ──『Ra*bits』의 공연을 떠올린 거겠지.

나도 감동했다. 굉장했다. 그들은 마지막까지 깔끔히 해냈다. 대부분 신인들이라는 게 믿기지 않을 정도로── 즐거웠다. 사소한 실패도 있으면서도 그것도 애교로 삼아 전력으로 아이돌로서 임해 주었다.

푹 빠져서 나와 스바루 군은 환성과 박수를 보냈다. 그들은 그것에 미소로 답해 주었다. 기분이 황홀해질 것 같은 귀여운 노랫소리를 들려 주었다.

동정하는 게 아니다. 진심으로── 칭찬하고 싶었다.

"하지만 그걸 보고 있었던 건, 나와 전학생뿐이었어."

하지만 현실은 무거웠다. 우리 주변에는 어둠이 소용돌이 치고 있어서 아무리 『Ra*bits』의 모두가 소리를 질러도 역겨운 악의는 떨쳐낼 수 없었다.

"이런 건 잘못됐어. 시노농이 불쌍해. 그 애의 노랫소리는 정말 아름다워. 들으면 모두가 빠져들 거야. 내가 그랬던 것처럼."

시노농의 최고 팬이라고 스바루 군은 말했었다. 스바루 군은 하지메 군을 정말 좋아하는 것이다. 마음씨가 좋다든지 잘 따라

준다든지 하는 이유도 있겠지만. 순수하게 하지메 군의 모든 것을 사랑하고 있었는데.

"하지만 지금의 유메노사키 학원에선 그 아이의 노래는 어디에도 전해지지 못해."

머리를 감싸 쥐고 스바루 군은 고개를 숙인다.

"이런 건 너무하잖아."

세상 모든 것을 거절하는 것처럼 스바루 군은 고개를 떨구고 있었다. 『Ra*bits』의 공연이 끝난 후에도—— 그대로 계속 움직이지 않았다. 복부나 치명적인 곳을 찔려 금방 죽어버릴 듯한 느낌이었다.

차마 보고 있을 수가 없어서 나는 도움을 구하려고 호쿠토 군과 마코토 군을 찾은 것이다. 하지만 그들도 전지전능한 신은 아니다. 그저 옆에서 스바루 군의 통곡을 듣고 있을 뿐이다.

어쩌면 좋을까. ——어떡하면 이 어둠을, 악몽을 씻어낼 수 있을까. 나는 구역질이 나 손을 입가에 가져다댔다. 속에서 오열이 흘러나온다.

그것을 눈치채고 스바루 군이 얼굴을 든다. 하지메 군과 친한 관계였던 그가 더 괴로울 텐데. '웃어 줘.' 라고 말하는 듯이 내 뺨에 손을 올려준다.

"나는 아직 어딘가 남 일처럼 생각했어. 놀이 기분이었어. 솔직히. 왜 학생회에 저항하려 하는지 잘 모르는 상태로 동료가 됐었어."

참회하듯 스바루 군은 동료들에게 마음속을 털어놓는다.

"모두가 웃을 수 있다면 그걸로 좋았어. 학생회도 아이돌이니까. 분명 모두의 얼굴에 웃음을 줄 거야. 그렇게 믿었었어. 그래서 학생회를 이기지 못해도 상관없다고 마음속에선 생각하고 있었어."

상처를 제 손으로 파헤치듯 비통한 표정이었다.

"하지만 그렇지 않았어. 오늘 드림페스에선 아무도 웃고 있지 않았어. 가식적인 웃음만 있었어. 그런 건 돼지 울음소리와 똑같아. 가치 같은 건 없어. 그런 차가운 미소 뒤에 많은 눈물이 흐르고 있었어."

어떻게든 웃으려고 했지만 웃을 수 없어서—— 그것이 답답한지 스바루 군은 자신의 머리칼을 마구 헝클어뜨렸다.

"시노농, 울고 있었어. 공연이 끝날 때까진 괜찮았어. 하지만 끝난 뒤에…… 귀여운 얼굴이 엉망이 돼서 흐느껴 울고 있었어."

오늘 일은 전쟁도 아니었다.

일방적인 학살이었다.

"정정당당하게 싸워서 진 다음에 우는 거라면 괜찮아. 가치가 있으니까. 흘린 눈물만큼 강해질 수 있을 테니까."

우리를 한껏 대접해 주며 웃어 주었던 모두가—— 행복한 시간을 공유했던 사랑받아야 마땅할 아이들이 거기서 희생되었다.

"하지만 『Ra*bits』는, 시노농은, 싸워 보지도 못했어."

저항하지도 못하고 그저 유린당했다. 맞서지도 못하고——
소중한 것이 불살라지고, 능욕당하고, 방치되어 아무도 그들을 돌아보지 않았다.

"이게 유메노사키 학원의 '일상'이라면, 매일처럼 펼쳐지는 광경이라면……. 난 이런 건 인정 못 해. 그런 눈물은 더는 보고 싶지 않아."

다른 관객들은—— 유메노사키의 학생들은 아무도 현재 상황을 의심하지 않았다.

그렇기에 『Trickstar』는 혁명의 깃발을 든 것이다.

스바루 군처럼 나도 현실을 실감했다. 너무나도 늦었지만.

피가 흐르고 나서 처음으로 아픔을 느껴 너무나도 큰 괴로움에 몸부림치고 있다.

"학생회 때문에, 유메노사키 학원의 구조 때문에, 상냥한 그 아이가 울어야만 한다면——."

스바루 군은 자신의 가슴팍을 꽉 쥐었다. 들떠서 남 일처럼 생각해 왔던 자신에게 벌을 주듯—— 멱살을 잡듯이. 뼈가 삐걱대는 소리가 날 정도로 강하게.

그 눈동자에 투지가 깃든다. 소중한 것에 상처를 입고 가만히 있을 정도로 그는 나약하지도 비인간적이지도 않았다.

감정이 결여되어 있다고 자기 입으론 말했었지만 그렇지 않다. 그 전신에서 뿜어져 나오는 건 분노이자 슬픔이자 영혼의 반짝임 그 자체였다.

스바루 군은 감정의 덩어리를 몸 안에서 해방시키고 있다. 그건 분명 우리의 혁명의 길을 밝혀 줄 등불이다. 증오와 역정과 순수한 애정과 선의를 연료로 한 불꽃이다.

"난 그런 거—— 뭐가 됐든 전부 부숴버리고 싶어."

마지막으로 흘러나온 눈물을 억지로 훔치고 스바루 군은 일어섰다.

똑바로 앞을 바라본다.

Revenger ✧

순식간에 하루하루가 지나간다.

점심시간. 내가 다니는 2학년 A반 교실이다.

가혹한 수업을 견디고 지쳐 책상 위에 축 늘어지는 게 일과가 되어가고 있는 내 바로 옆에서—— 호쿠토 군이 교과서 등을 척척 정리하고 있다.

(흠.)

항상 여유로워 보이는 그에게도 역시 피로의 기색이 짙어 보인다. 눈가를 손가락으로 누르며 할아버지 같은 한숨을 흘리고서—— 잠시 멍하니 마음을 놓고 있었다.

(지옥의 한 주가 끝났어.)

'강당'에서 그 악몽 같던 『S2』를 목격하고 나서 시간이 제법 흘렀다.

『Trickstar』 모두와 나는 수업을 받으며 점심시간이나 방과 후, 휴일 등에도 철저한 특별 훈련을 수행했다.

우리는 열의와 목적의식과 젊음에 의한 풍부한 체력이 있었지만. 그래도 역시 온몸이 산산이 부서질 것 같다.

책상에 엎드린 채 움직이지 않는 나를 걱정스러운 눈길로 바라보며 호쿠토 군은 냉정하게 상황을 분석하고 있다.

(사쿠마 선배와 경음부의 협력도 있어……. 특별 훈련은 순조롭게 진행되고 있다고 생각해.)

덤으로 사쿠마 선배—— 레이 씨는 '수업 정도야 땡땡이쳐도 된다네.' 라며 문제아다운 이야기를 했었지만, 우리의 목적은 『S1』에서의 기습이다. 특히 전학 온 지 얼마 되지도 않은 내가 그렇게 길게 쉬게 되면 아무래도 의심을 받겠지.

그렇게 생각하고 마는 건 각오가 부족하기 때문일지도 모르겠지만.

실제로 유메노사키 학원은 전문학교에 가깝다. 수업을 받고 싶지 않으면 마음대로 하면 된다. 하지만 가차 없이 두고 간다——는 방침이긴 하다. 우선순위를 정해 자신에게 있어 가장 좋은 시간 사용법을 선택해야 한다.

우리는 의견을 주고받아 목표로 삼을 『S1』까지의 상세한 일정을 정했다. 그리고 수업을 결석하면서까지 특별 훈련에 열중하면 몸보다 먼저 마음이 부서질 거란 결론에 이르러—— 반쯤 휴양도 겸해 교실에는 매일 얼굴을 비치도록 하고 있다.

그 수업도 적응하지 못한 내게는 굉장히 힘든 일이었지만. 노력을 거듭해 모든 힘을 다하지 않으면—— 『Ra*bits』의 원수를 갚는 건 불가능하다. 이 유메노사키 학원을 바꾸는 것도.

나는 어떻게든 고개를 들어 영양 드링크를 마셨다. 지금은 도핑이든 뭐든 해서—— 다가올 결전에, 『S1』에 대비해야 한다.

그런 나를 보며 곤란한 듯 쓴웃음을 지으면서도 호쿠토 군은 앞으로의 예정을 재확인하고 있다.

(오늘까지는 개인 연습. 그리고 『S1』을 앞둔 이번 주부터는 『유닛』 연습——이란 일정이야. 일반 관객이 모이는 『S1』은 학생회를 쓰러트릴 절호의 기회야. 이런 기회는 두 번 다시 없을지 몰라. 전력을 다해야 해.)

스바루 군은 커뮤니케이션 능력 향상을 겸해 내게 기초지식 보완 등을 해 주고 있다. 마코토 군은 코가 군에 의한 신체 능력 강화. 호쿠토 군은 쌍둥이의 지시 아래 유연성을 키우고 있다.

(하지만 불안한 건 정말로 사쿠마 선배의 특별 훈련에 효과가 있는가—— 하는 거야. 솔직히 아직까지 반신반의지만.)

레이 씨는 그런 우리들을 지켜보며 가끔씩 조언을 주거나 하고 있다.

(『Trickstar』의 동료들과 함께 연습해 보면 성장하고 있다는 걸 실감할 수 있는 걸까?)

그렇게 일주일이 지나——『S1』까지의 중간지점에 서 있다.

오늘부터 『유닛』 전체연습이 시작된다. 일주일 동안의 성과를 공유할 때가 온 것이다.

(우리 『Trickstar』는 결성하고 얼마 안 되는 신예 『유닛』이야. 따라서 호흡을 맞추는 전체연습은 반드시 필요해.)

『Trickstar』는 아직 공식 드림페스에 참가한 적도 없는 신출내기라고 한다. 그렇기에 주목을 받지 않아 『S1』에서의 기습도 가능한 것이다. 하지만 그건 동시에 바로 실전으로 가야 함을 의미한다. ——실전 경험이 부족하다는 이야기도 된다.

(멋을 부리거나 자기 취미를 위해 『유닛』이 존재하는 건 아냐. 개인보다 집단으로 싸우는 게 유리하니까. 잘된다면 각자의 실력이 합쳐져── 본래 수준을 넘어서는 퍼포먼스를 발휘할 수 있어.)

혼자가 아니란 점은 든든하기도 하지만……. 멤버들의 발목을 잡고 만다는 불안이나 서로 맞물리지 않아 사고가 일어날 위험성도 있다.

(이번 주 특별 훈련을 통해 우리의 실력은 덧셈이 아니라 곱셈으로 향상돼 갈 거야. 하지만 곱셈은 원래의 숫자가 작으면 의미가 없어. 0은 아무리 곱해도 0이니까.)

홀로 맞서도 발길질에 차일 뿐이다.

학생회는, 『홍월』은 너무나도 강력하다.

(그래서 각자의 능력치를 높이기 위해 지난주의 개인 연습이 있었던 거야. 이치엔 맞아. 전체연습이 있을 방과 후가 기다려질 정도야.)

호쿠토 군은 수업 뒷정리를 마치고 씩씩하게 일어선다.

얼음 조각상 같은 호쿠토 군의 미모에는 미래를 바라보는 강한 의지의 빛이 깃들어 있다.

(개인 특별 훈련에도 익숙해졌어. 이대로 자기 실력을 끌어올리는 노력도 지속해야겠지. 『S1』까지는 시간이 없어. 수면 시

간과 휴일도 아까워하지 말고 매진하지 않으면——압도적 강자인 학생회를 타도하는 건…… 사쿠마 선배가 말했던 대로 백일몽에 불과할 거야.)

"열심히 하자."라고 호쿠토 군은 혼잣말을 하며 책가방을 꺼냈다. 거기에서 삐져나온 이어폰을 휘발유라도 보충하는 것처럼 귀에 꽂았다.

(할머니께 부탁드려서 음악 플레이어에 *라쿠고(落語)도 담아 두었고. '웃음 포인트'에 대한 공부가 돼. 전통예능을 주무기로 하는 『홍월』과 싸우는 데에 참고도 되고.)

뭘 듣고 있나 했더니……. 아이돌답지 않은 느낌이긴 하지만——호쿠토 군 나름대로 그것은 의미가 있는 행위, 숭고한 의식 같아 보이기도 했다.

(고마워요, 할머니. 반드시 동료들과 함께 승리를 거머쥘게요.)

호쿠토 군은 존경하고 사랑하는 할머니에게 마음속으로 감사를 표하고 있다.

(……생각해 보면 예전부터 정말로 필요한 것을 주신 건 할머니였어. '우수한 아이돌'이 아니더라도 애정을 쏟아 주신 건 감사한 일이야. ——할머니가 응원해 주시는 것만으로도 진심으로 격려를 받는 것 같아.)

호쿠토 군도 승리를 위해 수단과 방법을 가리지 않고 노력을

---

*라쿠고: 일본의 전통 예술 중 하나. 라쿠고가라 불리는 사람이 무대 위에 앉아, 관객을 대상으로 이야기를 풀어가는 형식을 취한다. 의상, 도구, 연출효과 등은 최대한 사용하지 않으며, 부채나 손수건을 활용한다.

계속하고 있는 것이다.

(몸과 마음 모두 릴랙스할 수 있어. 그게 아마도 내가 손에 넣어야 할 것이야. 목숨을 걸고서 이 길을 나아가자. 고난의 길 끝에는 절경이 펼쳐져 있을 거라 믿고서.)

"냠냠냠♪"

그런 호쿠토 군의 옆쪽 뒷자리에서 긴장감 없이 입을 우물거리는 소리가 들린다.

눈을 동그랗게 뜨고 호쿠토 군이 그쪽으로 시선을 돌린다. 그곳에서는 마코토 군이 책상 위 한가득 과자빵을 펼쳐놓고 게걸스레 먹고 있었다.

철저한 체력강화 특별 훈련을 하고 있는 그는 가장 피폐해 있다. 새 상처가 끊이지 않아 파스나 반창고가 눈에 띄었다.

처음 만났을 때의 애지중지 키워진 도련님 같던 분위기는 흐려져 늠름한 얼굴이 되어가는 듯한 느낌이 든다.

"요즘 히다카 군은 표정이 많이 부드러워졌네. 전보다 훨씬 좋다고 생각해."

"음. 쌍둥이의 지시로 신 음식을 많이 먹었으니까. 근육이 부드러워진 거겠지. 얼굴 근육도. ……너도 먹을래? 문어 초절임과 다시마 초절임."

"신 음식 말고도 다른 것도 먹는 게 좋다고 생각해. 영양 밸런스가 별로 좋지 않을 것 같아── 냠냠♪"

"그러는 유우키는 요즘 굉장히 잘 먹는군. 예전엔 소식이라고 해야 하나, 영양제 같은 것들만 먹었던 것 같은데?"

"응. 오오가미 군이 나보고 '고기를 먹어. 고기! 왕창 먹어. 위장 다 터져버릴 때까지 먹어!' 라고 하니 말이지~?"

실 것 같은 정제를 입에 넣는 호쿠토 군과 야끼소바빵을 물어뜯는 마코토 군. 정말 식욕이 좋다. 점심시간이니 식사를 하는 건 당연한 일이지만. 양이 굉장하다. ──덤으로 요즘은 점심을 각자 자유롭게 먹기로 하고 있다.

학식이나 매점을 이용하거나 도시락을 싸 오거나. 나는 요즘 조금 이유가 있어 요리에 열중하고 있기에 도시락이다.

음식 냄새가 차기 시작했기에 나는 몰래 창문을 열어 환기했다.

부드러운 산들바람이 풀 향기와 함께 들어온다. 그런 나를 슬쩍 보며 마코토 군은 호쿠토 군과 대화를 나누고 있다.

"그리고 내 특별 훈련은 격렬한 운동이 많으니까. 굉장히 배가 고파져. 살도 조금 쪘을지도?"

"흠. 근육이 붙었겠지. 전보다 듬직해 보여."

"그런가, 기쁜걸. 예전에 모델 활동할 땐 몸매 관리가 필수였거든."

그다지 입에 올리고 싶지 않은 화제인 거겠지. 잠시 먼 곳을 바라보고 있었다. 곧이어 명랑하게 웃고는 마코토 군은 알통을 만드는 것 같은 포즈를 취한다.

"지금은 적어도 드림페스 도중에 쓰러지지 않을 정도의 체력이 있었음 좋겠어 ♪"

힘차게 주장하고서 마코토 군은 가방 속에서 여러 개의 단말을 꺼낸다. 유메노사키 학원에서 개인 물품은 반입이 자유로운 점이 있다. 교칙은 엄격해서── 일일이 갖고 온 것을 서류에 적어 검사를 받기도 하지만.

검사를 통과한 개인 물품은 자유로이 쓸 수 있기에 사물함에 다 들어가지 않을 정도로 대량으로 갖고 오는 사람도 많다. 레이 씨는 관 같은 물건을 가져왔었다. ──그건 아마 허가를 받지 않았겠지만. 얼마나 무법자인 걸까, '삼기인'은.

단말의 전원이 켜져 마코토 군의 안경에 영상의 빛이 반사된다.

"물론 체력만 가진 바보가 되는 건 싫으니까. 본래 내 특기인 정보 수집도 열심히 하고 있지. 우리의 결전인『S1』에 대해서도 조사하고 있어."

점심시간의 느긋한 공기 속『Trickstar』멤버들은 기운을 회복하고 있다.

다가올 결전에 대비해 착착 준비를 진행하고 있다.

"역시 이번엔 학생회장의『유닛』──『fine⌁』는 참가하지 않는 것 같아. 리더가 입원 중이니 어쩔 수 없겠지. 우리는 한 시름 덜었단 느낌~?"

단말 화면에 정보를 표시해 마코토 군이 우리가 볼 수 있게 밀어준다. 도시락통을 들고 그쪽으로 의자째로 이동한 나도 그것을 들여다본다.

"그래서 역시 우리 최대의 적은『홍월』이야."

"부회장의『유닛』역시 나오는 건가. 참가 표명을 한 사람들 중에 눈에 띄는『유닛』은 있어?"

정말로 신 음식만 먹고 있는 호쿠토 군은 무언가 셔 보이는 주스 팩에──꽂은 빨대를 입에 물고 있다.

"음~.『S1』에는 일반 관객도 오니까 말이야. 많은 관객들 앞에서 실수하는 모습을 보이고 싶지 않아 그런 걸까? 유력한『유닛』은 대부분 참가하길 꺼려해."

조금 조사하고서 마코토 군은 그렇게 결론짓는다.

"『Knights』도『유성대(流星隊)』도 이번에는 참가를 패스하는 것 같아."

그런 이름의『유닛』이 존재하는 듯하다. 나도 그럭저럭 자력으로 그리고 스바루 군에게 배우기도 하면서 조사했기에 알고 있다.『Knights』도『유성대』도 유메노사키 학원의 오래된 강자 같은 느낌의『유닛』이다.

학생회가 지배를 확고히 한 현재는, 그들처럼 학생회와 관련되지 않은『유닛』은 눈에 잘 띄지 않게 된 것 같지만.

"흠. 그쪽 강호들이 나오지 않는다면 우린 학생회 타도에만 주력할 수 있겠어."

"응. 이미 참가 신청도 해버렸으니 도망칠 수 없어. 어쨌든 싸울 수밖에 없겠지. 힘내자~ ♪"

마코토 군이 긍정적으로 미소 지었다. 그랬다.『S1』참가 신청은 이미 완료된 상태다. 그 부분은 공부를 하면서『프로듀서』

인 내가 마쳤다. 공식인데다 규모가 큰 드림페스다. 난입 참가는 어렵다.

역시 『Trickstar』는 전혀 주목을 받지 않는 듯 경계당하는 낌새도 없었다. 접수는 순조롭게 끝나 『S1』출전이 결정되었다.

이제는 그 결전을 목표로, 그저 자기 자신을 단련할 뿐이다.

"……정말 듬직해졌는걸 유우키. 예전의 너라면 움츠러들었을 텐데."

"아하하. 옥상에서 줄 없이 번지 점프하는 것보단 학생회와 싸우는 게 맘이 편하지 ♪"

감탄하듯 말하는 호쿠토 군에게 마코토 군이 반응하기 어려운 대답을 한다.

그 직후 교실 문이 날아갈 기세로 열렸다.

"다녀왔어~☆"

힘차게 안으로 들어온 건 스바루 군이었다. 내가 부탁해 이것 저것 필요한 걸 조달하러 다녀온 것이다. 스바루 군에겐 수업에 그다지 나오지 않고 어슬렁 돌아다니는 나쁜 버릇이 있다. 그 사이에 시간이 있다면 하고 부탁해뒀던 것이지만.

스바루 군은 나를 발견하고 당연한 듯 안겨들고는 부탁했던 것들을 건네준다. 종이 백에 담긴 여러가지 물건들. 내용물을 확인하고, 나는 감사를 전했다.

"아케호시……. '다녀왔어' 라니 어디 갔었던 거야. 넌 너무 자유로워. 우리와 좀 더 보조를 맞춰줘."

수상한 움직임을 보이는 우리를 호쿠토 군이 이상한 듯 바라보고 있다.

"지금 전학생에게 뭘 줬지? 제대로 설명해. 너희끼리만 멋대로 움직이지 마."

"요즘 전학생 쨩이랑 사이좋네~. 아케호시 군? 항상 둘이서만 움직이고 있고 말이야. 뭐, 그게 사쿠마 선배의 지시이긴 하지만?"

"훗훗후☆아직 비밀~. 알면 다들 분명 놀랄걸!"

스바루 군은 윙크를 하고서 나와 어깨동무를 하고 크게 으스댔다.

"나도 전학생도, 일주일을 쓸데없이 보내진 않았단 말씀. 그걸 증명할 테니까. 기대하고 있어☆"

(음~. 뭐, 잘 모르겠지만. 상당히 기운을 차린 것 같아. 일주일 전──『S2』를 본 직후의 아케호시 군은 조금 눈 뜨고 볼 수 없을 정도로 의기소침해 있었으니까.)

마코토 군은 얼추 식사를 끝내고 입가를 우아하게 손수건으로 닦았다. 안경 안쪽에서 사려 깊은 눈길로 우리를 관찰하고 있다.

(다행이야. 아케호시 군, 평소 모습으로 돌아와서.)

안심한 듯 마코토 군은 살포시 웃음 짓는다.

(전학생 쨩 덕분이려나. 요즘 둘이서 몰래 뭔가 하고 있는 거 같던데. 아무것도 모르는 전학생 쨩을 지도하고 이것저것 행동하고 있는 덕에……. 아케호시 군도 우울함을 잊은 걸까?)

내게 달라붙어 시시한 이야기에 열을 올리는 스바루 군. 이전과 같아 보이기도 하지만 거기에는 긍정적인 열기가 있다. 짙은 어둠 속 밑바닥 같았던 '강당'에서 고개를 갸웃거리며 눈물을 흘리던 약한 분위기는 깨끗이 사라져 있다.

스바루 군의 내부에서 커다란 변화가 있었다. 그것은 모든 것이 바뀌기 시작하는 전조다. 우리의 미래를 열고, 이끌어 줄 일등성의 반짝임이다.

(아케호시 군, 제대로 스위치 켜졌나 보네~?)

조금 오한을 느꼈는지 마코토 군이 자기 몸을 감싸 안으며 떤다.

(오싹오싹한걸. 천재가 진지해지면, 어떻게 될까. 나도 아케호시 군의 열정에 휩쓸려 타 죽지 않을 정도로는—— 강해져야 해.)

각오를 굳히는 마코토 군 옆에서 같은 마음을 공유하고 있는 건지…… 어딘가 자랑스러운 듯 미소 지으며—— 호쿠토 군이 스바루 군을 부른다.

"점심은 먹었어? 아케호시. 이제 곧 점심시간도 끝날 텐데. 도시락이나 먹을 게 없다면 내 다시마 초절임을 줄게."

"괜찮아. 밖에 있을 때 전학생이 만들어 준 도시락을 먹고 왔거든~ ♪"

'잘 먹었어.'라며 스바루 군은 깨끗하게 비운 도시락통을 건네준다. 다 먹어 준 건 만든 사람 입장에서는 굉장히 기쁘다.

분위기가 화기애애한 우리를 호쿠토 군이 조금 쓸쓸한 듯 바라보고 있다.

"그렇군. 그럼 됐어. ……사이좋게 지내는 건 좋지만 너무 우리를 빼먹지 말아 줬으면 하는 마음이야."

한숨을 쉬고서 갑자기 호쿠토 군은 내 얼굴을 들여다보았다.

"음, 무슨 일이야 전학생. 고개를 푹 숙이고 있는데 역시 피곤한 거야?"

호쿠토 군의 질문에 고개를 끄덕이며──.

나는 오늘 아침부터 조금 신경 쓰였던 일에 대해 말해 보았다.

"흠흠. 오늘 아침 등교하니 신발장에 편지가 있었다……고?"

"신발장에 편지? 그거 혹시 러브레터야?"

마코토 군이 지나치게 반응하며 어째서인지 호들갑을 떨었다.

"굉장해! 아직 전학을 오고 일주일 조금 지났는데, 벌써 어딘가의 순진한 남자를 사로잡았구나! 전학생 쨩도 참 마성의 여자네……☆"

"연애편지는 아니겠지. 그렇다고 보기엔 편지가 너무 단순해. 보낸 사람 이름도 붓으로 휘갈겨 쓴 느낌이야."

호쿠토 군도 그다지 냉정한 상태가 아닌지 지나친 검토를 하고서 그렇게 결론 내린다.

"굳이 따지자면 결투장으로 보이는데."

편지의 외견은 완전히 그런 느낌이다. 물론 내용도 확인했기에 나는 이 편지가 그런 연애 관련 물건이 아님을 알고 있다.

보낸 사람의 이름도 문제이니 모두에게 제대로 상담해야겠지.

"편지를 읽어도 될까? 전학생."

그 말대로 호쿠토 군에게 편지를 건넸다. 호쿠토 군은 위험물이라도 다루는 듯 신중히 열어—— 내용을 확인한다.

그리고 더욱더 의심스럽다는 표정을 지었다.

"흠.『**방과 후, 혼자 무도장으로 와라. 키류 쿠로**』라고 적혀 있군."

내용은 그것뿐이다.

너무나도 간소하다. 단순한 호출이다.

"키류 쿠로인가……. 우리가 상대해야 할 강적『홍월』의 멤버야. 설마 우리의 움직임을 눈치채고『S1』이 개최되기 전에 무너트리려는 건가?"

"아니아니. 그런 수고를 할 정도로 학생회가 우리를 경계할 거란 생각은 안 드는걸. 키류 선배는 학생회 임원도 아니고."

마코토 군은 연애 이야기가 아님을 알고 급격히 식어버렸는지—— 동요하는 호쿠토 군에게 미네랄워터를 입에 머금으며 중얼거렸다.

키류 쿠로 씨는 이전에【용왕전】에서 접점이 있긴 하다. 그렇다곤 해도 한두 마디 이야기를 나눈 것뿐이다.

문제는 그가 그『홍월』의 멤버란 점이다. 우리가 결전에서 맞닥뜨려야 할 숙적인 것이다.

개인적으론 쿠로 씨에게는 전혀 나쁜 인상이 없지만……. 가볍게 만나러 갈 정도로 편한 관계도 아니다.

그래서 고민하고 있었던 거지만 마코토 군이 쉽게 편지의 의도를 추측해 준다.

"그거 아닐까. 전학생 쨩이 관전했던 비공식전 있잖아. ——【용왕전】이었던가. 그때 전학생 쨩, 키류 선배에게 손수건 빌려줬었지? 키류 선배는 성실한 사람이니까. 그걸 돌려주고 싶어~정도인 거 아닐까?"

아, 그 일인가……. 납득이 간다. 나와 쿠로 씨의 접점은 그 정도다. 조금 지나치게 경계했던 걸지도 모르겠다.

손수건 정도는 줘버려도 괜찮다 생각했었고 미묘한 시기다. 지금 시기에 『홍월』의 멤버와 접촉하는 건 과연 어떨지. 판단하기가 어렵다.

애원하듯 바라보자 호쿠토 군이 냉정하게 생각해 준다.

"흠. 그럴지도 모르겠지만 만약을 위해 경계는 해 두는 게 좋겠어. 가라테부라면 거친 사람들이라 유명해. 험한 일을 당할지도 몰라. 걱정되는걸."

어떨까. 정말로 평범한 용건이라곤 생각하지만.

"무시하는 것도 기분을 상하게 할 수 있어. 부름에는 응해야 한다 생각해."

호쿠토 군은 걱정스러운 듯 나를 바라보며 현실적인 판단을 내려 주었다.

"'혼자서 와라.'라고 적혀 있으니, 우리가 함께 갈 수도 없어. 우린 약속 장소인—— 무도장 바로 근처에서 대기하도록 하자. 그걸로 어때?"

"과보호네. 홋케~는. 그래도 그렇네. 비명을 지르면 알아챌 수 있는 거리에서 우리도 혹시나 있을 일에 대비해 둘까?"

"응, 그게 좋을 것 같아. 키류 선배는 이야기는 잘 통하는 사람이니까."

스바루 군도 마코토 군도 호쿠토 군이 제시한 계획에 동의한다. 뭐, 그 정도가 타당하겠지. 혼자서 쿠로 씨를 만나러 가는 건 무섭지만. 모두가 근처에서 기다려 준다고 생각하면 마음이 든든하다.

바쁜 데다 특별 훈련에 집중해야 하는 모두의 시간을 빼앗는 건 마음이 무겁지만. 나는 경음부 쌍둥이에게 납치당했던 전과가 있다. 그런 일이 또 일어났다간 더 수고를 끼치고 만다.

아마 용건이라고 해도 별일 아닐 테니까 얼른 마무리해서 다가올 결전에 대비하자. 대전 상대인 『홍월』의 쿠로 씨를 만나면 얻을 수 있는 게 있을지도 모르고.

마코토 군도 같은 생각을 했겠지. 개구쟁이처럼 웃었다.

"『홍월』의 멤버인 키류 선배와 잘 교섭한다면……. 『S1』에서의 대결을 유리하게 진행할 수 있을지도 모르고 말이야?"

"음……. 관계를 이용하는 건 좋아하지 않지만 수단과 방법을 가릴 여유도 없겠군."

아무리 그래도 교섭할 여유는 없을 거라 생각하지만.

각오를 굳히고 나는 편지를 꽉 쥔다.

모두가 함께라면 두렵지 않아. 쿠로 씨와 어떻게든 직접 만나보자.

어쩌면 생각도 못한 수확이 있을지도 모르니까.

"키류 선배의 이번 호출. 행운이 될지 불행이 될지——."

호쿠토 군은 왠지 겁주듯 무서운 표정을 지으며 말했다.

"모든 건 네게 달렸어. 전학생."

방과 후가 되었다.

오후 수업도 어떻게든 극복하고 나는 편지에 적힌 대로 무도장까지 걸어 이동했다. 역시 부지가 넓어 장소에서 장소로 이동하는 것만으로도 지쳐버리고 만다.

나는 책가방을 방패처럼 들었다. 내가 봐도 심하게 경계하는 것 같지만……. 될 수 있는 한 주의를 늦추지 않으면서 무도장 입구 앞에 선다.

살짝 뒤돌아본다. 어딘가 가까운 곳에 모두가 기다리고 있을 거다. 무슨 일이 있으면 소리를 지르라 했지만. 나는 목소리가 작으니까……. 외쳐도 아무도 알아채지 못하고 구해주러 오지 않으면 어떡하지?

불안해진다. 비명을 지를 사태가 생기지 않길 기도할 수밖에 없다.

마음을 다잡고 무도장의 문을 두드린다.

이유는 모르겠지만 심어져 있는 소나무. 날씨는 쾌청하고 구름 한 점 없다. 작은 새의 울음소리가 평화로이 울려 퍼지고 있다――며 풍경이나 분위기를 즐기고 있을 때가 아니다.

조금 기다렸지만 반응이 없어 살짝―― 나는 무도장의 문을 열었다.

안을 조심스레 들여다본다.

다다미가 깔린 도장이다. 명경지수(明鏡止水), 천하포무(天下布武)라 적힌 족자. 공기마저 피부에 박힐 정도로 날카롭다. 내가 평소 접할 일 없는 힘차고 패기가 넘치는 양식.

신발을 벗을지 말지 고민한 끝에 일단 벗었다. 신발을 정리해 무도장 입구에 놓고 있으니―― 갑자기 큰 목소리가 들려왔다.

"안녕하심까!"

힘차게 인사해 준 사람은 본 적이 있는 남자애다. 일전의 【용왕전】에서 사회를 맡아 쿠로 씨를 '대장'이라 불렀던―― 이름은 분명 나구모 테토라 군.

그는 도복 차림으로, 단단한 육체가 옷감 사이에서 아른거린다. 뾰족뾰족하고 매쉬가 들어간 머리칼. 야생동물 같은 덧니. 그는 이제부터 청소를 하려는 건지 도장 안쪽 문에서 한 손에 양동이를 들고 들어온 참이었다.

곧바로 양동이를 바닥에 놓고 굉장한 기세로 고개를 숙인다.

"저기, 전학생 씨. 이렇게 여기까지 와 주셔서 감사합니다!"

무도 준비자세 같은 양손을 허리 옆에 두는 태세로 환영해 주었다.

"어서 오십쇼. 가라테부의 성지! 무도장에~ ♪"

무서울 정도의 기세로 기쁜 듯 내 쪽으로 달려온다.

"자자! 누추한 곳이지만 어서 들어오십…… 우와앗!?"

그리고 아무것도 없는 곳에서 넘어졌다.

어떻게 된 걸까. 염력이나 무언가에 끌어당겨진 것처럼 보였지만……. 아무래도 양동이를 놓았을 때 튄 물에 발이 미끄러진 모양이었다.

멍하니 바라보고 있으니 늦게서야 안쪽 문에서 커다란 인물이 모습을 드러냈다.

"무슨 일이냐 테츠. 소란 피우지 마라."

테토라 군과 같은 도복 차림인 키류 쿠로 씨다. 가까이서 보니 역시 굉장히 박력이 있다. 불타오르는 듯 붉은 머리칼. 뾰족한 머리끝은 오니의 뿔 같다. 연약한 동물이라면 째려보는 것만으로도 죽일 수 있을 것 같은 삼백안. 도복 안에 손을 꽂고서 배를 벅벅 긁고 있다.

졸린 듯 하품하는 그를 올려다보며 테토라 군이 울상으로 신음했다.

"앗, 대장! 죄송함다. 여성분과 얘기하는 건 익숙하지 않아서 긴장됨! 으아아, 이마 박았어!"

"침착하지 못하군 넌. 좀 더 태연자약하게 있도록."

"태연……자약……──의미는 잘 모르겠지만 알겠슴다! 감삼다☆"

아버지와 아들처럼 사이좋게 가라테부 두 사람은 서로를 보며 미소 짓고 있다.

"이거 참. 시끄럽게 해서 미안하군, 아가씨. 굳이 여기까지 불러내서 미안하다."

그때야 내가 와 있음을 알아챈 듯 쿠로 씨가 호쾌하게 웃어 보였다.

"뭐, 서 있기만 해도 좀 그렇지. 사양 말고 들어와. ……테츠 너도 그렇게 넘어져 있지만 말고. 손님을 안내해 드려라."

그의 턱짓에 바닥에 이마를 찧고 신음하던 테토라 군이 재빠르게 고개를 든다. 그 자리에서 수직으로 뛰어오르듯 일어서고선 오른손으로 왼팔을 두드리며 용감한 포즈.

태양처럼 밝게 웃고는 자신이 해야 할 일을 찾아 두리번거린다.

"알겠습다! 그럼, 차를 준비하겠습다~ ♪"

"멍청하긴. 무도장은 식사 금지다. 예의는 지켜야지……. 그런고로 차도 없지만. 뭐, 편하게 있다 가도록 해."

촐랑거리며 움직이는 테토라 군을 엄마처럼 신경 쓰며 쿠로 씨는 선 채로 쩔쩔매는 나를 바라본다.

"그 근처에 적당히 앉아 줘."

권유에 나는 바닥에 그대로 앉아 치마를 정리한다. 넓은 도장에서 너무나 어색한 분위기다.

만일을 위해 언제든지 도망칠 수 있도록 입구 옆에 자리를 잡아둔다.

"……너무 그렇게 경계하지 않아도 돼. 저번에 빌렸던 손수건을 돌려주려는 것뿐이야."

내게 겁을 주지 않으려고 한 것이리라. 쿠로 씨는 일정 이상 거리를 두고 자신도 도장 바닥에 책상다리로 털썩 앉았다. 오니의 우두머리 같았지만 신기하게도 무섭지 않다. 날 배려해 주고 있는 것이 전해져 온다.

무대 위에 서 있을 땐 정말로 소름 끼칠 정도였지만. 오늘의 쿠로 씨는 느긋해 보인다. 겨울잠 자는 곰이나 휴일의 아빠 같다고 해야 할까. 온화한 모습이다. 조금 마음이 편해진다.

이 사람은 아마 내게 위해를 가하지 않을 것이다. 아무래도 마코토 군의 추측대로 손수건을 돌려 주는 것이 목적인 것 같고. 다소 앉은 자세를 고쳐 나는 *일족일도의 거리에서 쿠로 씨와 마주 보았다.

마음에 들었는지 나를 바라보며 쿠로 씨는 편히 있으라 손짓해 주었다.

"도리를 다하도록 하지. 일전의 비공식전에선 아가씨 덕에 많은 도움을 받았어."

일주일 전의 【용왕전】을 이야기하는 거겠지. 입가가 더러워져 있었기에 손수건을 빌려준 것뿐이고. 감사를 받을 만한 일은 하지 않았지만.

"난 빚은 반드시 갚는 주의야. 앞으로 무언가 곤란한 일이 있다면 내게 말해. 할 수 있는 범위에서 도와주지."

---

*일족일도의 거리: 검도 용어. 선수 간의 공간적 거리 가운데, 칼끝이 서로 닿을 듯 말 듯한 거리를 말한다.

쿠로 씨도 그다지 달변가는 아닌 건지, 띄엄띄엄 하면서도 든 든한 말을 해 주었다. 그 모습을 보아선 『Trickstar』의 좋지 못 한 계획── 혁명에 대해서는 눈치채지는 못한 걸까. 기습이 목적이니 눈치를 채도 곤란하지만.

왠지 쿠로 씨는 내 가슴속을 훤히 들여다보는 것 같은 느낌이 든다.

괜한 말을 해서 『Trickstar』의 목적을 간파당할 순 없다. 그 렇게 생각하면 할수록, 나는 딱딱하게 긴장하고 말았다.

그 모습을 보고 쿠로 씨는 자신이 겁을 주고 있다고 오해한 거 겠지. 양동이에서 흘러나온 물을 걸레로 닦고 있던 테토라 군에 게 슬쩍 말을 건다.

"……테츠. 아가씨가 지루해하지 않도록 뭔가 재밌는 얘기라 도 해 봐라."

"네에!? 그건 무리한 요구임다, 대장~!"

깜짝 놀라 테토라 군이 또 다시 양동이를 뒤엎고 만다.

그대로 무릎을 꿇어앉고는 필사적으로 이야기를 늘어놓았다.

"그래도 대장의 무리한 요구는 애정 표현이라고 저는 믿고 있 슴다! 어, 으음──간장 공장 공장장은 강 공장장이고 된장 공 장 공장장은 공 공장장이다~! 아으으, '재밌는 얘기'라고 갑 자기 말씀하셔도 어렵슴다 대장~!"

"그런가. 나도 말하는 건 서툴다. 하지만 테츠는 나와 달리 밝 으니……. 익숙해지면 재치 있는 토크 하나 정돈 가능하겠지."

어딘가 만족스럽게 고개를 끄덕이고 쿠로 씨는 자애에 넘친 미소를 짓는다.

"긴장하지 마라. 분위기에 익숙해져야지. 너도 아이돌이잖
나. 팬과의 교류는 '흔히 있는 일'이다. 그걸 전부 도망쳐서는
아이돌 가업을 할 수 없다."

"알겠슴다! 대장의 말씀엔 항상 오묘한 뜻이 있슴다. 메모메
모♪"

"테츠. 솔직한 점이 네 장점이자 단점이다."

신기한 대화를 나누며 쿠로 씨가 일단 일어선다. 그리고 무도
장 구석에 있는 장롱 속을 뒤지기 시작했다. 잘 보니 장롱 외에
도 작업대 같은 것이 있어 천 조각들이 흩어져 있다. 재단 가위
나 색색의 실패들, 바늘꽂이 등도. 덤으로 위엄 있는 서체로 『**멋
대로 만지지 말 것**』이라고 쓴 종이도 붙어 있다.

무도장보다는 아틀리에 같은 공간이었다.

"여기 있군. 자 아가씨, 손수건이다."

색색의 천 사이를 뒤지던 쿠로 씨는 내가 그 신비한 공간에 의
문을 드러내기 전에 목적한 물건을 발견한 것 같다.

깨끗하게 세탁되어 접힌 손수건을 발견하고 기쁜 듯 내밀어
준다.

하지만 나는 고개를 갸우뚱했다. 본 적이 없는 손수건이었기
때문이다.

"……음? 빌려준 것과 다르다고?"

그 사실을 전하자, 쿠로 씨는 '아뿔싸' 하고 천장을 올려다보
았다.

"아아, 아가씨 말이 맞군. 실수했어. 집에서 나올 때 손수건을 잘못 챙긴 것 같다. 아무래도 난 중요한 데서 덤벙대는 것 같군."

어찌할 바를 모르겠다는 표정이 되어 쿠로 씨는 손수건을 손에 들고 다가왔다.

한 발짝 가까워질 때마다 거대해지는 것 같다. 역시 체격이 상당히 좋다. 나 정도는 한손으로 잡을 수 있을 것 같기도 하고 밟아버릴 수 있을 것 같다.

두려워하고 있으니 쿠로 씨는 손수건을 마술사처럼 '팟' 펼쳤다.

"하지만 모처럼 아가씨를 무도장까지 오게 했으니 헛걸음을 하게 만드는 것도 미안해. 그렇게 비싼 것도 아니니 이 손수건을 대신 줄게. 사양하지 마. 조금 쓸데없는 자수를 넣긴 했지만."

개방적인 무도장엔 바깥에서 햇빛이 가득 들어오고 있다.

나는 쿠로 씨가 떠넘긴 손수건을 눈앞에서 살짝 펼쳤다. 햇빛을 반사해 꽃이 핀 것만 같았다.

굉장해……. 혹시 엄청나게 고급품인 게 아닐까. 내가 쿠로 씨에게 빌려줬던 손수건은 몇 장씩 묶음으로 해서 팔던 싸구려였지만.

황송해할 수밖에 없는 내게 쿠로 씨가 엄청난 이야길 하기 시작했다.

"……음? 아아, 그건 내가 자수한 거다. 특기야. 바느질은."

어떻게 된 일일까. 어? 손바느질 한 거야? 이렇게 체격도 좋고 강해 보이는 사람이 바늘로 한 땀 한 땀 자수를……? 그 광경이 잘 상상되지 않는다.

사실이라면 엄청난 실력이다. 잘 살펴보니 확실히 손수건 자체는 시중에서 파는 어디에든 있을 법한 물건이다. 하지만 세밀한 자수가 놓여 전체의 색조가 조화되어 아름다운 예술품처럼 되었다.

이거 가게에서 파는 가격보다 몇 배는 더 높은 가격에 팔리지 않을까.

손수건을 햇빛에 비춰 보거나 하면서, 계속 감탄하고 있자니
─.

쿠로 씨는 내 반응이 기뻤는지 조금 쑥스러워하며 미소 지었다.

"여동생이 좋아하거든. 여동생 양말이나 앞치마나 손가방 등 이것저것 전부 내가 만들어 주고 있으니까."

"후후후 ♪ 대장의 실력은 프로급임다~. 『홍월』의 전용 의상도 대장이 손수 만든 거니까요!"

테토라 군이 '어떠냐!' 라고 말하는 것처럼 가슴을 펴고 있다.

『홍월』의 의상은 굉장히 복잡하고도 호화로운 물건이었다. 그런 건 애초에 손으로 만들 수 있는 걸까.

의외의 특기다. 오히려 왜 아이돌을 하고 있는지 모르겠다. 쿠로 씨를 다시금 위아래로 물끄러미 바라보고 말았다.

테토라 군이 몸을 내밀어 끝없이 쿠로 씨를 찬미한다.

"제가 소속된 『유성대』의 의상도 대장이 만들어 주셨습다~♪"

"그래. 테츠네 유닛은 퍼포먼스에서 움직임이 격하니 의상도 탄탄하게 만들지 않으면 금세 못 쓰게 될 거야. 그 점을 고려하는 게 상당히 어려웠다."

『유성대』는 역사 있는 강호 『유닛』이었을 터. 테토라 군과 쿠로 씨, 사이가 좋아보여서 같은 『유닛』일 거라 생각했었는데.

그리고 보니 『S2』에서도 『홍월』 안에 테토라 군은 없었다.

이래저래 복잡한 이유가 있는 거겠지.

오히려 같이 『유닛』 활동을 할 수 없으니까. 평소에는 지금이 기회다 하고 쿠로 씨에게 찰싹 붙어 응석을 부리는 거겠지――테토라 군은.

쿠로 씨가 독기가 빠진 것처럼 표정을 풀었다.

"그렇게 되면 수선할 수도 있지만. 소중히 다뤄줘라. 난 재봉사가 아니니까. 의상 만들기만 하고 있을 수도 없다. 한 땀 한 땀 손바느질하는 건 즐겁지만."

그런 쿠로 씨에게 나는 과감히 한 가지 제안을 해 보았다. 어쩌면 그는 내가 일주일 정도 고민하고 있던 어느 난제를―― 해결해 줄지도 모른다.

『홍월』은 『S1』에서 대치해야 할 숙적이다. 손수건을 빌려준 것 정도로 그런 일까지 의지하는 것도 죄송하다. 그래도 나는 지푸라기라도 잡고 싶은 심정이었다.

밑져야 본전으로, 하지만 필사적으로 부탁해 보았다.

"······흐음. 아가씨, 그쪽 『유닛』에도 전용 의상을 만들어 주고 싶은 거군."

그렇다. 이전 스바루 군에게 제안받았던 일이다. 아무것도 할 수 없는, 풋내기 『프로듀서』인 내가── 처음으로 아이돌에게 부탁받은 일이었다. 완수하고 싶다. 적어도 성의는 다하고 싶다. 하지만 나는 크게 의상 제작을 배운 적이 없다.

나는 평범한 여고생이었다. 얼마 전까지······. 문화제 연극이나 이런저런 이유로 의상을 만든 적은 있지만. 본격적인 아이돌 의상 같은 건 제작법이 실린 책조차 없고. 솔직히 손쓸 엄두도 못 내고 있었다.

집에서도 매일같이 도전하고는 있지만 디자인화를 완성하는 게 최선, 그 뒤는 어떻게 해야 할 지 알 수 없었다.

그 부분의 사정 등을 알려서는 안 되는 점은 숨기며 상담했다. 그러자 쿠로 씨는 간단히 말해 주었다.

"괜찮다면 내가 만들어 줄까? 보수도 필요 없다. 손수건의 빚을 그걸로 청산해 주면 돼."

듣자하니 쿠로 씨는 『홍월』과 『유성대』뿐만 아니라 여러 『유닛』의 의상 제작에 관여하고 있다고 한다.

의상에 관한 건 쿠로 씨에게 부탁해라. 그건 유메노사키 학원에서 상식인 듯했다.

확실히 쿠로 씨가 의상을 만들어 준다면 큰 도움이 되겠지만. 내가 부탁받은 일이기도 하고 『S1』에서 적대할 상대에게 그렇게 매달리는 것도 어딘가 신경 쓰인다.

끙끙 고민하고 있으니 쿠로 씨가 '톡' 하고 내 머리 위에 손을 올려 주었다.

"하지만 뭐, 바느질을 익혀서 나쁠 건 없으니 말이지……. 천이나 도구는 빌려줄 수 있고 하니, 내가 의상 제작의 '기본'은 가르쳐 주지."

내 마음을 이해하면서 긍정적인 제안을 해 주었다.

정말로 믿음직한 사람이다. 적이 아니었다면 좋았을 텐데. 신비한 경위로 만난 연상의 남성을―― 나는 다시금 올려다본다.

이 인연을 소중히 하고 싶다. 언젠가 서로 상처 입힐 숙명일지라도.

"나보다 아가씨가 의상을 만드는 편이 네 동료들도 더 기뻐하겠지. 입는 사람의 마음을 잘 아는 사람이 애정을 담아 만드는 게 '제일'이다."

거기서 그는 갑자기 정색하고 그 자리에 다시 앉는다.

그리고 목소리를 낮추어 본심을 털어 놓아 주었다.

"……아가씨. 난 학생회 세력의 대간판 중 하나, 『홍월』의 부장이다. 하지만 결코 이 학원의 현재 상황을 긍정하고 있는 건 아니야."

누가 듣고 있을지 모른다. 바깥 상황을 신경 쓰며 쿠로 씨는 자신의 마음속을 보여준다. 나도 자세를 고쳐 마주 앉았다.

어설프게 흘려들어서는 안 되는 중요한 이야기를 해 주고 있다.

"입장과 의리가 있다. 대놓고 협력할 수는 없지만. 만약, 아가씨들이 이 침체된 유메노사키 학원에 바람구멍을 낼 셈이라면 멀리서나마 응원하지."

그러고 보니【용왕전】에서도 쿠로 씨는 학생회에게 조금 적의가 담긴 시선을 보내고 있었다. 테토라 군이 분위기를 띄웠던 가라테부의 전통적인 드림페스──【용왕전】이 학생회의 진압으로 엉망이 되어 화가 치민 것이겠지.

그래도 그는 『홍월』이다. 세간에서는 학생회의 기수라고도 할 수 있다. 입장이 미묘한 가운데, 그래도 쿠로 씨는 의협심을 보여주고 있다.

나도 그것에 답해야 한다. 침을 꼴깍 삼키고 가까이에서 쿠로 씨를 마주 대한다. 무서워 보이는 삼백안에는 긍지 높은 광채가 빛나고 있다.

"응원밖에 할 수 없다는 게 한심하지만. 손재주는 좋지만 아무래도 나는 사는 방식까지는 요령이 좋지 못한 모양이다."

"어, 어떻게 된검까? 전학생 씨, 학생회와 적대할 생각이신 검까?"

홀로 대화에서 빠져 있었던 테토라 군이 쓸쓸한 듯 쿠로 씨를 뒤에서 끌어안았다.

그도 학생회에 대해서는 생각하는 바가 있겠지, 호전적으로 주먹을 쥐고 있다.

"대단하심다~! 그 누구도 정면 승부로 도전하거나 거역하지도 않는 학생회와 한바탕 하실 생각이심까? 멋지심다~. 불꽃의 전학생이심다……☆"

왠지 묘한 칭찬을 받고 말았다.

"저도【용왕전】을 망친 학생회에겐 원한이 있슴다! 분하고 분해서 밤에도 잠이 오지 않을 정돔다!"

그렇겠지. 자신이 기획해 사회를 맡고 분위기를 띄웠던 드림페스……. 그것이 학생회로부터 악행으로 단죄당해 엉망이 되고 만 것이다.

누구보다도 테토라 군이 가장 분하겠지.

"저 혼자만이 아님다. 모두가 구세주를 기다리고 있슴다!"

생생한 정열을 그대로 목소리로 바꿔서 내 준다. 온몸에 그 열을 맞고서 나는 어질어질했다. 하지만 동시에 가슴속에서 따뜻한 것이 복받친다.

"제가 소속된 『유성대』는 리더의 성격상 '정의' 인 학생회에는 반대하기 어렵슴다! 저 혼자만으로는 아무리 도전해도 형편없이 지고!"

테토라 군은 이를 갈며 몸부림치고 있다. 목줄이 채워진 육식짐승처럼.

그 분노는—— 분함은 유메노사키 학원의 학생들이 공유하고 있는 것이겠지.

"그러니까 전학생 씨가 학생회에 한 방 먹여 주신다면! 저 많이많이 응원하겠슴다!"

테토라 군이 꼬옥 내 손을 잡으며 주장해 준다. 응원해 준다. 용기를 주었다.

"아뇨, 부탁드리겠슴다. 저희의 원통함을 풀어 주셨으면 함다⋯⋯!"

고독하게 절망적인 싸움 속으로 향할 수밖에 없다고 생각하고 있었다. 골짜기 바닥으로 뛰어내리듯 세상 모두에게 바보짓을 한다고 조롱당하며. 하지만 그렇지 않았다.

인정해 주고 응원해 주는 사람들이 있다. 우리는, 『Trickstar』 는 모두의 마음을 대변해 강대한 제국에 도전하는 혁명아인 것이다. 그 사실을 믿을 수 있었다.

테토라 군—— 그리고 쿠로 씨 덕분에.

"그쯤 해 둬라, 테츠."

거의 키스해버릴 것 같은 거리까지 와 있던 테토라 군의 어깨를 잡아 쿠로 씨가 자기 쪽으로 당긴다. 머리를 가볍게 딱 때리며 타일렀다.

"이 아가씨는 위험한 줄타기를 하고 있다. 너무 무거운 짐을 지게 하면 균형이 무너져 나락 끝까지 떨어지고 말 거야."

겁주기보다는 걱정하는 것 같은 모습이었다.

"너희는 일주일 뒤에 있을 『S1』에서 뭔가 할 생각이겠지. 나도 부회장—— 하스미에게 들어 알고 있다."

거기까지는 알려져도 당연한 일이다. 『S1』 참가 접수는 완료했다. 되도록 우리의 목적을 들키지 않으려고 주의했지만.

쿠로 씨는 직감과 경험을 통해 왠지 모르게 우리의 목적을 눈치챈 것 같았다.

"하스미는 너희의 존재를 신경도 안 쓰는 것 같다만."

그렇겠지. 학생회가 반드시 승리하는 구조에 보호받고 있고, 더불어 『홍월』도 굉장한 강호다. 이제 와서 갑자기 나타난 신참이—— 뭘 할 수 있으리라 생각할 리도 없다. 경계할 정도의 일은 아니다. 물론 그쪽이 대책을 짜도 곤란하지만.

못을 박듯 쿠로 씨는 충고해 준다.

"학생회는 학원 내 독자 정보망을 갖고 있다. 너희의 움직임이 그대로 흘러나갈 정도는 아니지만 뭔가를 한다는 것 정도는 알고 있어."

역시 유메노사키 학원을 지배하는 학생회다. 여긴 그들의 제국인 것이다. 부회장도 결코 어리석진 않겠지. 그 수완이 있기에 유메노사키 학원에는 완벽한 질서가 구축되어 있다.

"방심하지 말고 정진해라. 유메노사키 학원에서 학생회의 권력은 너무 압도적이야. 모든 것이 학생회 손바닥 안이지. ……하지만 그 손바닥을 물어뜯어 버려."

다시 내 머리를 다소 거칠게 쓰다듬고는 쿠로 씨는 진심으로 응원해 주었다.

"분명 뭔가가 바뀔 거다."

그 마음을, 기대를 배신해서는 안 된다. 자수가 놓인 손수건 이상의 것을, 나는 지금 받은 것이다. 그것을 더럽히고 헛되게 해서는 안 된다.

최소한의 예의로 있는 힘껏 고개를 끄덕이자 쿠로 씨는 즐거운 듯 미소 지었다.

"기대하고 있을게, 아가씨."

더는 그가 무섭다는 생각은 전혀 들지 않았다.

그 후.

의상 제작에 관한 교본이나 천 등을 받은 뒤 나는 무도장에서 나왔다. 나중에 다시 쿠로 씨에게 의상 제작의 노하우를 전수받기로 약속도 했다.

강력한 무기를 손에 넣은 기분이 들어 내 가슴속엔 용기가 깃들어 있었다.

"음, 전학생이 나왔어."

"어~이 전학생, 여기야 여기~☆"

어째선지 건물 뒤에서 브레멘 음악대처럼 포개져 있던 호쿠토 군과 스바루 군이 제각기 나를 부른다. 나무 그림자에 쏙 들어가는 위치라서 운동장이나 다른 곳을 걷고 있으면 알아채지 못할 것 같다.

이런 곳에 숨어 있었던 건가. 계속 야외에서. 걱정을 끼치고 말았다.

스바루 군이 달려들고 호쿠토 군도 안심한 모습으로 다가온다. 두 사람 모두 어째서인지 금속 배트를 손에 들고 있다.

믿음직한 동료들이 맞이해 줘서 나는 더욱더 기운이 났다. 즐겨서는 안 되겠지만—— 왠지 청춘을 즐기고 있다는 충실감이 있었다.

웃고 있으니 몇 가지 단말을 동시에 조작하던 마코토 군이 얼굴을 든다.

"의외로 간단히 풀려났네. 걱정했다고~. 키류 선배랑 무슨 얘기 했어?"

아무래도 마코토 군은 디지털 기기를 구사해 무도장의 모습을 조사하고 있었던 모양이다. 감시카메라라도 설치한 걸까. 굉장히 엄중한 경비체제다.

"무슨 일이 있을 땐 바로 움직일 수 있게 우리도 바로 근처에서 대기하고 있었다만……. 다행히 아무 일 없이 끝난 것 같군."

내가 태연하게 있기에 호쿠토 군은 그렇게 판단한 것 같았다. 옷이 흐트러지거나 상처가 없는지 확인하려는 건지—— 유심히 바라본다.

근질근질해 보이는 스바루 군이 괜히 금속 배트를 휘두르고 있었다.

"에이, 아깝네! 모처럼 무장했는데~☆"

"휘두르지 마, 아케호시. 선무당이 사람 잡는 법이라고. 배트를 쓸 일이 생기지 않아 다행이야. 휴, 일단 안심이군."

오히려 스바루 군에게 맞을 것 같아. 조금 거리를 두면서도 호쿠토 군이 미소 지었다.

긴장감이 풀려 적당히 힘이 빠진다. 미소의 꽃이 흐드러지게 피었다.

마코토 군이 단말을 휴면 상태로 돌리고 즐거운 듯 내게 귓속말한다.

"히다카 군 말이지. 전학생 쨩이 무도장에 들어가고 나서부터 계속 안절부절못하더라고~. 정말 보호자 같지. '첫 심부름'도 아니고 말이야 그치?"

"시끄러워. 그것보다, 전학생……. 키류 선배와 무슨 이야기를 했지?"

그런 마코토 군의 귀를 잡아당겨 응징하면서도 호쿠토 군이 나를 향해 몸을 돌린다.

"왠지 안색이 좋아 보이는데. 오히려 의욕이 넘치나?"

"오오, 홋케~도 다른 사람 안색을 파악할 정도가 됐구나. 특별 훈련의 성과인가?"

"성장했네 히다카 군. 지금까진 진짜 눈치 없었으니 말이야!"

"……너희들에게만은 '눈치 없다'는 소리 듣고 싶지 않아."

양옆에서 스바루 군과 마코토 군에게 팔꿈치로 찔려 호쿠토 군은 싫은 표정을 지었다.

상냥하게, 강하게 모두 성장하고 있다.

그것이 내 일처럼 기쁘다. 만족하면서도—— 나는 무도장에서 있었던 일을 설명했다.

"……흠, 흠. 전학생은, 키류 선배와 그런 이야기를 나눴던 건가. 직접적인 협력은 할 수 없지만 응원해 주겠다고. 격려를 받아 전학생도 의욕이 생긴 것 같군."

호쿠토 군이 내 마음을 정확하게 표현해 준다. 이것도 이전의 호쿠토 군에게는 부족했던 점이다. 확실히 주변을 보고 신경을 써서 헤아려 주고 있다.

쌍둥이와 함께한 특별 훈련의 성과겠지. 그는 인간으로서 크게 성장하고 있다. 정말로 처음 만났을 때는 로봇 같았는데.

"최선이라곤 할 수 없지만 차선의 결과라 할 수 있어. 잘해 줬어, 전학생."

내 머리를 호쿠토 군이 쓰다듬어 준다.

"넌 다른 사람에게 호감을 주는 타입인 것 같아."

"뭐 아무 일도 없었으니 다행이지만. 이런데서 '모여서 떠들어도' 소용없으니 경음부 부실로 가자!"

가만히 있을 수 없었는지 스바루 군이 왔다갔다 대시하며 전력으로 주장한다.

"오늘부터 『유닛』 연습이잖아. 두근두근 설레~☆"

"지난 한 주 동안 편하게 있었던 아케호시는 그렇겠지. 우린 '이번엔 어떤 지옥이 기다리고 있을까' 전전긍긍했거든?"

"지옥 순회 투어 같은 느낌이었지~. 정말로. ……그러고 보니 『유닛』 연습이라면, 이번 주부턴 이사라 군도 참가하는 거야?"

호쿠토 군의 말에 마코토 군이 그 이름을 입에 담았다. 그렇다. 『Trickstar』에는 세 사람만 있는 것이 아니다. ──내가 아직 제대로 인사하지 못한 네 번째 멤버가 있다.

마지막 희망의 별이.

이사라 마오 군이라고 했었지. 어떤 아이일까?

"물론이지. 그 녀석도 『Trickstar』의 멤버니까. 빼놓을 수는 없어."

조금 잊고 있었던 게 아닐까 의심스러운 태도로 호쿠토 군이 몇 번이고 고개를 끄덕인다.

"오히려 합류하는 게 너무 늦을 정도야. 학생회에도 속한 그 녀석을 어떻게 움직일지는 생각해 봐야겠지만. 일단 사쿠마 선배와도 상의해서 계획은 세워뒀어."

당연하지만 『S1』에 대책 없이 도전할 리가 없다. 그건 너무나 위험하다. 자살행위와 같다. ──호쿠토 군은 착실하게 이기기 위한 작전을 짜고 있는 것 같다.

"이사라는 우리의 현재 목적인 『S1』에서 중요한 역할을 맡을 거야. 우리가 승리하는 데 꼭 필요한 존재가 되겠지. 난 그렇게 기대하고 있어."

엄숙하게 호쿠토 군이 그렇게 단언한 그 순간이었다.

정확하게 겨냥한 것처럼 경묘한 목소리가 날아들었다.

"어~이……. 본인이 없는 데서, 남의 앞일을 멋대로 정하지

말아 줄래?"

나는 튀어 오르듯 소리가 들린 쪽을 돌아본다.

어느새인가 그 남자애는 우리 옆에 서 있었다. 너무나 평범하게 섞여 있어, 언제 등장했는지도 모를 정도였다.

흠칫 놀라 무심코 나는 뒷걸음치고 만다.

본인은 오히려 내가 놀란 데에 놀랐는지 곤란한 듯 볼을 긁고 있다.

처음 만났을 때 나는 기절해 있었기에—— 얼굴을 직접 마주치는 건 이번이 처음이다. 조금 긴 머리를 머리핀으로 정리해 이마를 드러내고 있다. 고양이처럼 다소 치켜 올라간 눈이지만 분위기는 어디까지나 부드럽다.

그가 이사라 마오 군—— 마지막 『Trickstar』.

거의 첫 대면이기에 어떻게 인사해야 좋을지 모르겠다. 마오 군도 그 점은 같은지 서로 조금 서먹서먹하게 목례를 하고 말았다.

"앗, 사리~☆ 왜, 여기 있어?"

"조금 전에 전화로 불렀어. 합류한다면 빠른 편이 좋을 것 같아서."

"수고했어, 이사라 군. 학생회 쪽은 괜찮은 거야?"

스바루 군, 호쿠토 군, 마코토 군이 제각기 인사한다. 태평하게 손을 흔들어 반응하고는—— 마오 군은 불안한 듯 뒤를 보거나 안절부절 못하고 있었다.

학생회 임원이라 했으니까 학생회에 맞서려는 『Trickstar』

와 행동하는 건 어떤 의미로는 배신 행위다. 조금 찜찜한 거겠지.

"아니, 안 괜찮아. 공식 드림페스는 학원에서 주관하니까 학생회도 일부 업무를 맡고 있어. 그래서 이 시기엔 완전 바빠."

그런 사정도 있어, 그의 합류는 늦었던 것이다.

마오 군은 복잡한 위치에 있다. 그렇기에 그는 중요인물이기도 하다.

적대세력인 학생회 안에 있는 강력한 아군. 그가 학생회를 견제해 주는 덕에 『Trickstar』는 자유로이 움직일 수 있다.

하지만 동시에 그가 우리를 포기한 순간―― 학생회에 모든 것이 폭로되어 우린 끝장이 난다. 아무도 그런 걸 경계하고 있지 않는 것 같아 보이지만.

마오 군은 모두에게 사랑받고 있는 것 같다.

극악무도한 일은 하지 않는 동료라고―― 신뢰받고 있다.

"뭐, 상관없지만. 소문의 전학생과는 한번 만나두고 싶었기도 하고. 어째저째 아직 인사도 제대로 못 했었으니까?"

"그러고 보니 그렇군. 넌 항상 타이밍이 나쁘구나, 이사라."

"그런 소리해도 말이지~……. 앗, 만나서 반가워 전학생."

틀림없이 마오 군을 소개하는 걸 잊고 있었겠지, 라는 느낌의 호쿠토 군을 쿡 찌르고서.

다시금 나를 보고 마오 군은 웃으며 악수를 청한다.

"난, 이사라 마오. 스바루와 같은 농구부 소속에 학생회 회계, 그리고 『Trickstar』의 멤버야. 잘 부탁할게."

"아하하, 편하게 '사리~'라 부르면 돼☆"

"되긴 뭘 돼. 너 다른 사람한테 이상한 별명 붙이는 거 나쁜 버릇이다?"

끼어드는 스바루 군 옆에서, 나는 편하게 마오 군의 손을 잡았다. 악수한다, 맹세의 의식처럼. 이런 접촉에는 꽤 적응이 됐다. 모두 스스럼없이 안겨들거나 하니까.

소녀처럼 보이는 풍모지만 마오 군은 손이 크고 거칠어 그 점이 조금 의외였다.

"음. 이사라는 학생회 임원이긴 하지만 우리의 소중한 동료야. 전학생도 사이좋게 지내 줬으면 좋겠어."

"아무튼 뭐~, 잘 부탁해."

조금 편안한 말투로 말해 주기에 나도 왠지 금방 그를 동료로서 받아들일 수 있었다. 오히려 내가 신입이니 적응할 노력을 해야 한다.

상당히 합류가 늦었음에도 불구하고 처음부터 함께 있었던 것처럼 같은 분위기를 공유해—— 마오 군은 손뼉을 치며 행동을 재개시킨다.

"오늘부터 『유닛』 연습이라며? 개인 연습을 빼먹은 만큼 그쪽은 빠짐없이 참가할 거니까. 살살 좀 부탁할게. 『프로듀서』 쨩♪"

붙임성 있는 인사에 나도 미소로 답했다. 뭔가 10년 지기 친구 같다. 내가 뭔가 어떻다는 게 아니라 아마 마오 군이 누구와도 친해질 수 있는 기질인 거겠지.

세 명일 때는 왠지 갈피를 잡을 수 없는 행동을 하던 모두도 마오 군의 합류를 통해 자신의 위치를 제대로 파악한 것 같다.

호쿠토 군이 행복한 듯 하늘을 올려다본다. 좋은 날씨다.

"흠, 전학생에게 '살살 부탁한다'고 해 봤자 소용없어. 『프로듀스과』에 소속되어 있긴 하지만 특별 훈련 내용은 그녀가 정하는 게 아니니까."

기본적으로 특별 훈련 내용은 레이 씨가 정하고 있다. 그다지 모습을 보이지 않는 사람이지만 그 영향력은 헤아릴 수 없다.

그리고 실제로 레이 씨가 말하는 대로 움직이면 성과도 나온다. 성장하고 있다는 실감도 있다. 정말 수수께끼 같은 사람이다. '삼기인' 사쿠마 레이 씨는.

"뭐, 됐어. 다들 모였으니 경음부 부실로 이동하자."

호쿠토 군이 정리하듯 말하고 앞장서 걷기 시작한다.

그렇다. 멍하니 있을 여유는 없다. 나를 위해 괜한 시간을 쓰고 만 셈이기도 하고. 나도 종종걸음으로, 보폭이 큰 남자애들을 따라간다.

적어도 낙오되지 않기 위해.

걸으며 잡담하던 중, 호쿠토 군이 중요한 것을 물었다.

"만일을 위해 확인해 두고 싶은데……. 정말로 우리를 도와도 괜찮은 거야, 이사라?"

"뭘 이제 와서. 부회장도 그러더라. 학생회 일보다 『유닛』활동을 우선시하라고. 그러니까 연습에 나오는 것 정돈 전혀 문제 없어."

거리낌 없이 대답했지만 마오 군은 순간 눈을 감고—— 마음속으로 중얼거리고 있었다.

('그 뒤'는 아직 모르겠지만. 아아 정말, 어떡하면 좋지?)

"음. 믿고 있을게. 이사라."

호쿠토 군은 그의 마음속 번민을 눈치채지 못하고, 믿음직스럽다는 듯 미소 지었다. 너무나도 순진한 모습이었기에 마오 군은 오히려 걱정이 됐겠지. ——재차 못을 박는다.

"……너무, 날 믿지 말라고?"

"당연히 믿는걸! 사리~도 둘도 없는 동료니까!"

스바루 군이 전혀 아무 생각도 하고 있지 않는 것 같은 웃는 얼굴로 마오 군에게 안겨 들었다.

"힘을 합쳐서 다 같이 학생회에게 본때를 보여주자고~☆"

"저기. 아무리 그래도 아직 거기까지는 결심이 서진 않았거든……?"

마오 군은 우리가 생각하는 것 이상으로 걱정거리를 안고 있었다.

우리 중 누구와도 공유할 수 없는 고민을 해소하지 못하고 있다.

그대로 점점 끝없는 늪에 빠져들고 있었던 것이다.

(으음~. 학생회와 『Trickstar』 사이에 제대로 끼어 버렸네.)

표면상으로는 온화하게 담소를 나누면서도, 그 내부에서는 폭풍이 소용돌이치고 있다.

(부회장에게 수상한 움직임을 보이는 『Trickstar』를 염탐하

란 명령을 받기도 했고. 반대로 학생회의 정보를 이 녀석들에게 흘리기도 하고 있으니 말이지~?)

그는 우리가 상상하는 것 이상으로 복잡한 입장이었던 것이다. 역시 케이토 씨는 신중하고, 현명했다. 마오 군에게 특별한 지령을 내려 우리의 동향을 감시하고 있었던 것이다.

어떤 의미로는 우리의――『Trickstar』의 운명이. 어쩌면 유메노사키 학원의 모든 미래가 마오 군에게 달렸다. 그가 학생회와 『Trickstar』중 어느 편을 들 지에 따라 상황은 크게, 돌이킬 수 없을 만큼 움직인다.

그는 무엇을 선택하고, 무엇을 버리며, 무엇을 결단해, 어디로 나아갈 것인가……. 그것은 굉장히 책임이 막중한 선택지다. 그리고 그것은 마오 군 외에 누구도 손댈 수 없는 성역이다.

마오 군은 이 시점에서는 아직 아무것도 선택하지 못하고 상황에 몸을 맡기고 있다. 하지만 도망치려 하지 않고 필사적으로 생각하고 있었다. 자신이 얼마나 중요한 포지션인지 그가 가장 잘 이해하고 있다.

그 책임의 무거움을.

그것을 모른 채 우리는 태평하게 동료의 합류를 기뻐하고 있었지만.

(진짜 싫다. 이런 외줄타기 같은 이중 스파이 생활! 난 평범하게 평온무사한 청춘을 보내고 싶은데……!)

마오 군의 우울을. 이 시점에서는 아직 누구도 진정한 의미로는 이해하지 못했다.

그것이 그의 불행이지만 그가 직접 선택한 길이었다. 마오 군은 이를 갈면서도 맨 뒤에서 우리를 따라온다.

　늦게 나타난 희망의 별이 우리의 미래에 어떤 영향을 줄지——이 시점에서는 오로지 신만이 아신다.

　복잡기괴한 운명 속에서, 우리는 앞으로 나아갈 수밖에 없다.

🎤 **Space** 🎵✦

그 후.

경음부 부실에서 한 번 회의하고 레이 씨의 지시를 받은 뒤──다시 장소를 이동.

"여기가 '방음연습실' 이야."

연습복(체육복)으로 갈아입은 『Trickstar』를 데리고 호쿠토 군이 교사 구석에 있는 교실 문을 열었다. 간판에는 '방음연습실B' 라 적혀 있다.

"교내에 있는 연습실 중 하나로 시설 수준은 중상급 정도. 사쿠마 선배의 도움으로 우린 이제부터 일주일 동안── 이 연습실을 독점할 수 있어."

이곳이 결전을 앞둔 우리의 근거지가 된다.

과연 유메노사키 학원. 내부 구조가 엄청나다. 거의 밀실로 방음을 위해 바깥 잡음 등 산만해지는 요인이 배제되어 있다.

"연습실 대여료도 사쿠마 선배가 내주셨으니 비용에 관해서는 걱정할 필요 없어. '본인이 주는 선물일세. 힘내게나.' 라고 하셨어."

정말 레이 씨에겐 하나부터 열까지 신세를 지고 있다.

"와아, 넓다~☆ 얏호~!"

"뒹굴뒹굴 구르지 마, 아케호시. 일단 청소업자가 정기적으로 관리하고 있을 테니 위생상 걱정은 없겠지만. 구석에 쉴 수 있는 공간이 있으니 쉬려면 그쪽을 이용해."

어째서인지 바닥을 구르기 시작한 스바루 군을 발로 밟아 멈춰 세우고는 호쿠토 군이 '짝짝!' 손뼉을 치며 모두에게 말한다.

"군자금이 그다지 없는 우리가 연습실을 독점할 수 있는 기회는 많지 않아. 시간을 허비하고 싶지 않으니 일 분 일 초를 소중히 하며 연습하자."

척척, 본래의 호쿠토 군답게—— 반장답게 적확히.

"먼저 청소와 준비운동을 하자. 그리고 『S1』에 대비해 우리 『Trickstar』의 호흡을 맞추기 위한 훈련을 해야지."

2인 1조가 되어 스트레칭을 하며 먼저 회의를 한다. 스바루 군은 금방 움직이고 싶어 근질근질 한지 산만한 모습이었지만.

호쿠토 군이 그런 스바루 군을 달래듯 하며 이야기한다.

"『S1』에서 어떤 곡을 선보일지는 다함께 의논해 결정하려해. 우린 결성한지 얼마 되지 않은 『유닛』이야. 전용곡도 많이 없으니 기성곡을 몇 개 넣게 될 거라—— 생각하고 있었지만."

옆에 놓인 짐을 시선으로 가리킨다. 그곳에는 아까 레이 씨에게서 받은 대량의 악보나 자료 등이 있다. 음원 등은 마코토 군의 단말에 들어 있다.

"다행히 사쿠마 선배가 곡을 제공해줬어. 경음부 사람들이 가끔 취미로 만들고 있다는 미발표곡이야. 대량으로 있으니 그 중에서『Trickstar』에게 맞는 걸 고르고 싶어."

"어라. 경음부 사람들은『유닛』연습에 관여하지 않는 느낌?"

스바루 군이 새삼스러운 소리를 하기에 호쿠토 군이 묵직하게 고개를 끄덕인다.

"응.『유닛』연습 내용이나 곡목에 대해서는 우리에게 맡기는 모양이야. 지금까지의 개인 연습을 통해 우리에게 가르쳐 주고 싶은 건 모두 전수했다는 듯해."

그 '삼기인' 이 무엇을 생각하고 있을지 근본적인 면에서는 상상할 수 없지만.

"사쿠마 선배나 경음부 사람들은『Trickstar』가 아냐. 그들에게는 각자 소속된『유닛』이 있어. 그쪽 연습도 있을 거고 다른『유닛』과 너무 친한 것도 좋지 않아."

실제로 지금까지는 기대기만 했다. 슬슬 자립해 보호자에게서 독립해야 한다.

"이 이상은 도움을 줘서는 안 된다고 판단한 모양이야. 그것보단 우리의 의향을 존중해 주었단 거겠지."

호쿠토 군은 오히려 기뻐 보이는 듬직해 보이는 말투다.

"『S1』에는 사쿠마 선배와 경음부 사람들의『유닛』도 참가하는 모양이야. 드문 기회이니 당일엔 보조를 맞추자, 협조해서 움직이자는 이야기는 나왔지만."

완전히 레이 씨의 지배하에 놓이는 것이 아닌 어디까지나 대등한 동맹이란 형태로 해 준 것이다. 정말로『Trickstar』를 존중해 주고 있다.

　최전선에서 싸우는 건 『Trickstar』다. 경음부 사람들은 그 백업을 맡아 준 것이다.

　고독하게 싸우는 게 아니라는 사실이 마음을 가볍게 만들어 준다. 동시에 절대 질 수는 없다. ──우리만의 싸움이 아니다.

　"이제부턴 우리의 감각으로 선택하고 생각해…… 우리만의 길을 걸어갈 거야. 일어서는 데까지는 사쿠마 선배와 경음부 사람들의 힘을 빌렸어. 하지만 발을 디뎌 앞으로 걸어가는 건 '우리 스스로' 해야 해."

　이 유메노사키 학원을 바꾸기 위해, 받은 은혜에 보답하기 위해, 있는 힘껏 노력해야 한다. 아장아장 걸음인 아기라도 필사적으로 무기를 쥐고서.

　"언제까지고 '아기처럼 업히고 안겨 지냈다간' 체면이 서질 않으니까."

　"그래. 결국은 다른 『유닛』 사이인걸. 언젠가 싸울 일도 있을지 모르고. 전부 가르쳐 주고 이끌어 주길 바라는 건 너무 어리광 부리는 거겠지."

　때때로 무서울 정도로 차가운 스바루 군의 발언에 마코토 군이 맞장구를 친다.

　"난 지옥훈련을 받지 않아도 되는 것만으로도 천국이라 생각해……. 오오가미 군과의 특별 훈련이 일주일 더 있었다면 확실히 죽었을걸."

　"게다가 우리를 이끌어 줄 존재는 이미 있잖아. 아직 미숙하지만 『프로듀서』가 있어. 그래, 전학생 말이야☆"

스바루 군이 나도 칭찬해 주려는 것 인지 언급해 주었지만——.

"……그 전학생 말인데. 아까부터 안 보이는 것 같아. 어디 간 거지?"

묵묵히 스트레칭을 하던 마오 군이 그 사실을 가장 빨리 눈치 챘다. 그는 한동안 합류하지 못했던 탓인지 왠지 그립다는 듯 『Trickstar』의 모두를 바라보고 있었다. 그렇기에 내 부재를 가장 빨리 파악해 주었던 것 같다.

"어라~? 정말이네! 전학생 진짜 자주 실종되잖아!?"

"또, 납치당한 건가?"

스바루 군과 호쿠토 군이 흠칫 놀라 당황하며 주위를 돌아보고 있다.

"아아, 그러고 보니——."

스바루 군이 뭔가 기억난 듯 손뼉을 쳤다. 나도 아무 말 없이 사라진 건 아니고 일단 그에게 말을 전해달라고 부탁했었는데. 몸을 움직이는 게 즐거워 가볍게 잊어버렸던 것 같다.

"아마, 전학생은 가든 테라스에 있을 거야. '조금 생각하고 있는 게 있다.'고 했었잖아? 실은 말이야. 전학생이 간식을 준비해 준다는 것 같아."

내 존재를 잊고 있던 것에 대해 보충하듯이 생각을 대변해 준다. 스바루 군과는 지난 한 주 동안 계속 함께 행동했었다. 조금은 서로의 속마음을 알고 있다.

"우리를 강하게 해 줄 음식이나 마실 걸 만들고 있어. 지난 한주 동안―― 선생님께 물어보거나 해서 영양학 등등을 공부했거든, 전학생은."

자신의 일인 것처럼 자랑스럽게 스바루 군이 웃는 얼굴로 말했다.

"그 녀석도 『프로듀서』로서 도움이 되고 싶은 게 아닐까."

"간식인가……. 『프로듀서』보다는 운동부 매니저 같지만. 그 마음은 기뻐. 어떤 음식일지 기대돼."

호쿠토 군이 의외라는 듯 눈을 동그랗게 뜨고서 굳어 있던 얼굴 표정을 무너뜨렸다.

"전학 온 지 얼마 되지도 않은 그녀에겐 많은 걸 기대하진 않았지만. 전학생도 무언가 하고 싶은 거군. 그 마음만으로도 기뻐. 위안이 돼."

"그치~. 덤으로 『유닛』 전용 의상도 전학생이 준비해 주고 있는 것 같아서 기대돼. 지금은 아직 연습복이지만 ♪"

나도 내가 할 수 있는 걸 있는 힘껏 할 작정이다.

나락에 처박혔던 『Ra*bits』의 라이브를 잊을 수 없다. 그런 악몽 같은 현재 상황을 바꿀 수만 있다면. 그 일에 도움을 줄 수 있다면 난 뭐든 할 거다.

"흐응. 듣던 것보단 '수완가' 잖아. 전학생."

마오 군이 감탄한 듯 휘파람을 불었다. 조금 진지한 표정이 되어 있다. 완전히 나를 풋내기라 얕보고 있었던 거겠지.

그런 마오 군 외의 다른 모두는 순수하게 기뻐해 주고 있었다.

"우리도 열심히 하자. 전학생의 노력을 헛되이 하지 않기 위해서라도. 반드시 『S1』에서 승리해서 학생회를 타도하자."

"물론이지! 피를 토할 때까지 힘낼 거야~☆"

스바루 군이 천진난만하게 무서운 이야기를 하기 시작했다.

"전학생은 응급처치 쪽 공부도 하고 있거든. 쓰러져도 부활시켜 줄 거야. 그러니까 온몸이 부서질 때까지 특별 훈련을 할 수 있어☆"

"투지가 넘치네……. 아케호시 군은 지난주에 연습다운 연습은 하지 않으니 말이야. 그만큼 의욕이 넘치는 걸까? ──난 이제 근육통으로 한계인데."

스트레칭만으로도 이미 지쳐버린 모습의 마코토 군이 스르르 엎드린다. 그 상태에서 크게 다리를 벌리고 있다. 몸이 굉장히 유연하다.

"잡담은 이제 그만하자."

태평한 분위기를 단단히 잡으려는지 다시 호쿠토 군이 '짝짝!' 손뼉을 쳤다.

"경음부의 미발표곡을 적당히 틀어볼게."

그는 설치된 기자재를 조작해 거기에 마코토 군의 단말을 연결한다. 무언가 곡을 틀기 시작한다. ──방음 구조인 연습실이라 확연히 음이 울린다.

"느낌이 오는 곡이 있으면 말해 줘. 곡목에 넣을 수 있을지 고려할게."

기계 관련은 마코토 군이 특기겠지만 호쿠토 군도 잘 다룬다. 멋대로 단말을 만진 것에 마코토 군이 불평하고 호쿠토 군이 가볍게 사과했다.

"우리 『Trickstar』의 노래는 두 곡뿐. 거기에 악센트로서 세 곡 정도 경음부의 신곡을 넣고. 마지막으로 우리의 신곡을 선보일 생각이야. ……총 여섯 곡. 죽을 각오로 외워 퍼포먼스로 완성시키자. 상황에 따라선 몇 곡정도 줄이는 것도 생각중이지만 될 수 있음 모두 완벽히 습득하고 싶어."

그것은 『Trickstar』가 결전의 무대가 될 『S1』을 대비해 지니고 있어야 할 필살의 무기다. 총 여섯 곡. 그 모든 것이 『홍월』을 —— 학생회를 타도해서 이 딱딱하게 굳은 유메노사키 학원의 현재 상황에 바람구멍을 낼 희망이 된다.

"곡과 몸이 하나가 될 때까지 매일 언제 어디서든 우리 노래를 듣도록 해. 데이터는 유우키에게 맡겨 뒀어. 곡목이 정해진 뒤에라도 각자 단말에 다운로드 해 줘."

"신곡? 어떤 건데. 듣고 싶어☆"

"음. 이 방법은 그다지 쓰고 싶지 않았지만……. 아버지의 지인이자 나도 어릴 적부터 신세를 지고 있는 프로 작곡가께 부탁드렸어."

달라붙는 스바루 군을 보며 호쿠토 군이 얼굴을 찌푸린다.

아버지에 대해 무언가 생각하는 게 있는 걸까. 그러고 보니 호쿠토 군은 '할머니' 이야기는 자주 했었지만 부모님에 대해서는 그다지 언급하지 않는다.

"그 신곡이 우리 비장의 카드야."

곧 표정을 늠름하게 바꾸고 호쿠토 군은 앞을 바라본다.

"안무 같은 부분도 부모님을 통해 전문가에게 부탁해 완성시킬 예정이야. 지금은 아직 샘플로 만들어둔 것이 있을 뿐이지만."

호쿠토 군도 체면을 따지지 않고 있다. 쓸 수 있는 방법은 모두 쓸 셈이겠지.

원래부터 전력 면에서 절망적으로 차이가 난다. 그것을 메우기 위해서는 수단과 방법을 가리고 있을 여유는 없다.

그래도 맞붙을 수 없다면 더 방법이 없지만. 1%라도 희망이 있다면 싸울 수 있다. 승리의 기회가 있다면 특공이라도 할 수 있다.

"일주일 안에 어디까지 완성될진 모르지만 신곡만이라도 완벽하게 완성할 거야. 프로의 손을 거친, 우리에겐 분에 넘칠 정도의 예술품으로 완성될 거라 기대하고 있어."

"오오, 호쿠토가 부모님 인맥에 기대다니 흔치 않은 일이네. 그만큼 진심이란 거야?"

마오 군이 무언가 사정을 알고 있는 거겠지. 오히려 걱정하는 것 같은 말투로 물었다.

"물론이지. 우린 목숨을 걸고서 『S1』에서 승리할 거야."

걱정이 많은 성격인 것 같은 마오 군을 안심시키기 위해서인지 호쿠토 군은 힘차게 선언한다.

"신곡은 그 결의의 상징이야. 우리의 모든 걸 학생회에게 부딪혀 주자."

고개를 젓고 다시금 이야기한다.

"우리의 꿈을 이루자. 이 어둡고 침체된 유메노사키 학원을 우리 『Trickstar』가 밝게 비추는 거야."

이번에야말로 구제할 수 없는 악몽이 아닌 반짝반짝 빛나는 꿈을 현실로 만들기 위해.

『Trickstar』는 그 이름대로 별처럼 눈부신 빛을 내뿜기 시작한다.

하늘 높이 날아올라 세상을 밝게 비추기 위한 마지막 도움닫기가 시작된다.

휴식 없이 몇 시간 동안 『Trickstar』멤버들은 연습 및 곡 결정 등을 소화하고 있었다. 그 집중력은 경이로울 정도로── 오랜만의 합동연습인데도 보조가 어긋나지도 않고 호흡이 딱딱 맞았다.

나이가 비슷하고 사이가 좋은, 꿈을 공유하는 집단. 그들에게는 풍부하고 윤택한 재능과 열의가 있었고 그것들이 맞물리는 것을 통해 반짝임은 곱셈이 되어 커져 간다.

본인들도 놀랄 정도로 각자가 거대한 결전병기를 움직이는 톱니바퀴나 나사가 된 것처럼── 각자의 특색과 기능이 융합해 승화되는 재능의 개화였다.

하지만 나는 그것을 나중에 들었을 뿐이다. 직접 그들이 싹 트는 순간을 보지 못했던 건——『프로듀서』로서 부덕했다.

하지만 내게도 사정이 있었다.

나는—— 진퇴양난의 긴급사태에 휘말려 있었던 것이다.

"전학생~?"

마오 군이 혼자서 느긋하게 식당을 걷고 있다.

유메노사키 학원 식당—— 가든 테라스는 귀족의 정원 같은 경관이다. 계절의 꽃들이 흐드러지게 피어 예쁘게 깎인 잔디 위엔 역시 쓰레기 하나 보이지 않는다. 도구류도 모두 최고급품이다. 물론 제공되는 요리도 전혀 부족함 없이 고급스럽다.

하지만 지금은 이미 꽤 늦은 시각이기에 인기척이 전혀 없다. 완전하교시간을 조금 앞둔 식당은 영업을 종료하여 뒷정리도 끝내 소등하고 만다.

식당 건물도 그 시간대부터는 출입이 금지된다. 하지만 야외 정원 부분은 개방되어 있다. 바깥과 그대로 연결되어 있기에 잠가둘 수가 없는 것이다. 따라서 마음만 먹으면 드나드는 게 가능하다.

마오 군은 정리된 의자를 밀어내고 희미한 어둠 속에서—— 주위를 두리번거리고 있었다. 가혹한 연습을 했을 터인데 표정에는 여유가 있다.

마오 군은 지난 한 주 동안 특별 훈련에 참여하지 않았다. 따라서 체력이 남아 있다——는 것까지는 아닌 듯하다. 그가 특별 훈련에 참가하지 못했던 건 학생회 일 등으로 동분서주하고 있었기 때문이니 다른 멤버들에 비해 땡땡이치고 있었던 건 아니다.

순수하게 터프한 거겠지. 다소 설렁설렁해 보이는 외견에 반해 심지가 굳다. 우람하다 같은 강함은 아닌―― 어떤 폭풍이라도 흘려보내는 버드나무 같은 강함이다.

"가든 테라스에 있다고 들었는데……. 하도 안 오길래 잘 있나 보러 왔어~."

예의바르게 설명하며 마오 군은 큰 소리로 부른다.

"시간이 걸려 힘든 거라면 도와줄게. 난 『Trickstar』의 활동에 많이 참여하지 못했으니까. 조금이라도 도움을 줘야지."

그는 내가 꽤 오랫동안 돌아오지 않기에 걱정이 되어 찾으러 와 준 것이었다. 마오 군은 그런 배려가 있는 아이였다.

"전학생과도 친해지고 싶기도 하고."

조금 농담인 것 같으면서도 그런 기쁜 말을 해 주는 마오 군의 정면――.

가든 테라스의 건물과 바깥을 잇는 출입구 앞에 위험한 기척이 있다.

"어이."

달달한 목소리가 울렸다.

결코, 고압적인 것도 무서운 것도 아니다. 가슴속까지 스르륵 파고 들어오는 듯한―― 그것이 목숨을 빼앗는 칼일지라도 쉽게 삼켜버릴 것 같은 느낌.

"이 가든 테라스는 나 이외의 남자는 출입 금지인데~?"

쾌활하게 터무니없는 이야기를 하는 건 아름다운 청년이다. 유메노사키 학원은 과연 아이돌 양성학교라고 할 수 있을 만큼 미남이 많지만 그는 미모를 잘 가꾸어 다른 사람이 자신에게 어떤 인상을 가질지 숙지하여 그걸 이용하고 있다. 화려하고 침략적인 독특한 분위기를 갖고 있었다.

체격은 상당히 좋다. 하지만 다른 사람에게 공포감을 주는 요소를 제 손으로 깎아낸 것처럼 싱거운 미소를 띠고 있다. 황금을 녹인 듯한 남성치고는 긴 머리칼은 윤기가 흐르며 갈라짐 하나 없다. 유메노사키 학원 교복을 단정치 못해 보이지 않을 정도로 적당히 자신의 스타일로 입고 있었다.

"어? 당신은 분명 『UNDEAD』의 하카제 선배?"

목소리를 듣고 처음 그 존재를 알았는지 마오 군은 움찔 하고 경계한다.

(유메노사키 학원에서 가장 과격하고 위험한 『유닛』으로 소문난 『UNDEAD』──.)

반짝이는 것 같은 미모를 가든 테라스의 어둑함에 숨긴── 하카제 라는 이름의 어딘가 독사처럼 위험해 보이는 선배를 마오 군은 주시한다.

(그 사쿠마 선배의 『유닛』이었지. 하카제 선배도 멤버 중 한 명. 왜 가든 테라스에 와 있지?)

우리를 가르치고 이끌어 준 은사인 레이 씨는 『UNDEAD』의 리더를 맡고 있는 듯하다. 그건 이야기로는 들었다. ──그『유

닛』도『S1』에 참가하는지 작전회의를 하고 있었다.

그때도『UNDEAD』의 멤버는 레이 씨와 어째서인지 항상 그의 옆에 있는 코가 군뿐이었다. 그 밖에도 동료가 몇 명 더 있다고는 들었었지만.

(일반인 여자애와 놀기만 하고 아이돌 활동에는 비적극적. 그래도 실력은 제일. 의욕 없는 바람둥이……라는 평판이지만, 실제로 만나는 건 처음인데?)

물끄러미, 마오 군은 하카제 씨를 관찰하고 있다.

(사쿠마 선배의 동료인 이 사람도……. 우리의 동료. 일단은 같은 목적을 갖고 함께 싸울 수 있을 상대일 텐데 말이야?)

레이 씨는 협력적이었지만. 그의 동료라고 해서 아군의 아군은 아군이다──라고 쉽게 결론지을 수 없다.

이 지옥 같은 유메노사키 학원에서는 동료인지 어떤지는 신중히 평가해야 한다. 누가 적이고 누가 악의를 갖고 누가 위해를 가할지 모른다.

(그렇게 보기엔 괜히 태도가 가시 돋친 것 같은데……?)

"어이어이, 그렇게 쳐다보지 말아줄래? 남자의 시선에 기뻐하는 취미는 없거든."

하카제 씨는 귀찮다는 듯 마오 군에게 개를 쫓아내는 것 같은 시늉을 했다.

"그것보다. 지금 좀 바쁘거든 얼른 나가 줄래? 훠이!"

"그렇게 말씀하셔도……. 저기 혹시 이 근처에서 전학생 못 보셨나요?"

하카제 씨는 노골적으로 태도가 좋지 않았지만 마오 군은 그 정도로는 두려워하지 않는다.

천성의 붙임성으로 조심스레 다가가 정중히 묻는다.

"최근에 새롭게 개설된 『프로듀스과』라는 데에 소속된 여자애인데요."

"응, 응. 그 애길 사쿠마 씨에게 들었으니까, 이렇게 만나러 온 거지~ ♪"

기쁜 듯 하카제 씨는 황홀해하는 것처럼 과장되게 자신의 몸을 끌어안는다. 먹잇감을 노리는 포식자── 육식동물 같다. 폭력적인 분위기는 전혀 없지만 그런데도 어딘가 위험한 분위기. 온화하게 웃고는 있지만 작은 일로 폭발해버릴 것 같은……

하카제 씨는 생긋 웃으며 상당히 멋대로 이야기하고 있다.

"이야, 귀여운 여자애지! 어두워서 거의 보이진 않았지만 내 눈은 속일 수 없어. 정말이지 사쿠마 씨도 빨리 가르쳐 줬으면 좋았을 텐데. 난 이런 좋은 소식을 오래 기다렸단 말이야!"

같은 『유닛』이기 때문인지 레이 씨에 대한 하카제 씨의 말투는 거리낌이 없다. 그럼에도 존칭을 붙이는 게 조금 의외이긴 하다.

"이건 아마 하늘이 날 위해 내려 주신 선물일 거야 ♪"

대답도 하지 못하는 마오 군을 개의치 않고 하카제 씨는 재잘재잘 잘도 떠든다.

대화를 원하는 게 아니라 자기가 하고 싶은 말을 하고 있는 것뿐이겠지. 그저 스쳐 지나가는 자유로운 바람 같다.

"정말 이 학원. 땀내 나는 남자들밖에 없는 지옥이란 말이지! 그 '전학생'이란 아이는 이 사막 같은 유메노사키 학원에 피어난 한 송이 꽃이야!"

그 눈빛에 순간 꺼림칙하고도 끓어오르는 것 같은 빛이 감돌았다.

"다른 사람에게 더럽혀지기 전에, 내가 확실하게 수확해 둬야겠지~♪"

"카오루 군."

숨죽인 마오 군 뒤에 어느새 레이 씨가 서 있었다.

기겁해 뒤돌아보는 마오 군의 입을 막아 비명을 지르지 않게 하며, 레이 씨는 어이없단 태도로 중얼거렸다.

"연습을 빠져나와 어디 갔나 했더니만……. 또 여자애에게 작업을 걸고 있었던 겐가. 질리지도 않는구먼, 자네는. 적당히 해 줄 순 없는 겐가?"

하카제 카오루가 풀네임인 듯한 미인을 레이 씨는 요염하게 바라보고 있다.

어둠에서 배어나듯 나타난 수수께끼의 '삼기인'은 신장이 엇

비슷한 카오루 씨를 똑바로 바라본다. 해가 떨어졌기 때문인지 아무래도 햇빛에 약한 것 같은 레이 씨는 낮에 만났을 때보다도 기력이 넘친다. 깊이를 알 수 없는 박력마저 있었다.

마오 군은 부들부들 떨려 목소리도 내지 못하는 것 같았다.

마물 간의 대치에 휘말려 눈을 깜빡이며 레이 씨와 카오루 씨를 교대로 보고 있다.

그런 마오 군을 달래듯 머리를 쓰다듬어 주고 나서 레이 씨는 한숨을 쉬었다.

"뭐, 자네라면 '본방부터' 가도 괜찮겠지만 말일세?"

"그래, 그렇다고. 연습 같은 건 적당히 해도 되잖아. 즐겁게 하자고!"

순간적으로 보였던 소름끼치는 기운은 뭐였을까? ──부드러운 분위기로 돌아와 카오루 씨는 손뼉을 치며 요란하게 떠들기 시작했다.

"전에 없이 의욕이 넘치는걸, 사쿠마 씨. 난 그런 숨 막히는 분위긴 별로 좋아하지 않는 데 말이야~?"

가늘게 뜬 눈 안쪽에서 기어 다니는 듯한 눈빛을 보내고 있다.

온화하게 대화를 나누는 것처럼 보이지만 치열한 탐색이 이뤄지고 있다.

주머니에 손을 넣고, 몸을 살짝 굽혀 걸으며── 카오루 씨는 레이 씨에게 바짝 다가와 바로 밑에서 쏘아 올려본다. 악당이 시비를 걸듯.

"그나저나 왜 소문의 전학생을 2학년 '병아리'들에게 내

준 거야? 잘 붙잡고 있었어야지~. 나 의욕 팍팍 깎이거든.
『UNDEAD』그만두고 그쪽 『유닛』에 들어가 버릴까~?"

"그건 곤란하네. 자네의 전력은 『UNDEAD』에 필요해."

하지만 레이 씨도 태연하게 카오루 씨가 보내는 독특한 요기를 흘려보내고 있었다. 다가온 카오루 씨의 머리까지 쓰다듬으려 했다가 그가 피하기에 아쉬워하는 표정을 짓고 있다.

"일주일 뒤에 있을 『S1』에는 외부에서도 많은 손님들이 오지. 즉, 많은 일반인 여자애들도 온다는 말일세. 그 아이들을 자네의 팬으로 삼기 위해── 같은 방향으로 의욕을 내 주었으면 좋겠구먼~?"

"으음~. 그건 그거대로 매력적이긴 해. 역시 사쿠마 씨한텐 못 당하겠는걸~?"

부드럽게 웃고 있는데 어째서인지 미친 듯이 화내는 것처럼 보이기도 한다. 독특한 이면성이 있는 분위기를 감돌게 하면서도 카오루 씨는 쉬이 레이 씨 옆을 지나쳤다.

"뭐, 전학생 쨩과 친해질 기회는 앞으로도 얼마든지 있을 테니까. 오늘은 이정도로 넘어가 줄까나~?"

그대로 뒤도 돌아보지 않고 수라장 같던 분위기의 가든 테라스에서 떠나간다.

"하지만 연습은 패스. 지금부터 데이트 약속이 있거든. 바이바~이 ♪"

순식간에, 멀어져 간다.

"……도망친 겐가. 나 원, 카오루(薫)라는 이름대로 훈풍(薰

風) 같은 남자로구먼?"

그 뒷모습을 배웅하며 레이 씨는 고개를 떨궜다.

"으음~. 카오루 군의 연습 혐오는 심각하구먼. 한다면 하는 아이이긴 하네만."

언제나 여유로워 보이던 레이 씨치고는 드물게 하카제 카오루란 존재를 어떻게 다뤄야 좋을지 모르는 듯하다. 자유로운 바람에 농락당해 난감해하고 있는 것 같았다.

달콤한 잔향이 떠도는 분위기 속에서 레이 씨는 다시금 마오 군을 향해 돌아본다.

"……자네는 분명 『Trickstar』의 멤버였었지?"

"아, 네. 지난주엔 특별 훈련에 참여하지 못해 죄송합니다!"

"본인에게 사과하지 않아도 되네. 그런 말은 자네 동료들에게 해 주게나."

예의 바르게 고개를 숙이는 마오 군에게 호감을 가졌는지 레이 씨는 손자를 대하듯 부드러운 분위기가 되었다. 단번에 풀어져서 태평하게 미소 짓고 있다.

"『Trickstar』의 상태는 어떤가. 연습은 잘하고 있는 겐가?"

"그거야 물론. 지금까지 본 적 없을 정도로 다들 의욕이 넘쳐요. 저도 질 수 없다는 생각이 들 정도로요 ♪"

"그런가 그런가. 젊은 아이들은 기운이 넘쳐서 부럽구먼. 카오루 군에게도 그 의욕을 나눠주고 싶을 정돌세. 본인의 방임주의가 문제인 겐지. 아무래도 『UNDEAD』는 결속력이 약해서 말이지~?"

금세 마음을 터놓았는지 레이 씨는 친근감을 담아서 이야기한다.

"괜찮네. 본인들 『UNDEAD』도 다음 주에 있을 『S1』에선 자네들에게 협조해 움직일 예정이니. 나중에 더 상세한 작전회의라도 하세나. 애초부터 무리한 싸움인 게야. 가능한 모든 수단을 동원해야 하지 않겠는가?"

치밀하게, 번쩍번쩍 빛나는 달빛을 시체 같은 얼굴에 반사시키며.

"본인도 꼴은 이렇지만 '삼기인' 중 한 명. 학생회의 『홍월』과도 호각으로 싸울 수 있네만. 호각이어선 안 되지. 승리를 잡아야 하네."

흡혈귀 같은 청년은 몹시도 붉은 입술을 혀로 핥았다.

"대등한 승부는 하게 해 주겠네. 그다음에는── 이길 수 있을지 없을지는 자네들에게 달렸네."

다시 마오 군의 머리를 쓰다듬고는 천천히 걷기 시작한다. 레이 씨는 어째서 가든 테라스에 있었던 걸까? ──밤 산책이었던 걸까? 어디까지나 수수께끼인 사람이다.

"본인까지 무거운 걸음을 뗐으니 말일세. 열심히 했지만 졌습니다, 로는 용서치 않을 게야."

어깨 너머 마오 군을 돌아보며 물어뜯듯 웃었다.

"기대한다네. 본인을 실망시키지 말아 주게나. 『Trickstar』여."

손을 흔들고 레이 씨는 그대로 자리를 뜨려다 문득 생각났다는 듯 이야기했다.

"……아아, 말하는 걸 잊었구먼. 전학생 아가씨는 거기 찬장 안에 있다네."

애초에 마오 군은 나를 찾으러 왔을 터였다.

가든 테라스 건물 내에는 주방 등 여러 시설이 있다. 늘어선 찬장들. 나는 그중 하나에 숨어 있었다. 내내 일곱 마리 아기 양 중 겁 많은 막내처럼. 세 사람의 대화도 무심결에 듣고 있었지만.

계속 카오루 씨가 가든 테라스 건물 출입구 앞에 진을 치고 있었기에 움직이려 해도 움직일 수가 없었다. 그 사람 어째서인지 내게 집착하는 것 같았으니까. 들키면 무슨 일을 당할지 모른다고 두려워하고 있었다.

여학교 생활이 길었던 내가 모르는, 방심하면 물려 죽을 것 같은……. 그럴 리는 없겠지만 그렇게 의심가게 하는 카오루 씨의 분위기에 적응하지 못하고 있었다.

무서워서 숨어 있었던 것이다. 그 사실을 어째서인지 레이 씨는 알고 있었다.

"전학생 아가씨에게 이제 안심해도 된다고 전해 주게나. 카오루 군에게도 너무 '참견' 하지 말도록 일러둘 테니."

그대로 카오루 씨의 움직임을 따라가듯 뒤돌아보지 않고 사라져 간다.

"이만 가 보겠네. 흐암, 역시 일어난 직후엔 몸이 무겁구먼~ ♪"

"아, 감사합니다. 고생 많으셨습니다. ……음~ 찬장?"

꾸벅 인사해 배웅하면서도 마오 군은 순순히 그 조언에 따라 움직여 가든 테라스 건물 출입구를 향해 달려갔다. 손잡이를 잡으니 평범하게 열린다. 잠기지 않았다. ——남아 있던 나는 가든 테라스 직원 대신 문을 잠그기로 했었다. 하지만 카오루 씨가 버티고 앉아 있었기에 움직일래도 움직이지 못했고, 따라서 문을 잠글 여유도 없었다.

그런 앞뒤 사정이 있었다.

"여긴가? 전학생 있어? 나야! 이사라!"

칠흑 같은 건물 안에 들어와 마오 군이 큰 소리로 불러준다. 늘어선 찬장을 하나하나 재빠르게 확인해 나간다.

상대가 마오 군이란 걸 알고 나는 조심스레 숨어 있던 찬장 문을 열고 바깥을 살핀다. 바로 근처에 마오 군이 있었다.

왠지 굉장히 안심이 됐다.

주저앉은 채 눈물을 글썽이고 말았다.

"우왓, 진짜 있었네. 넌 왜 이런 데 있는 거야……?"

냄비 등의 조리도구들 사이에 나는 몸을 웅크려 숨어 있었다. 긴장으로 굳어서 움직이지 못하고 그저 마오 군을 올려다볼 수밖에 없다.

그런 내게 손을 내밀어 일으켜 주면서, 마오 군이 사정을 들어준다.

"흐음. 하카제 선배의 언동에 신변의 위험을 느꼈다고?"

비틀거리는 내게 정신 차리라는 것처럼 마오 군은 쓴웃음을 짓는다.

"그 사람이 갑자기 구애하면서 억지로 어딘가로 끌고 가려고 했다고……?"

그랬다. 가든 테라스 직원과 이야기를 마친 후 주방을 사용하고 있었는데. 갑자기 카오루 씨가 나타나 이것저것 말을 거는 바람에── 조금 무서웠기에 도망쳤더니 쫓아온 것이었다.

거기서부터는 숨바꼭질이다. 카오루 씨는 여자애에게 거절당해 본 경험이 별로 없었는지 오기가 생긴 모양이라……. 집요하게 쫓아오기에 나도 점점 더 무서워지고 말았다.

아직 카오루 씨의 정체를 알 수 없었고 학생회가 보낸 자객일지도 모른다고 의심하기도 했다. 그 정도로 학생회에서 풋내기 『프로듀서』인 나를 위험인물로 지정했을 리가 없겠지만. 패닉에 빠져 정말로 그렇게 생각해 두려워하고 말았다.

과도한 경계였겠지. 하지만 무서웠어……. 정체불명의 남자에게 구애를 받다니. 지금까지 그런 경험은 없었으니까.

카오루 씨는 상당히 억지로 내 손을 잡아 어딘가로 끌고 가려 했었으니까 유괴당한다고, 납치당한다고 생각해버렸다. 물어뜯고 뿌리쳐 도망쳤지만.

"그건 정말 위험했겠네. 너무 혼자서 움직이지 마."

울상 짓는 내 머리를 마오 군은 조심스럽게 살짝 쓰다듬어 주었다.

"젊은 남자밖에 없는 학교에 여자애가 한 명이야. 사자 무리에 토끼를 풀어놓은 것과 마찬가지니까."

실제로 완력으로는 남자애를 당하지 못한다. 나를 억지로 어떻게 하려고 마음먹은 사람이 있다면 저항할 수 없다. 이번엔 운 좋게 도망칠 수 있었고 카오루 씨도 딱히 악의는 없어 보였지만——.

다음에도 그렇게 운 좋게 풀릴 거라 장담할 수 없다. 정말 학생회가 제대로 마음먹고 잡으러 오면 끝이다. 너무 방심하고 있었다. 부주의했다. 한심하다.

"어쨌든 아무 일도 없었던 것 같으니 다행이지만. 정말 조심해야 한다~? 안 그래도 넌 눈에 띄니까."

혼내는 게 아니라, 마오 군은 정말로 걱정해 주는 것 같았다.

"자, 걸을 수 있겠어? 손 잡아 줄게. ……이제 괜찮으니까."

그리고 공주님을 에스코트하는 것처럼 내 손을 잡고 이끌어 주었다. 너무도 자연스럽게 그런 행동을 취하고, 싫지도 않았기에—— 나는 그대로 따른다.

손을 잡고 걷기 시작했다.

"얼른 연습실로 가자, 다들 허전해하고 있는걸?"

그렇게 말하고 웃는 마오 군에게 나는 잠시 기다리라고 제지한다. 일단 손을 놓고 내가 숨어 있던 주방 구석—— 냉장고로 다가갔다.

조명이 없는 주방에서 냉장고 속 빛이 새어나온다. 나는 가득 늘어선 식재료 사이에서 내가 만든 요리를 꺼내들었다.

밀폐용기에 담긴 간식이다. 애초에 나는 그걸 준비하려고 가든 테라스에 온 것이다. 이걸 잊고 돌아간다면 뭘 위해 모두와 떨어져 행동했는지 알 수 없다. 수고한 보람도 없이 헛수고가 되고 만다.

마오 군이 흥미롭다는 듯 내 손 안을 들여다본다.

"오, 그게 간식이야? 맛있어 보이네. 먹어봐도 돼?"

내가 고개를 끄덕이자 마오 군은 기쁜 듯 웃고는 덥석덥석 먹어 주었다.

"아하하. 아침부터 수업에 학생회 일에 『Trickstar』의 연습에~ 제대로 먹질 못했어. 배가 엄청 고파. 정말 먹을 걸 만들어주는 것만으로도 큰 도움이 돼♪"

잘 먹었습니다 하고 합장과 함께 과장스러운 감사를 보내주며 마오 군은 순간 진지한 표정이 되었다.

"피차 『Trickstar』안에서는 미묘~한 위치지만……. 그래서 제법 친하게 지낼 수 있을 것 같아."

그리고 내게 손을 내밀어준다.

"앞으로 잘 부탁해, 전학생♪"

그 후——.

나는 마오 군과 함께 서둘러 방음연습실에 돌아왔다. 역시 돌아오는 게 너무 늦어 걱정하고 있던 다른 멤버들에게 고개 숙여 사과한다. 사과의 의미로 간식을 대접했다.

마침 모두 연습을 일단락 하고 쉬는 중이었던 모양이다. 느긋하게 배를 채우며 담소를 나눈다.

돌아왔다는 실감이 가득 찬다. 『Trickstar』의 모두와 함께 있으니 행복하다.

완전히 그들 옆이 내가 있을 곳이 되어 있었다.

다음부터는 너무 단독행동은 하지 않도록 주의하자.

카오루 씨는 눈감아 준 거겠지만. 정말로 악의를 가진 적이었다면 돌아오지 못했을지도 몰랐기 때문이다.

소중한 것을 끌어안듯 나는 모두를 바라본다. 마오 군, 호쿠토 군, 스바루 군, 마코토 군──『Trickstar』의 모두를, 따뜻한 반짝임을.

"냠냠냠♪"

요즘 잘 먹는 마코토 군이 인형 같은 단정한 얼굴에 어울리지 않게 양손에 음식을 쥐고 맹렬히 물어뜯고 있었다. 복스럽게 먹는 모습에 나도 기뻐진다.

지난 한 주 동안 요리 연습을 했었다. 스바루 군에게 시식 담당을 부탁하거나 하면서. 그런 일은 그렇게 힘들어하지 않는 편이다.

어린애처럼 입가를 더럽히고 있는 마코토 군은 눈을 빛내고 있다.

"엄청 맛있어. 이거—— 뭐지? 알 수 없는 덩어리. 정체는 모르겠지만 마이쪄!"

"레몬 꿀절임이나 영양 드링크 같은 평범한 것들도 있군. 이 덩어리만 뭔지 모르겠어. 못 먹을 건 아니지만."

호쿠토 군도 감탄하며 일정한 페이스로 덥석덥석 먹어준다.

시간도 있었기에 이것저것 만들었었다. 전달하는 게 늦은 귀환의 사과가 된다면 좋겠는데. 정말 스포츠 전문서 등을 정독해 간식다운 것을 만들 수 있을 정도는 되었다.

단 하나 마오 군과 합류하고 나서 새로이 만든 게 있지만. 게다가 예상외의 반응을 얻고 있다.

검은색의 경단 같은 것이다. 그걸 손가락으로 조물조물해 호쿠토 군이 고개를 갸웃거리며 입에 넣는다.

"맛있어."

"아—— 닌자 동호회의 센고쿠가 맛있어 보이는 냄새에 이끌려 가든 테라스에 왔었거든. 그 때 이 '알 수 없는 덩어리' 를 만드는 법을 배웠어."

마오 군이 말주변 없는 날 대신해 사정을 설명해 준다.

"닌자의 비상식. *병량환이래. 센고쿠는 '한 알로 300km는 갈 수 있다오!' 랬나, 잘 알 수 없는 이야길 했지만."

"센고쿠……. 아아, 들은 적 있어. 그 이상한 1학년인가. 자주 묘하게 긴 훈도시를 두르고 끝자락이 땅에 닿지 않게 맹렬하게

---

*병량환: 주로 전국시대에 사용되던 환약 형태의 휴대 보존식. 집안이나 닌자 가계에 따라 재료나 제조방법이 달랐다고 한다.

돌진하고 있지."

"맞아, 맞아. '닌자 동호회'는 규모가 작아 활동비 같은 문제로 항상 곤란해 하고 있는 것 같아서. 보다 못해 내가 학생회를 통해 자주 일을 소개해 주거나 하고 있어."

호쿠토 군이 납득했다는 듯 맞장구를 치기에 마오 군도 이야기하기 쉬운 것 같다. 덤으로 다른 두 사람——마코토 군과 스바루 군은 정신없이 먹고 있다.

"그걸 은혜로 생각했던 모양이야. 센고쿠 녀석은 전학생이 만든 이 많은 간식들을 여기까지 옮기는 것도 도와줬다고~."

"그렇군. 신세를 졌구나. 고맙다는 말 정도는 하고 싶은데."

호쿠토 군이 입에 넣은 것을 다 삼키고서 말한다. 입가를 손수건으로 닦는다. 정좌 자세가 좋은 환경에서 자랐음을 느끼게 한다.

아무튼. 아까는 센고쿠 군——이라는 신비한 1학년과 만났다. 가든 테라스에서. 마오 군이 이야기한 그대로의 경위로.

상당히 내성적인 아이인 듯해 나는 그다지 대화도 하지 못했지만.

아무래도 『유성대』 소속인지 동료인 테토라 군에게 이야기를 듣고 우리를 응원해 주고 있는 것 같다. 마오 군과도 친한 듯하여 비전의 병량환 제조법까지 전수해 주었다.

개어서 만든 거라 해야 할까. 재료를 섞기만 하면 되어서 레시피는 간단. 만들기도 쉽고 고칼로리로 영양도 풍부하기에 정말로 에너지 충전용 간식으로는 안성맞춤이었다. 외관이 점토 같아 그렇게 음식처럼 보이지 않는 점이 애로사항이긴 하다.

　나도 맛을 봤지만 응축한 참깨 경단 같았다. 농후하고 의외로 달지 않다. 맵지도 않고 맛도 냄새도 없다. 그 자체로는 맛있는 물건이 아니다. ——단순한 비상식이기에 설탕 등을 섞어 먹기 쉽도록 했다.

　모두 기뻐해 준 것 같아 안심했다. 고마워, 센고쿠 군. 어떤 사람인지는 아직 잘 모르겠다. ——닌자? 정말로 닌자인가? 수수께끼 같은 인물이지만 다음에 만나면 다시 제대로 고맙다고 말해야겠다.

　"센고쿠는 부끄럼이 많은 녀석이니까. 재빨리 모습을 감춰버렸어. 그래도 전학생은 조금 따르는 것 같던데?"

　"흐응. 그 무서운 키류 선배나 오오가미 군과도 의외로 태연히 얘기하고. 대단하네, 전학생 쨩은. 누구와도 금방 친해지는 구나~?"

　마코토 군이 감탄하고 호쿠토 군이 동조한다.

　"음, 흔치 않은 자질이야. 『프로듀서』로서 필요한 능력이라고 할 수 있겠지. 장래가 유망하군, 전학생은."

　내가 닌자에 대한 걸 생각하고 있는 사이에 극찬을 받고 있다……. 기쁘지만 과대평가라고 생각한다. 나는 말주변이 없고 커뮤니케이션도 제대로 하지 못하고 있다. 친절한 사람들이 그런 나를 신경 써서 맞춰준 것뿐이고.

✦✧✦✧

　"여러모로 조사해 열심히 간식을 만들어 줘서 기뻐. 고마워, 전학생. 네 존재가 우리에게 큰 힘이 되고 있어."

　호쿠토 군의 진지한 감사에 나는 몸 둘 바를 몰랐다. 정말로 누구나 가능한 일을 하고 있는 것뿐인데. 하지만 제대로 보고 평가해 줘 기뻤다.

　"음? 그건 뭐지. 보냉 가방인가?"

　부끄러워져 나는 옆에 놓인 보냉 가방을 앞으로 내민다.

　"호오, '별사탕 슈크림'이라고……? 뭐지 그건 흥미로워!"

　뚜껑을 열어 내용물을 보여주자 호쿠토 군은 눈을 반짝였다. 거기엔 보냉제와 함께 냉장고에 보관하던 특제 과자가 들어 있다. 그대로 옮기다간 역시 도중에 망가질 것 같은 기분이 들었던 것이다. 차가운 편이 더 맛있을 테고.

　보냉 가방은 무거웠지만 센고쿠 군과 마오 군이 옮기는 걸 도와주었고. 고생한 만큼 기뻐해 준다면 뿌듯함도 더 크다.

　"날 위해 만들었다고? 내가 별사탕을 좋아하는 걸 어떻게 알았지?"

　"후후후. 전학생이 모두에 대해 알고 싶다 해서 말이야. 지난 한 주 동안 내가 여러모로 알려줬지~"

　어느 정도 배를 채운 것 같은 스바루 군이 '저요 저요!' 하며 손을 들며 대화에 참가했다. 드러누워 먹고 있었기에 머리카락이 눌려 강아지 귀처럼 서 있다.

"우리 취향이라든지 전부, 알고 있는 게 좋겠다 싶어서☆"

"그렇군. 우리에 대해 알고 싶다 생각해 준 건 기뻐."

호쿠토 군이 야금야금 슈크림을 베어 먹으며 보냉 가방 뚜껑을 닫는다.

"우물, 우물. 특이하지만 꽤 괜찮아. '별사탕 슈크림'. 하지만 영양 면에선 다소 당분이 많은 것 같다."

그대로 대수롭지 않게 그는 가방을 짊어지고 어딘가로 옮기려 했다.

"따라서 이 '별사탕 슈크림'은 내가 집에 가져가서⋯⋯. 조금씩 아껴 먹도록 하지."

"아앗, 또 독점하려는 거지 홋케~! 나도 먹고 싶어! 치사해. 나 아까부터 병량환밖에 못 먹었단 말이야!"

"싸우지 마. 사이좋게 지내라고~."

호쿠토 군에게 태클을 시도하는 스바루 군을 보고 마오 군이 맥 빠진 표정으로 중얼거렸다. 마코토 군이 그런 모두를 보고 즐거운 듯 웃고 있다.

이게 평소 『Trickstar』의 모습이겠지. 네 사람이 모여 드디어 안정된다.

"음. 전학생 덕에 상당히 피로가 풀렸어. 하지만 쉬고 있기만 할 수도 없어. 특별 훈련을 계속하자."

호쿠토 군이 악착스럽게 보냉 가방을 사수하며 가방에 손을 뻗는 스바루 군을 견제하고 있다. 명백히 화제를 돌리려 하는 것 같은 느낌으로.

"먼저 곡을 확정해서 중점적으로 연습하고 싶어. 『S1』까지는 시간이 없어 여유부릴 틈도 없으니까."

짝짝, 손뼉을 치는 늘 하던 몸짓과 함께 느슨해진 공기를 잡는다.

"대충 경음부가 제공해 준 신곡에 맞춰 댄스 등의 퍼포먼스를 해 보자. 그걸 전학생에게 보여주고 의견을 들어보자."

모두 식사를 마친 것 같아 나는 간단히 뒷정리와 청소를 한다. 그사이 모두의 퍼포먼스를 본다. 시간 절약도 되고 효율적이다.

동의를 표하며 끄덕이자 호쿠토 군도 득의양양한 표정으로 미소 지었다.

"그 의견을 참고로 우리 『Trickstar』의 『S1』공연 구성을 정하고 싶어."

"아아, 사쿠마 선배가 그랬었지. 거의 일반인인 전학생 쨩에게 '리얼한 의견'을 받자는 거?"

"맞아. 우리 입장에서만 생각하면 잘못된 판단을 할지도 몰라. 공평하게 지식이 없는 전학생이 직감으로 판단해 주는 게 좋아."

마코토 군의 발언에 수긍하고 호쿠토 군은 마지막으로 손에 들고 있던 별사탕 슈크림을 입속에 털어 넣는다. 사랑스럽다는 듯 와작와작 먹고 있다.

"그리고 전학생은 우리의 취향이나 성격에 대해서도 상당히 파악하고 있는 모양이니. 그 판단은——느낀 점은 우리에게 있어 '정답'이 될 거야."

슈크림만으로 상당히 과분한 신뢰를 얻어버린 것 같다.

"우리의 방향성을 정할 판단을 네게 맡길게. 잘 부탁해. 『프로듀서』."

"편하게 생각해. 너무 '책임이 막중해!' 같은 생각은 하지 말고 느낀 점을 그대로 이야기해 주면 기쁘겠는걸~?"

압박을 가하는 호쿠토 군을 팔꿈치로 찌르고 스바루 군이 태평하게 미소 짓는다. 당근과 채찍이다. ——동시에 그것은 애정 그 자체였다.

적어도 긍지를 갖고, 전력을 다하자.

그리고 모두의 노래나 춤은 좋아하니까—— 그걸 볼 수 있다는 점은 솔직히 기뻤다.

✦✧·✧✦

출출함을 달래고 기력이 충전되었는지 모두 힘차게 행동을 재개했다.

마코토 군이 단말 옆으로 이동해 능숙한 느낌으로 조작했다. 기계를 만지고 있을 때가 가장 활기차 보인다. 그건 본래 내가 해야 할 일이겠지. 나중에 조작법을 배워야겠다.

그런 미래의 일을 생각할 수 있다는 사실이 무엇보다도 기뻤다. 이제 어둠 밑바닥에서 웅크리고 있지 않아도 된다.

『Trickstar』의 모두가 북극성처럼 내 길을 밝혀 주고 있다.

방해가 되지 않도록 식사 뒷정리를 끝낸 나는 구석으로 대피

했다.

동시에 마코토 군이 경쾌하게 단말을 터치한다.

"그럼 음악 튼다~? 음량은 이 정도면 돼?"

"여긴 방음실이야. 좀 더 크게 틀어도 돼. 다른 사람에게 피해를 주는 것도 아니니까. 이 공간은 우리 『Trickstar』의 영토야."

흐르기 시작한 멜로디에 반응해 호쿠토 군이 다시금 스트레칭을 시작한다.

"안무 등도 자유롭게 해도 돼. 편하고 자유롭게 추자. 가능하면 웃으면서."

말한 대로 부드럽게 웃고, 호쿠토 군은 일어나 매력적인 스텝을 밟기 시작한다.

"나도 최근에 와서야 알았지만. 아무래도 웃는 얼굴이면 노래와 춤을 더 빛나게 하는 모양이야."

"아하하. 히다카 군은 아주 조금, 생각이나 표정이 부드러워졌네~♪"

"쌍둥이와 함께 특별 훈련을 한 효과라고 생각하고 싶어. 난 잘 모르겠지만."

이런저런 작업을 끝내고 마코토 군이 호쿠토 군 옆에 선다. 완벽한 움직임을 보이는 호쿠토 군에 비해 마코토 군은 어색하지만—— 열심히 노력하는 게 전해져 온다.

모두가 완벽하고 만능이지 않아도 된다. 특성을 발휘해 두 사람은 댄스에 몰두한다.

"유우키도 전보다 상당히 파워풀해졌는데. 춤출 때는 안경을 벗거나 스포츠용으로 바꾸는 게 좋겠지만."

"아아, 그러고 보니 그렇네. 정말 시야도 넓어졌어~ 히다카 군. 잔소리가 늘어서 조금 성가시지만 ♪"

"흥. 잔소리가 싫으면 내가 뭐라 못하게 성장해 봐."

혼내고 있는 게 아니라 가벼운 이야기를 나누고 있다. 이것도 이전의 호쿠토 군이라면 생각지도 못할 일이다. ──경쾌하고 신기해서 넋을 잃고 바라보게 된다.

"나도 지고 있을 수만은 없지. 특히 특별 훈련을 빼먹은 아케 호시나 이사라에겐."

"에~ 난 빼먹은 거 아닌데. 뭐, 상관없지만."

생수로 입을 헹구던 스바루 군이 뒤늦게 댄스에 참전한다. 금세 그 분위기에 녹아들었다.

"전학생과 일주일간 함께 다니면서 조금은 '다른 사람의 눈' 이란 걸 시야에 넣을 수 있게 된 것 같아. 이전의 나라고 생각하면 오산이라고~?"

확실히 스바루 군은 주변과 보조를 맞추고 있다. 혼자서도 힘차게 반짝이지만 주변에 있는 모두의 반짝임을 반사함으로써 더욱더 빛난다.

정말로 아이돌이 되려고 태어난 것만 같다.

천성의 재능으로 최고로 빛난다. 스바루 군은 역시 들에 핀 꽃처럼 자유롭고 자연적이고── 매혹적이다. 신에게 사랑받은 흔치 않은 재능을 가진 남자애다.

그 눈부신 미소가 무엇보다도 보물이었다.

단순한 기술이라면 호쿠토 군이 더 우위겠지. 스바루 군은 가끔 놀랄 만큼 멋대로 어레인지를 해 만든 사람의 상상마저 가볍게 능가하는 듯한 빛을 내뿜는다. 호쿠토 군과 어느 쪽이 우위인지 비교할 일은 아니다.

모두 다르고, 모두 좋다. 물론 마코토 군도 걸출한 두 사람에게 필사적으로 따라가고 있다. 『Trickstar』는 혼연일체가 되어 있다.

"사리~도 와. 같이 춤추자! 빨리 안 오면 두고 간다~☆"

"알았어. 나 참, 너희들은 항상 즐거워 보여서 좋겠다~."

마지막으로 마오 군이 들어온다. 함께 서고, 빛난다. 늦게 도착한 희망의 별이 별자리의 마지막 조각을 채워 준다.

"약간 늦었지만 나도 너희와 나란히 설 수 있도록 노력할게. 아니 지금은 딴생각 하지 말고 즐겨 볼까♪"

여러 짐을 모두 벗어 던지고, 이 순간만큼은 자유롭게.

한 사람의 청춘을 만끽하는 남자애로서—— 마오 군도 개화한다.

능숙하게 처세하고. 그 때문에 여러 운명에 얽혀서……. 하지만 춤추고 있을 때만은 그것을 잊을 수 있는 거겠지.

"이거 봐봐. 내 특기——브레이크 댄~스♪"

모든 운명을 걷어차듯 마오 군이 바닥에 손을 짚고 발을 프로펠러처럼 회전시킨다. 쉽게 모방할 수 없을 만큼 아크로바틱한 움직임이었지만. 바로 옆에서 스바루 군이 눈을 반짝이며 완전히 똑같은 움직임을 재현했다.

　"오오, 멋있어~! 나도 할래. 빙글빙그르르~☆"

　두 프로펠러가 폭풍을 동반해 격하게 돌아간다.

　"대체 어떻게 하는 거야. 그거!?"

　튕겨나가듯 조금 옆으로 대피한 마코토 군이 그저 감탄한다. 역시 스바루 군은 천재다. 그처럼 즉흥적으로 댄스를 따라 하지는 못하는 것 같다.

　"우와, 분한데! 나만 로봇 댄스처럼 어색한걸. 더 연습해야지!"

　하지만 마코토 군은 비굴해하지 않고 자신이 할 수 있는 걸 필사적으로 소화하고 있다.

　(……흠. 역시 대단하군, 이사라. 한동안 따로 행동하고 있었다곤 믿을 수 없을 정도야. 금방 댄스에 융화됐어.)

　어린애들이 노는 것처럼 사소한 일에 경쟁하듯 계속해서 회전하는 마오 군과 스바루 군을── 호쿠토 군이 조용히 바라보고 있다.

　(주변을 잘 보고 있는 거겠지. 천재적인 균형 감각도 있고.)

　자신들이라는 전력을 냉정히 분석하고 있다.

　이 폐쇄된 유메노사키 학원에 미래의 길을 열기 위해.

　(특히 아케호시와의 조화가 좋아. 역시 같은 농구부라 호흡이 딱 맞는군. 하지만 둘 다 너무 자유분방하니까 내가 잡을 부분

은 잡아 줘야겠어. 쌍둥이와의 특별 훈련 덕에 그런 호흡과 타이밍을 파악할 수 있게 된 것 같아.)

특별 훈련을 거쳐 자신감을 얻은 듯한 호쿠토 군은 사고방식까지 긍정적으로 바뀌었다.

(유우키도 열심히 따라붙고 있어. 그에 지지 않겠다고 모두가 더욱 정진해. 정말로 서로가 서로를 성장시키고 있어. 일주일 전과는 완전히 다를 정도로 '좋은 형태'가 되어 가고 있어.)

각자가 원했기에, 누군가에게 명령받은 게 아니기에── 전력을 다할 수 있다. 그런 분위기가 형성되어 있다. 제멋대로 사방팔방으로 방류되기만 하던 그들의 반짝임이 한데 모여 태양처럼 거대한 반짝임이 되어 있다.

그렇게 유도한 건 그 수수께끼의 '삼기인'이다.

(사쿠마 선배는 우리에게 적확한 지도를 해 주었어.)

그 사실을 호쿠토 군은 다시금 실감한다. 레이 씨는 위에서 단단히 누르듯 억지로 말을 듣게 만드는 것 같은── 명령이나 강요는 하지 않았다. 그저 자신의 힘을 주체하지 못하며 그것을 살릴 방법을 몰랐던 미숙한 우리에게 갈 길을 알려줬을 뿐이다.

그것만으로 『Trickstar』는 이렇게 환한 빛을 내기 시작했다.

본래 그것은 『프로듀서』인 나의 역할이었겠지. 레이 씨는 아이돌들을 빛나게 하면서 동시에 내게도 시범을 보여주었다. 끝을 알 수 없는 도량의 깊음과 현명한 판단── 경험을 쌓은 노련한 수법.

그 사람이 같은 편이어서 정말 다행이다.

(우린 강해질 수 있어. 학생회를 이길 수 있을지는 아직 모르겠지만.)

압도적이고 단단한 지배력과 실력을 가진 학생회──『홍월』과 승부가 될 수 있을지는 알 수 없다. 드디어 싸울 수 있다. 아무것도 하지 못하고 단칼에 쓰러지는 게 아니라, 그 칼을 받아 밀어낼 수 있을 만큼은 된 것이다.

짓밟히기만 하던 피지배 계급에서, 뺏고 빼앗기는 대등한 적으로.

갑옷을 준비하고, 무기를 갈고닦아, 그것을 다룰 수 있는 법을 배웠다. 드디어 전장에 발을 들일 수 있다. 그 뒤에는 마음껏 싸울 뿐이다.

(가능성이 없는 건 아냐. 그렇게 믿을 수 있는 희망이 있어. 그러니 힘낼 수 있어.)

호쿠토 군은 먼 곳을 바라보며 가장 사랑하는 할머니에게 마음속에서 말을 걸고 있다.

(할머니. 저도 '아이돌'이라는 걸 사랑할 수 있을지도 모르겠어요.)

"어라, 전학생도 근질근질한 거 아냐? 혹시 같이 춤추고 싶은 거야~?"

음악에 맞춰 노래하고 춤추는 아이돌들을 빨려 들어갈 듯 보고 있던 내게.

지난 한 주 동안 계속 그렇게 이끌어 주었던 것처럼. 스바루 군이 손을 내밀어 준다.

외톨이였던, 괴롭고 쓸쓸하던 시절이 있었던 그가……. 누군가에게 손을 뻗어 그것을 잡아 주길 기대하고 있다.

다시 그런 희망을 가질 수 있게 된 것이다.

그것만으로도 기쁘다. 내 일인 것처럼 행복했다.

그 손을 거절해서는 안 된다.

모두의 옆에 있고 싶다.

"좋아, 뛰어들어! '곡 선택' 같은 어려운 문제는 나중에 생각해도 돼. 지금은 같이 즐기자☆"

나는 일어서서 모두가 있는 곳으로 달려갔다. 스바루 군의 손을 있는 힘껏 잡는다.

그것을 그는 남자애답게 힘껏 받아들이고, 그대로 춤을 추기 시작한다.

"다 함께 높이높이 올라가자! 우린 어두운 밤하늘 정상까지 뛰어올라서 반짝반짝 빛나는 별이 될 거야!"

기분이 들뜬 거겠지. 스바루 군은 나를 한 손으로 힘껏 회전시키고는── 높이높이 천장을 향해 던져 올렸다.

중력에서 해방되어 별님이 되어버릴 것만 같다.

"이 학원을 변화시킬 아이돌의 일등성, 『Trickstar』가 되는 거야!"

낙하하는 나를 스바루 군, 호쿠토 군, 마코토 군, 마오 군이── 받아서 안아 준다. 마구 들러붙어 부대낀다. 이게 뭘까? 무슨 의미가 있는 걸까?

잘 모르겠지만 그건 최고로 즐겁고도 행복한 한때였다.

Midnight

『유닛』연습――『Trickstar』멤버 모두가 함께한 특별 훈련의 열기는 더없이 격하고 뜨거워졌다.

그러는 것도 당연하다. 남은 일주일로 현재 유메노사키 학원의 모든 것을 지배하는 학생회의 최대 전력――『홍월』에게 승리해야 한다. 죽을힘을 다해 필사적이 될 수밖에 없다. 대등하게 싸울 수 있을 정도로는 모자라다.

반드시 승리해야 한다. 안 그러면 아무것도 바뀌지 않는다. 모든 것이 헛수고가 된다. 『홍월』을 이기는 것만으로 무언가가 바뀐다는 보장도 없다. 호쿠토 군에게는 아무래도 생각이 있는 듯하니 나는 믿고 따를 수밖에 없다.

기회는 단 한 번. 『홍월』이 우리를 위협으로 생각하지 않는, 경계한다고 해도 조금이라도 방심해 줄지도 모르는―― 첫 1회만이 승리할 기회다. 그들의 실력은 진짜고 월등하다. 방심조차 해주지 않는다면 짓밟힐 수밖에 없다.

비현실적이고 꿈같은 이야기다. 어떻게 생각해도 불가능한 어려운 일에 우리는 도전하려 하고 있다. 모든 노력과 전략과 우정을 차곡차곡 쌓아서.

두 번 다시는 웃는 얼굴이 어울리는—— 울지 않아도 될 아이들이 눈물을 흘리지 않아도 될 수 있도록. 아이돌이 아이돌답게……. 누군가에게 미소와 행복을 전할 수 있는 유메노사키 학원으로 만들기 위해. 단 네 사람의 남자애들은 세상 사람들이 보면 배꼽잡고 웃을 것 법한 황당무계한 혁명을 일으키려 하고 있다.

　나도 곁에서 지지하고 싶다. 협력해 주는 사람들도 있다. 모두 불만을 안고 있다. 그 모든 것을 모아서 우리의 무기로 삼는다. 그렇게 해도 닿을 수 있을지는 하늘에 달렸지만.

　쉬고 있을 틈도 결전의 무대가 될 『S1』이후의 일을 생각할 여유도 없이……. 우리는 혁명을 위한 본거지인 방음연습실에서 특별 훈련에 몰두했다.

　수업도 적절하게 결석하는 등 온갖 방법을 동원했다. 『S1』이라는 큰 무대를 위해 특별 훈련을 하고 있다고 설명해 제대로 절차를 밟자—— 나중에 보충수업을 받는 등의 조건으로 당당히 수업을 쉬는 것도 가능했다.

　그 부분은 담임인 사가미 진 선생님도 흔쾌히 협력해 주셨다. 그는 선생님. 즉 체제 측에 있지만—— 우리의 목적을 파악하고 지켜봐 주시는 모양이었다.

　충실했던 시간은 쏜살같이 흘러간다.

　세월의 흐름은 화살과 같다. 나는 『프로듀서』라기보다는 가정부처럼 아이돌들의 의식주를 돌봤다. 땀을 닦아 주고 응원한다. 상담을 받아 주고 하다못해 웃어 보였다.

그런 날들이 쌓여간다. 일주일 정도는 눈 깜짝할 새에 지나가 버린다. 나는 불안과 희망을 끌어안으며 그날도 방음연습실 청소를 하고 있었다.

여기선 음식도 먹고 땀도 튄다. 자질구레한 쓰레기도 생기니 청소는 필요하다. 이런 일을 『Trickstar』에 시킬 순 없다.

체육복에 앞치마&삼각두건, 소매를 걷어붙이고 머리도 방해가 되지 않도록 적당히 묶는다. 나도 그런 수수한 외견이 이젠 완전히 적응됐다. 꾸미기나 연애는—— 새콤달콤한 청춘은 다가올 결전에 승리하고 나서다.

정말 어쩌다 이렇게 되어 버렸을까……. 내 상황을 돌이켜 보니 무언가 재밌어져서 나는 걸레로 바닥을 닦으며 웃어 버리고 말았다.

"~ ♪"

갑자기 등 뒤에서 콧노래가 들려와 놀라 뒤를 돌아본다.

『S1』에서 부를 신곡을 그럭저럭한 음량으로 틀어놓고 있었기에 바로 알아채지 못했다.

그곳엔 마오 군이 서 있다. 문을 열고 한 손에는 편의점 비닐봉투를 들고. 나를 발견하곤 움찔 놀랐다.

"……어, 전학생. 아직 집에 안 갔네. 벌써 한밤중이라고?"

내가 남아 있을 거라곤 생각하지 못했겠지, 마오 군은 의외라는 눈치였다. 딱히 화내거나 불평하려는 기색은 없고 어딘가 기뻐 보였다.

마오 군은 웅크려 앉았다. 음악이 흐르고 있기에 목소리가 잘

들리지 않을 거라 생각했겠지. 상당히 얼굴 가까이까지 다가와 봉투에서 아이스크림을 꺼낸다.

먹을래? 하는 느낌으로 내밀기에 나는 정중히 사양한다. 아무래도 피곤하다 보니 요즘은 그렇게 식욕이 없다. 제대로 먹어야 할 텐데——.

"난 좀 더 연습해 두고 싶은데. 역시 일주일이나 빠진 만큼 조금이라도 더 따라가야지."

마오 군은 내게 내밀었던 아이스크림을 가져가선 요령 좋게 포장을 뜯어 입에 물었다. 방음연습실은 구조상 열기가 차기 때문에 차가운 음식이 고파지는 것이다.

"기왕 하는 거면 나도 이기고 싶으니까. 학생회와 적대하는 일이 있더라도. 부회장은 규칙상 공평하게 승부한다면 별말 없을 거라 생각하고."

각오를 굳힌 표정으로 마오 군은 내게 말해 준다. 누군가가 자신의 속마음을 들어줬으면 했던 걸지도 모른다. 복잡한 위치에 있는 그는 지금까지는 누구에게도 털어놓지 못하고 혼자서 끌어안을 수밖에 없었겠지.

"『유닛』 연습에 참가한다고 했더니 오히려 '열심히 해 봐.' 라고 응원도 해 주더라. 지금 상황에선 우리를 '적'이라고 생각하지도 않는 걸까~?"

학생회에도 소속되어 있는 마오 군의 정보는 유익하다. 뭐 그렇겠지, 라는 느낌은 있었다. 『홍월』은 압도적으로 강하다. 학생회의 권위도 확고하다.

그들이 『Trickstar』를 괜히 경계할 이유는 없는 것이다.

"그래도 그 점이 승리의 기회가 될 수 있어. 그렇다고 해도 『S1』까지 시간도 없고, 우리 실력도 부족해 남은 한 주 동안 죽을힘을 다해 노력해야지."

학생회, 아니 『홍월』의 케이토 씨는—— 어디까지나 공평하다. 폭군은 아닌 것이다. 어디까지나 유메노사키 학원의 구조를 최대한 활용하여 승리해 권위를 굳히고 있다.

보통이 아닌 노력과 집념과 싸움 끝에. 거기엔 자신감이, 자부심이 있었다. 하지만 그런 난공불락의 성에 우리는 흠집을 내야 한다.

"뭐 밤을 지새거나 무리해도 몸을 해칠 뿐이지만. 난 아무래도 그런 쪽은 요령이 나쁜 것 같아."

에헤헤 하고 마오 군은 왠지 이상하게 매력적인 기운 빠진 미소를 보여준다.

"난 지금까지 잘 처세하면서 살아왔다고 생각하지만 실은 그렇지도 않은 것 같아."

"스바루나 호쿠토는 내일 연습을 위해 일찌감치 집에 갔으니까. 그게 정답이야. 너무 몰두한대도 어쩔 수 없어."

호쿠토 군은 집안 사정이 있는 듯—— 스바루 군은 집 침대에서 자는 게 편히 쉴 수 있다고, 완전하교시각이 지나자 집에 돌아가 버렸다.

"그래도 꿈을, 희망을 내일로 넘길 수 있는 건 자기 자신을 믿는 녀석뿐이야. 오늘 안에 할 수 있는 걸 해 두지 않으면 나같이 소심한 사람은 불안해져."

호쿠토 군이나 스바루 군에게 냉정하다. 열심히 하지 않는다──며 따지는 건 이치에 맞지 않겠지. 그들은 가장 좋은 선택을 하고 있다. 일과 휴식의 균형을 잘 맞추는 것도 재능이다.

"모든 사람에게 평등하게 주어진 24시간을 난 제대로 활용하지 못하는 것 같아. 너도 그런가 보네, 전학생. 평범한 사람은 괴로워~. 특히 가까이에 천재가 있으면 더더욱."

아이스크림을 먹으며 마오 군이 태평하게 이야기한다. 내가 보면 마오 군도 충분히 천재라고 해야 하나. 굉장한 사람이지만.

"뭐, 난 어떻게든 균형을 잡는 것만은 특기니까……. 어떻게든 되겠지만. 문제는 마코토야. 녀석은 너무 깊이 생각하는 구석이 있으니까."

마오 군은 항상 자신을 뒷전으로 두고 다른 사람 걱정만 하고 있다.

그러고 보니 마코토 군은 어디로 가버린 걸까……. 집에 간다는 얘기도 하지 않았지만 모습이 보이지 않는다. 나도 조금 걱정이 되기 시작했다.

"전학생의 의견을 참고해서 우리 『Trickstar』가 『S1』에서 선보일 곡을 정했어. 총 여섯 곡. 그중에서 한 곡씩 각자 돌아가면서 메인을 맡기로 했어."

아이스크림을 다 먹고 머리가 업무 모드가 됐는지 마오 군은 아이돌로서의 회의 같은 화제를 입에 올린다.

"첫 곡은 안정된 전용곡으로 모두에게 하이라이트가 있지."

천천히 내가 화제에 따라오는 걸 기다리며 마오 군이 지금까지 모두 함께 정한 걸 정리해 준다. 아마 자신의 머릿속 정리와 『프로듀서』일에 서툰 나를 배려한 재확인이다.

"나머지 전용곡 하나와 경음부에서 받은 신곡이 3개……. 총 네 곡은 우리가 각자 한 곡씩 메인을 담당할 거야. 순서는 스바루→호쿠토→나→마코토. 아직 기술이 부족한 마코토는 『Trickstar』의 전용곡을 맡을 거야. 실패하더라도 마지막 곡──모두의 매력을 보여줄 수 있는 신곡에서 만회할 수 있을 거야."

그런 구성으로 되어 있다. 다양한 의견을 반영해 최종적으로 그렇게 정했다.

이걸로 정답일지, 괜찮을지──당일까진 알 수 없다. 최선을 다할 수밖에 없다. 공연 내용을 빨리 정해서 연습에 집중해 확실한 것으로 굳힐 필요도 있었다.

아무튼 근본적으로, 시간이 너무 부족하다. 분기마다 개최되는, 『S1』이란 드림페스를 목표로 정할 수밖에 없었기에 어쩔 수 없는 일이지만.

"너무 마코토를 신경 쓰고 있는 것 같지만. 마코토도 그건 이해하고 있어. 자기 실력이 부족한 것도 알고 있으니까."

이미 참가 접수는 해버렸다. 이젠 도망칠 수 없다. 그 누구도. 호 쿠토 군도 스바루 군도 마오 군도 나도, 물론 마코토 군도——.

"그리고 그렇기에 '절대로 실패할 수 없어'라고 깊이 생각하고 있어. 이렇게 신경 써 주는데도 실패한다면 모두에게 짐이 될 뿐이라고."

자기 일인 것처럼 마오 군은 이야기한다.

"난 『Trickstar』에 필요 없어. 발목을 잡을 뿐이야. 그렇게 생각해버릴 거야. 녀석은 한 번 좌절을 겪은 적이 있으니 자기평가가 낮아."

나는 애매하게 고개를 끄덕일 수밖에 없다.

"마코토에겐 자질이 있어. 강력한 무기도 있어. 그 녀석도 『Trickstar』에 필요해. 하지만 본인이 가장 자기 자신을 믿지 않아."

확실히 마오 군이 말한 대로 마코토 군에게는 그런 부분이 있다.

항상 밝게 미소 짓고 있던 마코토 군에게도 분명 만지는 것도 주저할 만큼 피가 배인 상처자국이 있는 것이다.

"정말, 성가신 녀석이야. 하지만 그렇기에 『S1』에서 꼭 승리해야 해. 승리만이 자신감을 만들어 줄 수 있어. 마코토에게 필요한 건 바로 그거야."

마코토 군의 보호자처럼 우리는 소중한 동료를 걱정한다.

"이기기 전까진 지옥이겠지. 차마 보고 있을 수가 없어. 우리가 잘 지켜보고 받쳐 줘야 해……. 녀석은 불안정하고 미숙하지만 재능이 있어. 겁을 먹고 그늘에 있으면 안 돼. 더 정식 무대에서 빛나야 한다고 난 그렇게 생각해."

마오 군은 살피듯 내 깊고 깊은 곳까지 들여다본다.

"너도 같은 생각이라면 좋겠지만."

✦✧✦✧✦

한숨 돌리고 마오 군은 묵묵히 연습을 시작했다.

노래와 댄스. 어느 쪽도 내가 보았을 땐 완벽하지만. 본인은 어딘가 부족한 부분을 느끼고 있는 거겠지. 자꾸 고개를 갸웃거리거나 마코토 군이 두고 간 단말을 조작해 시범 동영상이나 음원을 확인하고 있다.

내가 지도해 줄 수 있었으면 좋겠지만……. 자율 연습이니 강사 선생님도 부를 수 없고 나도 아직은 공부 중이다. 보고 있는 것밖엔 할 수 없다.

아니. 내가 할 수 있는 걸 있는 힘껏 할 수밖에 없다.

"──전학생. 그건 뭐 하는 거야? 바느질?"

한동안 춤추고 나서 마오 군은 땀을 닦으며 내게 말을 건다. 내가 거의 말이 없었기에 마오 군이 이야기하지 않으면 단둘이 침묵 상태가 되어── 분위기가 어색해진다. 마오 군이 자주 말을 걸어 주기에 상당히 도움이 되고 있었다.

괜한 신경을 쓰게 한 것 같아 미안하다. 차라리 나 같은 건 물건이라 생각하고 연습에 집중해 줬으면 좋겠다──고 말해버리고 싶어지지만.

"흐응. 우리 『Trickstar』의 전용 의상을 만들어 주고 있었구나. 여러 가지 하고 있구나~. 큰 도움이 돼. 하지만 앞으로 일주일밖에 없는데 괜찮겠어?"

마오 군 말대로 나는 손바느질과 재봉틀로 의상을 만들고 있다. 쿠로 씨가 있는 곳에 매일같이 다니며 대충 기본을 배워 직접 조사하거나 연습하거나 하며 어떻게든 어떻게든……. 급히 서둘러 바늘작업을 하고 있다.

쿠로 씨에 비해 실력이 부족해 나 스스로도 초조해지고 만다. 어려운 부분은 쿠로 씨에게 도움을 받기도 했다. 전부 쿠로 씨에게 부탁하면 편하겠지만── 그는 『홍월』, 대전 상대다. 적진영의 사람이라고도 할 수 있다. 너무 의지해선 안 된다.

기적을 일으켜서라도 『Trickstar』를 빛나게 할 의상을 만들어야 한다.

"완성을 위해 이렇게 늦게까지 남아서 작업했었구나. 고생이 많네. 음악 같은 게 집중에 방해되면 끌까?"

댄스를 재개하며 마오 군이 미안해하는 목소리로 말했다.

"곡은 단말에 다운로드 했으니 이어폰으로도 들을 수 있고. 뭐, 춤출 때는 거추장스럽지만. ……괜찮아? 날 보고 있는 게 더 잘된다고?"

역시 잔뜩 걱정해 주는 마오 군에게 미안하고도 고마운 마음이 들고 만다. 사실 바늘작업 같은 건 집에서도 할 수 있기에 방해가 된다면 나는 귀가하는 게 좋다.

"그렇구나. 그럼 마음 놓고 추고 있을게. 시끄럽게 하더라도 미안해."

내 마음을 전하자 마오 군은 오히려 쑥스러워했다.

"그리고 집에 갈 땐 얘기해. 바래다줄게. 벌써 바깥이 완전히 어두워졌으니까. 혼자 다니기엔 위험하잖아?"

그러고 보니 어느새 벌써 상당히 늦은 시각이다.

최악의 경우 여기서 자려고 생각하고 있었지만 마오 군도 함께라면 안 되겠지. ──아무래도.

"너 자신을 소중히 해야지. 아무튼 스바루나 호쿠토가 말하기로는……. 넌 우리 『Trickstar』의 승리의 여신이라는 것 같으니까."

마오 군은 농담조로 그런 말을 하고선 그 후론 연습에 집중하기 시작했다.

얼른 집에 돌아가야 하지만. 조금만 더 보고 있고 싶어져서 난 그 자리에 눌러앉고 말았다.

그 직후.

마오 군과 단둘이 왠지 영원히 이어져도 좋을 것 같은 행복한 분위기를 공유하던 중── 갑자기 커다란 소리를 내며 문이 열렸다.

쓰러지듯 안으로 들어온 건 마코토 군이었다.

"······어라. 둘 다 아직 있었어? 밤 12시도 다 돼 가는데~?"

"마코토. 그건 우리가 할 말이거든. 너도 아직 안 갔어?"

마오 군은 댄스를 딱 멈추고는 서둘러 마코토 군을 향해 돌아본다.

"그것보다 어딜 싸돌아다니고 있었던 거야. 집에 갈 거면 간다고 연락. 어디 간다면 보고── 그 정도는 상식이잖아. 너무 걱정 끼치지 말라고~?"

"아니 그게, 조깅하고 있었더니 조금 성가신 사람이랑 얽혀서 말이야. 어떻게든 뿌리치고 도망쳐 왔어. 아, 진짜 죽는 줄 알았어!"

그러고 보니 마코토 군은 체육복 차림이었다. 땀이 흥건하다. 대체 얼마나 달린 걸까. 나와 마오 군이 동시에 움직여 그의 몸을 타올로 꾹꾹 눌러 닦았다.

마코토 군은 행복한 듯 그대로 천진난만하게 이야기하고 있다.

"애초에 오늘부터 여기서 묵을 참이었어. 일단 집에 가서 이불이라든지 비상식 등등 갖고 올 생각이고. 『S1』까진 이 방음연습실에서 매일 밤 보낼 거야~ ♪"

"묵을 거라니······. 뭐, 교칙 위반은 아니지만. 방음연습실은 24시간 우리 『Trickstar』가 빌리기도 했고."

그치? 라고 말하는 것처럼 마오 군이 바라보기에 나는 수긍한다. 그 부분은 문제없이 처리되어 있다. 완전히 서류 작업이 특기가 되어 버렸다.

나도 경우에 따라선 묵으려 생각하고 있었다. 침구는 없지만 밤을 새워가며 연습 등을 하는 사람도 적지 않겠지. 교내 자금을 활용하면 이것저것 빌릴 수 있다는 사실도 확인해 두었다.

마코토 군이 말한 대로 필요한 건 집에서 가져와도 좋다.

사람 수가 늘어난 만큼 떠들썩해진 방음연습실에서 마오 군은 꾸중을 겸해서인지 마코토 군의 머리를 꽤 거칠게 닦고 있다.

"의욕이 넘치네, 마코토. 그래선『S1』까지 체력이 못 버텨. 쉴 땐 쉬어야지. 뭐, 이렇게 늦게까지 남아 있는 내가 할 소린 아니지만."

"아하하. 오오가미 군과의 특별 훈련 덕에 나름대로 체력이 붙었으니까 괜찮아. 난 그 정도는 해야 모두를 따라갈 수 있기도 하고 말이지~?"

마오 군이 예상하던 대로 마코토 군은 조금 마음에 담아두고 있었던 것 같다.

무턱대고 노력해서 실력도 재능도 걸출한 다른 멤버들에게 따라붙으려 하고 있다. 하지만 비관적이지 않고 즐거운 것 같아 보이기도 한다.

있는 힘껏 노력해, 존경할 수 있는 동료들과 함께 싸우기 위해 전력을 다한다. 그 사실이 무엇보다 가장 기쁜 것 같았다.

"그리고 학교에서 잔다니 조금 부활동 합숙 같아서 재밌잖아. 그런 거 동경했었어~. 청춘을 보내고 있단 느낌 들지 않아?"

"그런가. 그럼 나도 오늘은 여기서 자 볼까. 이런 데서 혼자 있으면 쓸쓸하잖아?"

"괜찮아. 어린애도 아니고. 난 그렇게 가족들과 사이가 좋지 않아서……. 집에 가도 답답하니까. 여기서 자는 게 마음이 편해."

"으음~. 아니, 역시 나도 여기서 잘래. 너 약간 브레이크 고장난 부분이 있으니 누가 옆에서 봐줘야 돼."

두 사람이 그런 대화를 하고 있다. 화기애애해. 왠지 끼어들 수 없는 분위기다. 나는 평소대로 그것을 조금 떨어진 곳에서 바라보고 있다.

소외감은 없고 마음이 편하다.

마오 군이 걱정만 하고 있는 게 오히려 부끄러워졌겠지. 조금 핑계 대듯 덧붙였다.

"그리고 사람이 많은 게 연습 폭도 넓어지잖아?"

"군이 안 그래도 되는데~……. 이사라 군은 정말 '남을 잘 챙긴단' 말이야. 그치만 이불 같은 거 없잖아. 어떡해?"

"나도 일단 집에 가서 필요한 거 가져올게. 최악의 경우 침구 같은 건 빌리면 되니까——그렇게 교내자금엔 여유가 없지만. 덤으로 이미 늦은 시간이고……. 전학생을 집까지 바래다주고 올게. 그런고로 괜찮지? 결정!"

"이사라 군은 제멋대로야."

마코토 군은 어이없어하는 것 같지만 기뻐 보이는 반웃음이다. 그런 두 사람을 보니 나도 왠지 즐거워져서—— 계속 이 분위기를 공유하고 싶어서.

이대로 집에 돌아가는 게 아쉬워서.

과감히 말해 봤다.

"……에, 전학생 쨩도 여기서 자고 싶다고? 안 돼. 일단 남자와 여자 사이잖아? 같은 방에서 묵다가 무슨 일이라도 생기면 어쩌려고?"

"그래그래. 얌전히 집에 가. 전학생과 하룻밤을 같이 보냈다고 나중에 알려지면 호쿠토나 스바루가 무슨 소릴 할지 몰라."

나는 상당히 진지했었는데 마코토 군도 마오 군도 곤란한 표정을 짓고 말았다. 하긴 그렇겠지. ──무리한 말을 했다는 자각은 있다.

섭섭함은 남지만 정말로 날짜가 바뀌어버릴 시각이다. 집에는 일단 연락을 해 두었지만 돌아가야겠지. 내일부터도 특별 훈련은 계속된다. 스바루 군이나 호쿠토 군을 본받아 집 침대에서 따뜻하게 자자.

"부모님도 걱정하실 거야. 얼른 가야지~?"

연습복에서 교복으로 갈아입은 마오 군이 나를 부른다.

나는 허둥지둥 바느질 작업을 위해 펼쳤던 천 등을 책가방에 쑤셔 넣는다. 재봉틀은 집에도 있고 일단 재료만 가지고 가면 작업은 할 수 있다.

마오 군은 짐을 두고 가는 거겠지, 얼른 출입구로 향한다.

"그럼 이따 봐. 마코토. 얼른 갔다 올 테니. 연습실은 잘 부탁할게?"

"알았어. 알았어. 밤길 조심해. 둘 다."

마코토 군은 한껏 달린 직후라 지쳤는지 조금 쉬고 가는 것 같다. 따라가고 싶어 하는 것 같은 분위기도 보이지만——누군가는 남아서 짐 등을 지키고 있어야 하니까.

나를 배웅하는 데에 너무 시간을 쓰게 하고 싶지 않아 서둘러 준비를 마치고 마오 군을 따라 출입구로 향했다.

하지만 갑자기 난 앞으로 푹 꼬꾸라졌다. 문을 열고 나가려던 마오 군이 "……응?"이란 소릴 내며 멈춰섰기 때문이다.

기세 좋게 마오 군의 등에 얼굴이 부딪혀 나는 비틀거렸다.

그런 나를 알아채고 마오 군이 순식간에 손을 잡아 지탱해 준다——.

그러기 위해 자세를 낮춘 그의 머리 뒤에서, 나는 그것을 목격했다.

"유우 군."

어둠 속에서 이상하게 냉랭한 눈빛이 빛나고 있다.

이미 완전하교시각을 지났다. 연습실 밖—— 복도 조명은 꺼져 있어 완전한 어둠이다. 창밖에서 은은하게 달빛이 새어 들어오고 있다.

그런 창문과 창문 사이 복도 벽에 등을 기대고 누군가가 서 있었다.

유메노사키 학원의 교복을 입고 있다. 넥타이 색을 봐선 3학년이겠지. 고급 혈통서가 붙은 고양이 같은 두 눈동자. 비쳐드는 달빛과 같은 색의 고양이털처럼 부드러운 머리칼. 깜짝 놀랄 정도로 아름다운 용모라서—— 나는 순간 마물인가 생각했다. 어쩐지 무섭고 정체를 알 수 없으며 비인간적이기까지 했다.

　레이 씨도 마물 같았지만 우리에겐 신사적이고 친절했다. 하지만 복도에 서 있는 이 신비한 청년에겐 시선을 피하면 덮쳐올 것 같은 위험함이 있다.

　나는 두려운 나머지 내 손을 잡아 준 마오 군에게 무심코 안겨 들었다.

　정체불명의 미청년은 우리를 완전히 무시하고서—— 침착하고 여유롭게 제 구역인 것처럼 실내로 들어온다. 방해된다는 듯 우리를 한 손으로 마구 밀어내면서.

　너무도 방약무인하다. 한마디 해 줄까 생각했지만 순간 째려보기에 나는 심장을 붙잡힌 듯 와들와들 떨었다.

　마치 길가의 돌멩이를 보듯 그의 시선엔 아무런 감정도 깃들어 있지 않다. 우리를 밀칠 때 사용한 손바닥을 불쾌하다는 듯 손수건으로 닦고 있다.

　굉장히 무례하지만 화낼 여유마저 없었다. 난 위축되어 마오 군에게 매달린다. 마오 군도 그저 눈을 깜빡이고 있어 아는 사이는 아닌 것 같다.

　그럼 누굴까, 이 사람은……?

　유우 군 이라 말했었는데. 유우—— 유우키 마코토 군을 얘기하는 걸까?

확실히 수수께끼의 청년은 똑바로 마코토 군만을 바라보고 있다. 묘하게 열정적으로 우리에게 향한 시선과는 하늘과 땅 차이다. 소중한, 이 세상에서 가장 가치 있는 보석을 바라보듯 황홀해하고 있다.

고양이 같은 눈동자를 가늘게 하며 그는 마코토 군에게 끈적거리는 말투로 이야기한다.

"도망치다니 너무하잖아. 나 상처받았다고?"

"으엑!? 이……이즈미 씨!"

마코토 군이 굉장한 기세로 연습실 가장 안쪽까지 뒷걸음쳤다. 이즈미. 그것이 이 기묘한 인물의 이름인 걸까. 마코토 군의 목소리엔 공포와 혐오만이 담겨 있다.

친구 같아 보이지는 않는다. 하지만 마코토 군과는 아는 사이인 것 같다. 어떤 관계일까──나는 상황을 파악하지 못해 당황해할 수밖에 없다.

이즈미 씨는 감정을 알 수 없는 무표정으로 위협하듯 말했다.

" '으엑' 은 또 뭐야. 귀신이라도 본 것 같은 반응이네? 완~전 짜증 나♪"

오히려 이름을 불러준 게 기쁜 건지 이즈미 씨는 생글생글 웃고 있다.

그 시점에서 드디어 정신을 차린 마오 군이──지극히 정당한 주의를 했다.

"당신은 대체 뭐야. 이 방음연습실은 『Trickstar』가 빌렸어.

관계자 외엔 출입금지!"

"응~? 너한테 얘기한 거 아니거든 좀 빠~져줄래?"

이즈미 씨는 진심으로 불쾌하다는 듯 눈썹을 찌푸린다.

"그나저나 존댓말 써 주지 않겠어? 후배 군. 건방진 아이는 유메노사키 학원에선 살아남을 수 없다고~?"

위험한 분위기를 풍기며 그는 악의만 있는 말투로 내뱉었다.

"콱 밟혀버리고 싶은 걸까. 벌레 주제에 ♪"

✦❖✦·❖✦

너무 지나친 이즈미 씨의 태도에 기본적으로 누구에게나 붙임성이 좋은 마오 군마저 얼굴을 찌푸리고—— 마코토 군에게 슬쩍 귓속말을 한다.

"……어이, 마코토. 이 사람 뭐야. 너랑 아는 사이야?"

"……아까 말했잖아. '조금 성가신 사람' 과 얽혔었다고."

마오 군이나 나를 역시 완전히 무시하면서 이즈미 씨는 기묘한—— 싹 훑어보는 듯한 시선으로 줄곧 마코토 군을 바라보고 있다. 나를 보고 있는 것도 아닌데 나는 이루 표현할 수 없는 한기를 느껴 움츠러들었다.

답답한 분위기 속에서 마코토 군이 나를 지키듯 굳세게도 이즈미 씨 앞을 막아섰다.

"이게 바로 그 '조금 성가신 사람' 이야. 유메노사키 학원 강호 『유닛』중 하나인—— 『Knights』의 멤버 세나 이즈미 씨."

『Knights』. 들어본 적이 있는 이름이다. 테토라 군이나 센고쿠 군이 소속된 『유성대』와 함께 역사 있는 강호 『유닛』이라고 한다. 『S1』에는 참가하지 않는다는 이야기도 들었으니── 관계없겠지 싶어서 자세하게는 알아보지 않았었지만.

설마 이렇게 엮일 줄이야.

"예전부터 왜인지 날 자꾸 괴롭힌단 말이야~?"

진심으로 싫은 듯 마코토 군은 완전히 혈색을 잃어버리고 말았다.

"거기 속닥거리며 비밀 얘기 하지 말아줄래? 완~전 짜증 나거든!"

말버릇인지 묘한 여운을 남기는 표현을 반복하고 있다. 풀네임은 세나 이즈미라는 것 같은 무서운 선배는 마코토 군에게 성큼성큼 다가간다.

"아무튼 왜 그렇게 서먹하게 대하고 그래. 난 귀여운 후배를 응원하려던 것뿐인데. 도망이나 치고. 유우 군, 너무해. 나 상처받았어~ ♪"

한계까지 마코토 군에게 얼굴을 가까이 하고 벽 쪽으로 몰아세운다. 덤이라는 듯 나와 마오 군은 옆으로 밀쳐지고 말았다.

벽에 손을 짚어 도망칠 곳을 차단하고 이즈미 씨는 마코토 군에게 사랑을 속삭이듯 말했다.

"일단 충고 하나 해 두려고. 뭘 그렇게 열심히 하고 있는 진 모르겠지만……. 유우 군, 재능 없으니까. 아이돌로서 노력하는 건 쓸데없는 짓은 그만하자고?"

하지만 그 발언에 사랑은 없고 그저 음울하고 신랄하고——역시 냉랭함이 담겨 있다.

"유우 군, 외모가 유일한 장점이니까. 그런 촌스러운 안경도 꿈도 희망도 버리고 모델계로 돌아오라니까?"

손끝으로 추잡스럽다는 듯 마코토 군의 안경을 집고 있다. 뱀에게 노려진 개구리처럼 마코토 군은 심한 말을 듣는데도——벌벌 떨며 반응도 하지 못하고 있다.

그런데 모델? 마코토 군, 예전엔 모델 일을 했었던 걸까?

이즈미 씨는 아무래도 마코토 군의 과거와 밀접한 관계가 있는 것 같다. 말투는 어디까지나 다정하다. ——마코토 군은 온몸으로 이즈미 씨를 거절하고 있지만.

정말로 어떤 관계인 걸까……?

자세한 사정을 알고 있을 마오 군에게 시선을 보내자. ——그는 이를 갈며 주먹을 꽉 쥐고 있었다.

화가 나 있다. 소중한 친구가 칼로 찔리듯 매도당하고 있으니까—— 그것도 당연하겠지. 당장에라도 이즈미 씨에게 달려들 것 같아 무서워져서 나는 마오 군의 어깨를 잡았다. 안 돼, 폭력은——.

"그건 그렇고 나한테 말도 없이 그만두고 말이야……. 모두 슬퍼하고 있다고. 피해도 봤고. 조금은 미안하다 생각 안 해?"

역시 우리는 신경 쓰지도 않고 이즈미 씨는 가지고 놀듯 이야기하고 있다.

"눈앞의 고난에서 금방 도망쳐 버리는 아이는 크게 성공할 수 없다고. 내가 그렇게 입이 닳도록 얘기했잖아?"

자신의 입술에 손가락을 얹었다가 얼어붙은 듯 움직이지 못하는 마코토 군의 입술로 가져간다.

"그만 돌아와. 예쁜 외모는 유우 군에게 신이 주신 유일한 선물이니까. 그걸 버리고 누구도 바라지 않는 일에 뛰어드는 건 재능과 인생의 낭비지, 그치?"

마코토 군의 안경을 잡아뜯듯 뺏어 이즈미 씨는 지긋지긋하다는 듯 그것을 바닥으로 던져 버린다. 파열음──── 아무렇지도 않게 밟아 부쉈다.

나는 숨을 죽였다. 마치 눈앞에서 폭탄의 도화선에 불이 붙은 것 같았다. 결전을 앞둔 우리 앞에 세나 이즈미라는 이름의 괴물이 갑자기 덮쳐들어서 모든 것을 부순다.

그런 예감이 들었다. 이 사람은 『Trickstar』의──── 눈부신 미래에 검은 얼룩을 드리우고 있다.

이즈미 씨는 이젠 마코토 군의 얼굴에 자신의 볼을 대고 있다. 옳지 옳지, 하며 볼을 부비기까지 하고 있다. 어린애가 좋아하는 인형에게 그렇게 하는 것처럼.

"모델에게 마음은 필요 없어. 꿈도 희망도 필요 없어. 친구도 필요 없어……. 아름다움이 있다면 모두가 원해. 그리고 예전의 유우 군은 정말 아름다웠는걸?"

그리고 갑자기 마코토 군을 내쳤다.

마코토 군의 등이 벽과 세게 부딪힌다. 아픔에 신음하며 바닥에 주저앉는 그를──── 이즈미 씨는 거만하게 내려다보고 있었다. 짜증이 났기 때문인지 그 어깨가 떨리고 있다.

"지금은 정말 못 봐주겠어. 실망이야, 실망했어."

얼굴을 돌려 증오만으로도 사람을 죽일 수 있을 것 같은 처절한 눈매로 변한다. 하지만 갑자기 아기처럼 순진하게 웃었다.

"하지만 지금이라도 늦지 않았어. 장난은 그만두고 이쪽 세계로 돌아와."

오히려 간절히 원하듯 이즈미 씨는 달콤한 목소리로 고한다.

"유우 군은 '예쁜 인형', 꾸며져야 비로소 빛나지. 인형이 자기 의지로 움직이기 시작하면 그건 기분 나쁠 뿐이지 않겠어?"

"⋯⋯장난 같은 거 아니에요."

짧은 침묵 끝에 마코토 군이 고개를 저으며 벽을 짚고 어떻게든 일어섰다. 안경을 쓰고 있지 않은 탓인지―― 기묘하게 빛나 보이는 두 눈동자로 이즈미 씨를 노려본다.

"전, 진심이에요."

어디까지나 불쾌하다는 듯 눈썹을 찌푸리는 이즈미 씨에게 마코토 군은 필사적으로 말을 다했다.

"아니. 여기에서만 내가 살아 있다고 느낄 수 있어. 『Trickstar』는 텅 비어 있던 제 인생 속에서 처음으로 찾은 보물이에요. 절대로 잃고 싶지 않아요."

눈가에 눈물을 글썽이며 마코토 군은 비통하게 호소했다.

"전 더 이상 마음을 죽이며 살아가는 건 싫어요."

"흐응……?"

이즈미 씨는 다시 웃음을 지우고 야생동물 같은 무표정이 된다.

무슨 생각을 하는지 알 수 없다. 마코토 군의 영혼의 외침은 옆에서 듣고 있기만 했던 나조차도 가슴이 괴로워질 만큼—— 아플 정도로 마음이 전해져오는. 고귀한 것이었다. 하지만 그건 이즈미 씨의 마음에는 파문조차 일으키지 못했던 걸까.

그는 쌀쌀맞게 내뱉을 뿐이다.

"뭐, 상관없어. 어차피 아무것도 못하고 실패해서 좌절해서 내게 돌아올 테니까. 시간문제일 뿐인데—— 쓸데없이 길을 돌아갈 필요가 없다고 충고해 주려는 거야."

그리고 비웃었다.

"길을 돌아가는 것도 좋지만. 어차피 자신의 재능에선, 운명에선 도망칠 수 없는 데 말이야?"

"어이, 당신. 갑자기 함부로 들어와선 뭐야 대체?"

이쯤에서 참는데 한계가 왔는지, 마오 군이 있는 힘껏 이즈미 씨의 멱살을 잡아 억지로 자신을 보게 한다.

나도 화가 치밀어 있었다. 어째서 그렇게 심한 말을 할 수 있는 걸까. 재능이 없다는 둥, 장난이라는 둥, 길을 돌아간다는 둥……. 그가 얼마나 열심히——『Trickstar』멤버들을 따라가려고 발버둥 쳤는지 모르면서.

하지만 나도 마코토 군에 대해 아직 거의 몰랐다. 이즈미 씨의 말이 얼마나 마코토 군의 마음속에 깊게 박혀 상처 입혔는지 정확히 이해하지 못하고 있다. 나는 『프로듀서』인데—— 아이돌에 대해 본인보다 더 숙지하고 있어야 하는데.

이즈미 씨의 신랄한 말 하나하나에 제대로 반격할 배짱도 논리도 갖고 있지 않았다. 아직 마코토 군과 만나고 일주일 하고도 조금밖에 되지 않는다고 변명할 수도 없다. 나는 그를 깊게 알려고 할 노력도 소홀히 하고 있었던 것이다.

어떻게 그렇게 당당하게 어머니처럼 화내거나 할 수 있는 걸까.

부들부들 떨렸다. 눈물이 흘러 넘쳤다.

"당신이 마코토와 무슨 관계인진 모르겠지만——."

마오 군은 가만히 있지 않고 이즈미 씨에게 덤벼들었다.

"다 안다는 것처럼 말하지 마. 이 녀석은 노력하고 있어. 부족한 점이 있다고 해도 우리가 채워 줄 거야. 마코토는 '예쁜 인형' 같은 게 아냐. 인간으로 살기 시작했다고! 그걸 방해하지 마!"

"……이사라 군."

마코토 군이 그 말만으로도 구원받았다는 것처럼 멍하니 신음했다. 그런 그의 옆에서 마오 군이 이즈미 씨를 억지로 떼어낸다. 그리고 앞을 막아섰다.

동료를 지키는 철벽으로서 우리의 마지막 희망의 별이.

그 전신에 분노와 우정을 충만하게 하며.

"흐응. 의욕이 넘치네. 성가셔. 노력이나 열정만으로 헤쳐 나갈 수 있을 정도로 아이돌 업계는 만만하지 않거든?"

그렇게 완력은 없는 걸까. 이즈미 씨는 발버둥 쳤지만 마오 군에게 잡힌 채 움직이지 못하고 있다. 밉살스럽게 마오 군의 손에 손톱을 세우고 있었다.

"현실은 냉정하고, 숫자가 지배하고, 마음은 금세 부서지지."

아픔에 기가 죽은 마오 군으로부터 몇 발짝 물러나── 악역이 퇴장하듯 중얼거렸다.

"그걸 깨닫고 얼른 돌아와. 언제든 대환영이니까, 유우 군."

발길을 돌려 멀리 도망치면서── 등을 지고.

가장 가까이에 있던 나에게만은 그의 혼잣말이 들려왔다.

"……동생처럼 생각하고 있었는데."

나는 잘못 들은 게 아닐까 하고 이즈미 씨의 등을 응시하고 말았다.

무슨 의미였던 걸까──.

"자기 하고 싶은 말만 하고 가버렸어……?"

이즈미 씨의 마지막 말을 듣지 못했던 것 같은 마코토 군은 무서운 사람이 돌아간 것에 안심했는지 그 자리에 풀썩 주저앉았다.

옆에 나뒹굴던 짓밟힌 안경을 주워든다. 손으로 구부려 어떻게든 원래 형태에 가깝게 돌려놓고── 장착한다.

드디어 평소의 마코토 군으로 돌아와 준 기분이 들었다.

마코토 군은 테가 구부러진 것 같은 안경에 위화감을 느꼈는지 몇 번인가 관자놀이를 손가락으로 문지르면서도 어떻게든 일어선다. 두려운 듯 이즈미 씨가 떠난 복도를 바라보고 있었다.

꺼림칙한 손톱자국을 남기고서, 이즈미 씨는 멀어져갔다.

"뭐야, 저 사람? 결국 뭐가 목적이었던 거지?"

"글쎄, 나도 잘 모르겠지만. 뭐 『Knights』는 『S1』에 참가하지 않는 것 같으니…… 우리 적은 아닐 거야. 아군이라고도 할 수 없지만."

마오 군이 소금을 뿌리는 것 같은 시늉을 한 후 방음연습실 문을 닫는다.

제대로 잠그니 일단은 안심이다.

"지금은 쓸데없는 걸 신경 쓰고 있을 때도 아니잖아?"

분위기를 바꾸려는 건지 어느새 모든 곡을 끝내고 정지했던 음악을 처음부터 튼다. 어딘가 공허하게 울리는 아이돌송——통통 튀는 멜로디에 맞춰 빙그르 회전한다.

그리고 조금 무리한 것 같지만 그렇기에 믿음직한 미소를 지어 보인다.

"우린 할 수 있는 것에 최선을 다하자. 어쨌든 『S1』은 일주일 뒤. 거기가 우리에게 있어 가장 중요한 곳이 될 거야."

그리고 마코토 군의 등을 있는 힘껏 때리며 기합을 넣는다.

"그 큰 무대에서 네가 선택한 인생이 '잘못된 게' 아니란 걸 증명해 보이자고. 그치 마코토?"

"드디어 내일이 『S1』의 본 무대야."

호쿠토 군이 힘차게 말문을 열었다. 그 주변에는 『Trickstar』 멤버들과 내가 앉아 있다. 모두 가혹하다는 표현으로는 부족할 정도의 특별 훈련에 피로가 축적됐지만 그 이상으로 자신감과, 희망과, 충실감이 가득하다.

정말 궐기 대회 느낌이다.

드디어 시작된다. 우리의 혁명이. 절대로 실패해서는 안 될 큰 승부가. 이 유메노사키 학원을 근본부터 뒤집기 위한 큰 계기가.

역사의 전환점에 나는 함께 서 있다. 어쩌면 우리의 노력도 허무하게—— 참혹하게 패배해 시체가 되어 땅 위에 나뒹굴기만 하는 결과가 될지도 모르지만.

우리 중 그 누구도 질 생각은 없다. 가능성이 극히 희박하던 승리를, 미래를 잡기 위해 두 눈을 반짝반짝 빛내며 서 있다.

폭풍 전 고요 속—— 호쿠토 군의 목소리가 울려 퍼지고 있다.

"다들 불안도 있겠지. 우리의 운명의 갈림길이 다가왔으니까. 하지만 오늘 밤 만큼은 집에 돌아가 푹 쉬어 줘."

오늘도 충분히 특별 훈련을 끝내고 최종하교시각도 초과했다. 창밖은 어둡다. ——별들이 빛나고 있다. 그것은 우리의 미래를 비춰 주는 희망의 빛 같았다.

숭고한 의식처럼 우리는 결전 전야의 회의를 하고 있다.

이미 하고 싶은 말들은 다 끝나 내일 해야 할 일은 상세하게 정해져 있다.

그걸 하나하나 재확인하고 각오를 굳혔다. 이젠 흥분되는 마음을 가라앉히며, 내일에 대비해 수면을 취할 뿐이다.

시침이 한 바퀴만 더 돌면 『Trickstar』는 결전의 무대――『S1』의 스테이지에 선다. 그 사실이 아직 현실감이 없었다. 노도와 같은 2주간이었다. 여기서 마음을 놓으면 안 되지만, 나는 이미 달성감마저 느끼고 있었다.

마지막까지 해냈다, 지옥의 특별 훈련을. 물론 나는 의상을 만들거나 잡일을 했을 뿐이다. 아이돌들의 피로 축적은 나와 비교할 수 없겠지.

하지만 그들은 굳세게 일어서 2주 전과는 비교되지 않을 정도의 자신감을, 실력을, 유대를 지니고 있었다. 그 자체로도 빛날 것 같은 좋은 표정을 짓고 있다.

이거라면 괜찮을 거야. 이렇게도 믿음직한 『Trickstar』라면. 강요된 가혹한 현재 상황과 학생회의 지배를 뒤집고 이 유메노사키 학원에 혁명을 일으킬 수 있다.

그리고 분명 *개가(凱歌)가 드높이 울려 퍼지게 할 것이다. 전 세계에, 대우주에……. 그건 꿈같은 게 아니다. 몽상을 현실로 만들기 위해 우리는 전력을 다했다.

노력을 다한 후 하늘의 뜻을 기다린다. 운명의 신이 미소 지어줄 것을 기대한다.

"아이돌은 몸이 자본이야. 특히 이사라와 유우키 그리고 전학생은 내내 무리를 한 모양이니……. 당일 퍼포먼스 중에 쓰러지기라도 하면 큰일이야. 밧줄로 묶어서라도 집 침대에서 자게 할 테니 그럴 각오로 있어."

---

*개가: 싸움에 승리하고 돌아오는 걸 축하하며 부르는 노래. 개선가.

"응, 알고 있어."

장황하게 잔소리를 늘어놓는 호쿠토 군에게 오히려 안심감을 느낀 거겠지. 마오 군이 편안한 목소리로 대답한다.

"가능한 방법은 모두 동원했어. 할 수 있는 연습은 최대한 했어. 이렇게까지 했는데도 실패한다면 그건 이미 그럴 운명이라는 뜻일 거야."

평소의 『Trickstar』다.

모두 괜히 긴장하지 않고 결전에 대비하고 있다.

유메노사키 학원에 전학 오고 나서 오늘까지 순식간에 시간이 지났다. 숨 고를 틈도 없을 정도의 광란노도한 날들. 돌아보며 후회하거나 우물쭈물 고민하거나 하고 있을 여유도 없을 정도로 충실해 있었다.

이런 매일을 앞으로도 계속 이어나가기 위해.

나도 전력을 다하고 싶다.

"비록 지더라도 단념은 할 수 있어. 아니, 할 수 있는 만큼 다 했다는 달성감이 있으니까. 이젠 실제로—— 우리 노력의 성과를 무대에서 보여줄 뿐이야."

마오 군이 동료들 한 사람 한 사람에게 시선을 준다. 복잡한 입장에 있는 그지만 이제 결단을 내린 것 같았다.

"열심히 하자. 다들."

"응. 난 아직 조금 떨리지만……. 이제 와서 우는소릴 해도 어쩔 수 없지. 우린 학생회와 싸우고 승리할 거야. 지금껏 그걸 위해, 그날을 위해 피와 땀과 눈물을 흘려왔어. 절대로 그걸 헛되게 하지 않을 거야."

마코토 군이 평소의 나약한 태도가 거짓말이었던 것처럼 자신감 있게 고개를 끄덕였다. 이즈미 씨에 의해 벽으로 몰려 고개를 떨구고 있던── 그런 한심한 자신과 결별하듯.

그 또한 악의를 떨쳐내고 반짝이는 차신으로 개화한 것이다.

"열심히 하자. 우리가 유메노사키 학원을 바꾸는 거야."

"너무 부담 갖지 마~. 지금부터 긴장해도 괜히 더 피곤해질 뿐이니까."

혼자서만 아무것도 변하지 않은 것 같은 느낌이 드는 태연한 태도의 스바루 군이 장난스럽게 말했다. 하지만 인간미가 없을 정도로 밝게 빛나기만 하던 별 같았던 그의 내부에는── 무한한 열과 추진력이 넘쳐흐르고 있다.

어떤 두터운 구름이라도 날려버리고 지상에 은혜를 내리는 태양 같은 미소다.

"긴장을 풀기 위해 홋케~가 익혔다고 하는 개그를 한 번 볼까 ☆ 자 홋케~, 보여주시죠! 두근두근 ♪"

템포 좋게 말하며 분위기를 풀어주고 있다. 굳이 그렇게 하고 있다기보다는 원래 이런 아이인 거겠지. 그 천진난만한 밝음은 우리에게 필요한 것이다.

끙끙 앓기만 해도 어쩔 수 없다. 할 수 있는 만큼은 다 했다. 원래부터가 터무니없는 이야기인 것이다. 좌우지간 부딪혀 보고 그래도 후회 없이 웃음을 터뜨릴 수 있는 게 스바루 군의 강함이다.

우리 일등성의.

하지메 군의── 『Ra*bits』의 원수를 갚겠다고 증오에 불타지도 않는다. 물론 잊지는 않았겠지. 스바루 군은 자신이 말하는 만큼 결여되지 않았다. 하지만 분노를, 복수심마저도 밝은 반짝임으로 바꿔 그는 웃고 있다.

그런 그이기에 하지메 군도 동경하는 거겠지.

" '보여주시죠.' 라고 해도 곤란해."

평소처럼 스바루 군에게 안겨 이전의 호쿠토 군이라면 무표정으로 딱 잘라버렸겠지만── 그도 2주 사이에 변했다.

타이밍 좋게 적절한 반격을 하고 있다.

"개그는 안 해. 너무 웃겨서 나중에 또 생각이 나 웃다가── 너희가 오늘 밤 잠을 이루지 못할 가능성이 커."

"아하하. 뭐야 그거 재밌어. 홋케~의 농담은 기발하네☆"

"농담이 아냐. 아무튼 내일을 위해 결속력을 높이기 위해 뭔가 해두는 것도 나쁘지 않겠지── 둥글게 모이자. 모두."

스바루 군의 공격을 가볍게 받아 넘기고 호쿠토 군이 모두에게 손짓한다.

"아케호시. 이사라. 유우키. 전학생도 어서 와."

그 재촉에 모두 함께 둥글게 섰다. 어깨를 맞대고 머리 꼭대기를 서로 맞부딪히며. 그곳에는 우주의 시작── 빅뱅의 열량과 반짝임이 있다. 거기에서 대량의 기적이, 모든 것이 태어나는 것이다.

이 원 안에 함께할 수 있는 것만으로도 나는 축복을 받은 기분

이다. 호쿠토 군을, 스바루 군을, 마코토 군을, 마오 군을──
나는 한 사람 한 사람 끌어안듯 열기를 공유한다.

　그것은 전에 있었던 학교에선 얻을 수 없었던, 아니 내가 자신
의 어리석음 때문에 잃어버리고 말았던── 사랑스럽고 따스
한 온기다. 청춘 그 자체다.

　나는 놓치지 않을 거다. 두 번 다시는.

　"내일은 반드시 승리하자."

　"당연하지! 그걸 위해 지금까지 노력해왔으니까~☆"

　"열심히 하자. 학생회에게 한 방 먹여 주자고!"

　"역시 두근두근하네~. 오랜만의 라이브기도 하고 난 평범하
게 즐길 예정♪"

　호쿠토 군이, 스바루 군이, 마코토 군이, 마오 군이── 각자
의 결의를 표명한다.

　나는 역시 이런 때에 센스 있는 말도 할 수 없지만. 조용히 고
개를 끄덕였다.

　웃는 얼굴로.

　그것만으로도 충분히 일체감이 있었다.

　내 인생을 전부 바쳐도 후회하지 않을 행복이 있었다.

　행복함에 빠져 있는 나를 보고 호쿠토 군이 쾌활하게 웃었다.

　"후후. 전학생이 손수 만든 우리의 전용 의상도 내일 완성되

는 것 같으니 말이야."

결국 아슬아슬하게 됐지만. 모두의 의상은 반드시 내일 완벽하게 완성해 보일 거다.

쿠로 씨도 훌륭하다며 보증해 주었다. 디자인화나 중간 점검은 확인을 부탁했는데 『Trickstar』의 모두에게도 호평이었다.

어떻게든 결전에 맞출 수 있어 다행이다. 이걸로 당일 사이즈가 맞지 않는다든지 어딘가 파손된다든지 하는 사고가 나면 어떡하지——.

아주 조금 불안을 남기면서도 우리는 내일에 대비한다.

"그걸 기대하면서……. 오늘은 편히 침상에 들어가. 행복한 꿈을 꾸자."

"우리의 꿈은 무한대야! 반드시 이기자~. 아자 아자~☆"

호쿠토 군의 구령에 스바루 군이 전력으로 답한다. 마코토 군도 마오 군도 그 반짝임에 공명한다. 평소의 『Trickstar』다. ——그러니 내일도 분명 괜찮겠지.

"흠. 결전 전야인데도 활기가 넘치는구먼?"

갑자기 목소리가 울렸다.

"사지를 앞에 두고서도 웃을 수 있다니 많이 듬직해졌구나. 크크크 ♪"

그것은 우리를 지금까지 가르쳐 주고 이끌어 주었던 은인——'삼기인' 사쿠마 레이 씨였다. 갑자기 나타났지만 항상 있는 일이기에 우리도 꽤 익숙해졌다.

가장 겁이 많은 마코토 군마저 따스한 미소로 인사한다.

"아, 사쿠마 선배. 방음연습실을 똑바로 잠궈 뒀었는데 어디로 들어온 거야?"

"본인은 흡혈귀가 아니더냐, 자물쇠 같은 건 무의미하지. 그건 농담이고, 먼 옛날 '장난꾸러기' 시절에 만든 마스터키가 있다네."

손가락에 그 마스터키 같은 것을 '빙글, 빙글' 돌리고 있는 레이 씨였다. 정말 깊이를 알 수 없는── 무서운 사람에게 우리는 가르침을 받고 말았다.

하지만 그가 없었다면 우리는 앞길도 모른 채 발버둥치고 있을 수밖에 없었을 거다. 목표를 정하고 그를 위해 필요한 노력을 더해 더할 나위 없이 가느다란 실을 따라 자신만만하게 결전에 도전할 수 있는 건── 그의 지지가 있었던 덕이다.

"아무튼 그 모습이라면 첫 공식 공연을 앞두고도 여유만만……까지는 못 되지만 기력은 넘치는 것 같구면?"

태연히 걸어와 빈틈을 타 내 옆에 끼어들어 원안에 합류하고 있다. 장난기가 있는 사람이다. 그에게서는 항상 달달한 향기가 풍겨 나온다.

레이 씨도 내일 『S1』에 참가할 텐데 긴장하는 모습은 전혀 없다. 평소처럼 매력적인 미소를 보이며 눈이 부신 듯 우리를 바라보고 있다.

"내일은 기대해 봐도 되겠는가, 『Trickstar』 제군들 ♪"

"음. 2주 동안 정말 신세를 졌어. ——사쿠마 선배."

모두를 대표하는 것처럼 호쿠토 군이 꾸벅 고개를 숙인다.

"이 정도까지 전면적으로 협력해 주리라곤 기대하지 않았었어. 아무리 감사를 표해도 부족해. 정말로 고마워."

"감사 인사는 됐네. 본인은 딱히 한 일도 없지 않은가. 아주 살짝 자네들 등을 밀어준 것뿐일세. 혈기 왕성한 젊은이들을 보면 젊어지는 기분이 드니 말일세. 오히려 감사해야 할 건 본인인 게지 ♪"

볼을 붉적이고 레이 씨는 가극처럼 말했다.

"자네들에겐 본래 자질이 있었다네. 반짝이는 희망의 싹이 있었지. 학생회에게 짓밟히는 걸 빤히 보기만 하는 건 가엾지 않은가—— 그런 건 질리도록 봐 왔다네."

한순간 처절한 표정을 짓고서 뾰족한 이빨을 조명에 반사시켜 반짝이게 한다.

깊은 밤 속에서 배어나온 마물과도 같은 선배는 흡족한 듯 눈을 가늘게 만들고 있다.

"자네들 같은 젊은이가 정당한 평가도 받지 못하고 파묻히기만 할 뿐……. 그런 건 실로 안타까우니 말일세. 유메노사키 학원에 있어서—— 아이돌 업계에 있어서, 아니 인류 사회에 있어서 손실이라네."

과장된 이야기를 하고 있지만 그것이 어울리기도 하다.

나는 어딘가 신화의 한 장면에 함께하고 있는 것 같은 기분이었다.

"보물이 더럽혀져 쓰레기봉투에 담겨 버려지고 마는 걸 방치하는 건 어리석지. 게다가 이건 본인의 속죄이기도 하네."

『Trickstar』의 모두도 레이 씨의 이야기에 조용히 귀를 기울이고 있다.

"과거에 '오기인'이라 불리던 우린 악의 화신 같았지. 제멋대로 다니며 유메노사키 학원을 무질서와 배덕의 도가니로 바꿔 버렸던 게야. 그런 '악한' 우리를 정벌하고 유메노사키 학원을 평화로 이끈 것이 학생회였지."

유메노사키 학원에 대한 거라면 뭐든 알고 있다 호언하던 그의—— 그것은 참회와 같은 역사 이야기였다. 지금의 레이 씨를 보고 있으면 그런 악인이었다고는 생각할 수 없지만.

"지금의 자네들처럼…… 당시 학생회는 우리 '오기인(五畸人)'의 폭거에 당혹해하는 학생들의 원망을, 기도를 실현하는 것 같은 구세주로서 존재했다네."

레이 씨도 유메노사키 학원도 갑자기 이 세상에 나타난 건 아니다.

이 아이돌들의 학교에는 내가 아직 모르는 과거가 숨겨져 있는 것이다.

"역사는 반복되지. 그건 진리라네. 지금 오만한 폭군이 된 학생회를 쓰러뜨리려고 자네들이 일어섰어. 그건 필연이겠지."

무한히 쌓아올려진 지층 꼭대기에 우리는 서 있다.

"퇴폐해 악덕의 도시 같던 유메노사키 학원을 개혁하기 위해——학생회가 단속을 강화해 이 학원을 강철 같은 풍기로 다스

렸지. 그 결과로 이 학원은 숨이 막힐 만큼 고요하지만 평화로운 학원이 되었다네. ……즉 지금의 상황은 우리 '오기인'이 초래한 것이라네."

먼 곳을 바라보며 손자에게 전쟁 경험을 들려 주는 마음씨 좋은 할아버지처럼 레이 씨는 문장을 자아낸다.

소중한 것을 계승해 주고 있다.

누구도 들어올 수 없는 그것은 우리의 의식이었다. 이 유메노사키 학원의 역사를 지켜봐 온 미인의 목소리가, 감정이, 추억이 깊이 스민다.

"아이돌이라는 빛나는 자리를 이용해 인기와 명성을 믿고 제멋대로 행동하던 젊은 시절의 어리석은 본인들이 말일세."

우리는 그것을 받아들여 끌어안고 내일을 살아가기 위한 추진력으로 삼는다. 레이 씨의 희망도 맡았다. 또 질 수 없는 이유가 늘어나 버렸다.

"그 뒷수습을 자네들같이 죄 없는 젊은이들에게만 맡기는 건 마음이 편치 않으이. 그래서 본인도 될 수 있는 만큼 돕고 싶다는 말이지."

레이 씨는 눈을 감는다.

긴 속눈썹이, 부끄러움에 흔들리고 있다.

"내일…… 『S1』에서도 학생회를 타도하기 위해 전력으로 나설 것이네. 허나 이것만은 믿어 줬으면 하네. 본인은 결코 과거의 영광을 되찾기 위해—— 본인들을 탄압하던 학생회를 증오하기에 참전하는 건 아니라네."

둥글게 서서 거의 맞닿아 있는 우리 머리 하나하나에 입을 맞추듯 레이 씨는 이야기한다.

"과거엔 우리가 '악' 이었다네. 이제 와서 자신이 '정의' 라고 주장할 정도로 부끄러움을 모르는 건 아니지. ──권력 싸움은 이제 지긋지긋하다네. 본인도 이제 싸움을 즐길 수 있을 정도로 혈기 왕성한 젊은이도 아니니 말일세?"

어깨를 떨며 웃고는 레이 씨는 왠지 부럽다는 듯 우리를 보았다.

커다랗고 무거운 것을── 우리는 이때 레이 씨로부터 받은 것이다.

"따라서 이건 종결을 짓기 위한 '각오' 라네. 동시에 자네들이 개혁해── 재구축할 새로운 유메노사키 학원이 보고 싶다는 늙은이의 호기심이라네."

변함없이 괜히 악인을 자처하며 무서운 표정을 지으려 하고 있다. 하지만 그렇게 해도 우리는 이미 레이 씨를 정말 좋아한다.

그가 과거에 받았던 더는 영원히 낫지 않을 것 같은 상처 자국을── 치유할 수 없더라도. 적어도 아픔을 느끼지 않아도 될 수 있게 하기 위해.

우린 내일 승리한다.

그것이 레이 씨에게 최대의 보답이 될 것이다.

"부탁하겠네. 부디 오랫동안 멈춰 있던 시곗바늘을 움직여 주게나. 노래와 연주에 실어 자네들의 꿈을 들려주게."

🎤 *Rising* ˙♪✦✨

유메노사키 학원을 지배하는 큰 바위처럼 견고한 제국. 절대 무적의 학생회. 그 본거지인 깔끔한 학생회실.

우리가 이제부터 대치해야 할 강대한 적. 『홍월』의 리더이자 학생회 부회장—— 하스미 케이토 씨는 교복 차림으로 담담히 사무 작업을 하고 있었다.

혼자서 묵묵히 서류를 작성해 도장을 찍는다. 옆에 놓인 단말에서 무언가를 조사하거나 계산하거나 하고 있다.

왕 되는 자, 제왕, 지배자—— 그렇게 부르기에는 너무도 화려함이 없다. 야근하는 회사원 같은 애수마저 풍겨 나오는 모습이었다. 물론 이런 소소한 작업이야말로 학생회의 압도적인 권위를 보강하고 지탱하고 있는 것이겠지만.

가구나 도구들은 온갖 사치가 가득한 최고급품으로 마련되어 있다. 호사스러운 책상에 옥좌 같은 의자. 정말 왕의 접견실이다. 일반 학생이 부주의하게 들어오려고 하면 위병이 뛰어나와 붙잡아버릴 것 같다.

고지식한 우등생 이란 분위기의 케이토 씨는 너무나도 화려한 그 공간에 그다지 스며들지 못하고 있는 거겠지. 실용적인 사무

용 책상을 방구석에 놓아 거기서 작업을 하고 있다. 방 가장 안쪽에 놓인 텅 빈 책상에 한순간 시선을 주고는—— 깊게 한숨을 쉬었다.

눈가를 손가락으로 주무르며 차를 마시고 있으니 작업을 위해 책상에 놓인 단말이 갑자기 진동한다. 케이토 씨는 동요하지 않고 딱 세 번 착신음을 듣고 나서 '통화' 버튼을 눌렀다.

"여보세요~ 부회장님?"

고요한 학생회실에 꿀처럼 달콤한 목소리가 울려 퍼진다.

"히메미야 토리입니다. 드디어 드림페스『S1』이네요~♪ 우리 학생회의 위엄을 관계자들과 무능한 대중들에게 과시할 수 있는 축제의 날~☆"

이전【용왕전】에서 나도 목격했던 귀여운 여자애 같은 토리 군의 얼굴이 단말에 표시된다.

승리의 브이 사인을 하고 있어 어린애다워 귀엽지만,【용왕전】에선 케이토 씨보다도 솔선해 모두를 진압하고 으스대며 날뛰고 있었다.

위험한 아이이기는 하다.——케이토 씨도 다소 벅차는지 곤란한 표정을 지었다.

어쨌든 오늘이야말로 운명을 결정할 큰 무대——『S1』이 개최된다. 그런데도 주역이라 할 수 있는『홍월』의 케이토 씨는 학생회실에 남아 사무 작업을 하고 있는 것이다.

왕이 된 자의 여유인지 단순한 인력 부족인지……. 피로감이 찬 표정으로 케이토 씨는 깊게 한숨을 쉬고는 단말을 향해 돌아앉는다.

"정기 보고입니다. 유메노사키 학원 교문 앞 접수처는 이상 없습니다!"

손윗사람에겐 예의 바르게 존댓말을 쓴다. 토리 군의 태도는 오히려 비위를 맞추는 것 같다. 몸집이 아주 작기에 주변에 소용돌이치는 인파에 눌려 태풍 중계처럼 오른쪽으로 왼쪽으로 흔들리고 있다.

주위 사람들에게 불평을 던지면서도 토리 군은 의외로 시원시원하게 보고한다. 일은 깔끔하게 처리할 수 있는 아이인 거겠지. 입장이 달랐다면 꿈을 위해 노력해 모두에게 사랑받는 아이돌이 되었을지도 모른다.

하지만 그는 학생회 임원이다. 권력을 활용해 마구 뽐내는 것도 아주 좋아하는 거겠지. 그 미소는 사악함에 가득 물들어 있다.

"관객 수는 평소대로 지난번과 비교하면 오차의 범주에 속합니다. 역시 유메노사키 공식 드림페스는 주목도가 높네요. '강당'이 스탠딩 관객으로 조금 넘칠 정도의 인원수입니다. 지금은 입장제한을 걸 정도는 아닌 것 같아요~♪"

상당히 인파가 몰려 있지만 그래도 평소대로인 것 같다. 『S1』은 학교 외부에서도 손님을 부르기에 평소의 드림페스와는 동원수의 규모가 다른 거겠지.

"하지만 관객은 앞으로도 쭉쭉 늘어날 것 같으니. 운동장에 대형 스크린을 설치! 하자는 지시도 딱이었어요. 역시 부회장님이셔~☆"

약삭빠르게 아부도 끼어넣는 아이다. 케이토 씨의 반응은 약해—— 토리 군은 재미없다는 듯 입술을 삐죽이고는 하지 않아도 좋을 말까지 한다.

"그래도 결국은 학생 수준의 라이브인데 잘도 이렇게 모여 드네요~? 방송국이나 잡지 기자 같은 사람들도 속속 오고 있어요. 물론 좋은 자리로 우선 안내드리고 있습니다~ ♪"

그 부분의 처리는 완벽하겠지. 확실히 일반 학교에서는 생각할 수 없는 규모의 이벤트가 되어 있다. 연예계, 크게는 일반 사회에서의 주목도도 높은 것 같다.

지방지지만 신문에도 특집이 편성되어 인터넷에서도 활발히 선전되고 있다. 외부 사람은 드림페스에서 학생회의 『유닛』이 반드시 승리하도록 되어 있다는—— 그런 전제를 모른다.

혹은 알고 있어도 더욱 보고 싶어지는 매력이 있는 거겠지. 프로레슬링이나 특수촬영 영화처럼. 반드시 이기는 정의 측—— 학생회가 화려하게 활약해 승리하는 걸 목격할 수 있다는 안심감도 있을 거다.

악역. 패배하는 잔챙이 캐릭터로 선택된 다른 학생들은 참을 수 없지만. 그 부분에 있어선 일반 관중은 잔혹하다. 누구도 괴인, 괴수의 비애를 고려하는 일은 없다. 그렇기에 우리는 그런 현재 상황을 바꾸기 위해 일어선 것이다.

"일반 관객은 쓸데없는 소동을 일으키면 출입금지가 되기 때문인지 얌전히 있어요. 소소한 마찰마저 없이 평화롭습니다!

군중이 들끓어 장관이에요. ——어머 매스게임 같아☆"

묘하게 기쁜 듯 몸부림치면서도 토리 군은 빈틈없이 주위를 살핀다. 그렇다곤 해도 학생 중에서도 그는 몸집이 작고 일반 관객 중엔 어른도 많다. 주변이 사람으로 둘러싸여 있으니 거의 아무것도 보이지 않겠지. 까치발을 들거나 뿅뿅 뛰거나 하고 있다.

"교내에 있는 학생들도 의외로 얌전히 있는 것 같은데요~?"

진전이 없을 거라 생각했겠지. 토리 군은 주변에 있는 사람들을 밀어내고 인파 속에서 빠져나오려 하고 있었다. 하지만 학생 외의 사람을 억지로 밀어낼 수도 없는 듯 고전하고 있다.

"일반에 공개되는 드림페스는 외부 관객이 우선으로 '강당'에서 관람. 학생은 각자 교실에서 관전……이란 규칙도 잘 지켜지고 있는 것 같습니다."

유메노사키 학원 학생은 교내 한정 드림페스를 얼마든지 볼 수 있다. 일반 관객이 초대되는 『S1』 같은 드림페스는 양보하여——건물 안 교실에서 대기. 거기서 관전하기로 되어 있다.

물론 출연하는 아이돌들은 준비를 위해 '강당'에서 리허설 등을 하고 있다.

토리 군은 이번에도 평소와 같은 드림페스가 될 거라 철석같이 믿고 있겠지. 태도는 어디까지나 태평했다.

"음~ 조금 맥이 빠지네요. 이래저래 수상쩍은 소문도 있었지만……. 지금으로 봐선 순조로움 그 자체입니다!"

작게 경례하고 토리 군이 귀엽게 올려다본다.

"이상으로 보고를 마치겠는데요. 혹시 더 궁금한 게 있으신가
요?"

"아니, 문제없다면 됐다. 세상은 오늘도 평화롭군."

케이토 씨는 사무 작업을 소화하며 짬짬이 토리 군을 상대하
고 있다. 딱히 이상한 보고도 없으니—— 소란 떨 필요도 없다
고 판단한 거겠지.

"휴일인데 일을 시켜서 미안하군, 히메미야."

먼저 부하의 노고를 위로하고 케이토 씨는 쓴웃음을 지었다.

"나는 아무래도 걱정이 지나친 것 같아. 에이치…… 회장님
은 아직 입원 중이고 이번 드림페스엔 이사라도 참가하는 것 같
다."

이사라—— 마오 군은 『Trickstar』로서 출연 준비에 정신이
없다. 사전에 들었던 거지만 정말로 케이토 씨는 마오 군에게
『유닛』활동을 우선하도록 말한 모양이다. 역시 공평하다.

그런데 정작 자신은 『홍월』로서의 준비를 미뤄두고 사무 작
업을 하고 있다. 요령이 나쁘다 해야 할지, 어디까지나 진지한
사람이다.

노력을 거듭하는 실력자. 주변 학생들과 부하를 배려할 수 있
는 인덕을 가진 인물. 하지만 그런 그마저도 유메노사키 학원의
지배자—— 학생회 임원으로서 행동함으로써 결과적으로 짓
밟고 있는 것들이 있다.

그가 악이라는 건 아니다. 유메노사키 학원의 구조 그 자체가 악인 것이다. 그곳에 바람구멍을 내 흘리지 않아도 될 눈물을 흘리지 않게 하기 위해—— 우리는 혁명의 깃발을 든다.

"따라서 일손이 모자라 곤란해 하고 있었는데. 히메미야가 부지런해서 큰 도움이 되고 있다."

"흐흥~ 더 칭찬해 주셔도 되는데 ♪"

토리 군은 에헴 하고 가슴을 폈다. 조금 능글맞아 보이지만 의외로 천진난만하다. 어린애 같다. 평범하게 칭찬하면 평범하게 기뻐한다.

순수하기에 악의에도 물들기 쉬운 거겠지만.

"어차피 귀찮은 일은 대부분 하인들에게 떠넘겼으니까요. 전편해요. 우리『유닛』은 리더인 회장이 입원 중이라 활동 중지 상태이기도 하고 말이죠~?"

거기까지 밝게 이야기하고 나서 토리 군은 조금 걱정스러워 하는 표정을 지었다.

"그러는 부회장님이야말로—— 오늘은 드림페스에 나가시는데도 그렇게 일하고 계셔도 괜찮은 거예요?"

"『S1』은 기본적으로 학원에게 전권을 위임받은 학생회가 주관하니 허투루 할 수도 없지. 사무 작업 및 『S1』 공연장 경비, 학생과 교사와의 연락……. 그 밖에도 여러모로 일이 가득 있다."

케이토 씨는 걱정해 준 것이 고마웠는지 부드럽게 미소를 지었다.

그러고 있는 사이에도 몇 개나 놓인 단말에는 메일 수신 표시 등이 늘어서 있다. 시시각각 할 일이 늘어간다.

　"죽을 정도로 바쁘지만. 그렇다고 해도 불확정 요소를 끌어안는 것도 좋은 방법은 아니니 도움을 청할 수도 없어. 우리 학생회가 '모든 것'을 처리해야 해."

　전력으로 대응하며 완벽하게 처리하고도 부족하다. 그야말로 영원히 끝나지 않을 것 같은 시련을 맛보는 지옥 같은 수라장이다. 그래도 케이토 씨는 당당하게 실수 없이 모든 것에 대비해 최선의 자세로 군림하고 있다.

　"그렇다고 해도 아직까진 아무 문제 없이 진행되고 있는 것 같군. 유메노사키 학원은 오늘도 평화로워. 완벽한 질서가 지켜지고 있어."

　이것이 우리의 적.

　오늘 쓰러뜨려야 할 현재 학생회의 우두머리다.

　흔한 일로는 흔들리지 않는 산봉우리와도 같은 씩씩한 모습으로 케이토 씨는 위풍당당하게 말했다.

　"내가 있는 이상 바보들이 멋대로 날뛰게 두진 않을 거다."

　"아하하. 과로로 쓰러지셔도 전 몰라요~?"

　기합을 넣는 케이토 씨에게 토리 군이 장난스럽게 말하며 웃었다.

"뭐, 부회장님까지 회장님처럼 입원하면—— 자동으로 제 권력이 올라가니 대환영이지만요 ♪"

"넌 자신의 야심을 좀 더 숨겨라. 히메미야. 향상심이 있는 게 나쁜 건 아니다만."

잔소리를 늘어놓지만 그걸로 조금 마음이 편해졌는지—— 케이토 씨는 미소 지었다. 【용왕전】을 진압했을 때는 엄격하고 잔뜩 찌푸린 얼굴이었기에 나는 케이토 씨를 오해하고 있었다. 악귀 같은 권력자. 오만한 지배자라고……. 하지만 그는 동료와 부하에게 다정한 인격자로, 나이도 나와 많이 차이가 나지 않는 고등학생이었던 것이다.

아직 젊은 남자애에게는 감당할 수 없을 정도의 중압감이, 책임감이, 케이토 씨의 두 어깨에 달려 있다. 하지만 그 또한 그걸 필사적으로 버티며 일상 속에서 싸우고 있었던 것이다.

소중한 것을 지키기 위해.

"드림페스에서는 상위 『유닛』부터 공연을 진행하지. 즉 우리 『홍월』의 순서는 가장 첫 번째다. 공연 중에는 당연히 움직일 수가 없으니……. 네가 학생회실에 와서 전체 통괄을 해 줬으면 좋겠다."

드림페스의 결과 등에 따라 교내 아이돌 및 『유닛』은 서열화되어 관리되고 있다. 당연히 『홍월』은 최고봉에 있다.

언제라도 맨 첫 순서로 공연을 한다. 그리고 반드시 승리한다. 그것이 당연한 일이 되어 있는 현재, 나중에 공연하는 『유닛』은 시스템적으로 아무리 해도 이길 수 없다.

그건 일전의 어느 비극—— 『Ra*bits』의 『S2』에서의 결과를 보면 확실히 알 수 있다. 보통 무대 등에서는 신인이 먼저 공연을 펼친다. 그렇기에 관객의 눈에 띈다. 하지만 유메노사키 학원에서는 그렇지 않다. ——승자가, 지배자만이 영광을 손에 넣을 수 있다.

신인이나 인기가 없는 자들은—— 학생회의 은총을 받을 수 없는 자들은 누구의 눈에도 머물지 못한다. 시간 낭비라고 버려져 평가마저 받지 못하고, 대역전의 싹도 제거되어 있다. 그건 어떤 의미로 완벽한 질서다.

예정조화다. 하지만 학생회에 소속되지 않은 사람에게는 비극일 수밖에 없다.

그 외 많은 사람들은 누구의 눈에 드는 일조차 없다.

"분부대로 하겠습니다♪"

토리 군은 현재의 그런 상황 속에서 강하게—— 마음대로 돌아다니며 권력자 지위에 있다. 보호받고 있을 경우 이 유메노사키 학원의 구조에선 이익밖에 없다.

그것을 탐닉하고 유효하게 활용하여, 토리 군은 영광스러운 반짝임 속에 있다.

"와아~. 일시적이긴 하지만 제가 유메노사키 학원의 최고 권력자가 될 수 있는 거군요☆"

아무리 그래도 공연 중에 케이토 씨가 사무 작업을 할 여유는 없다. 그런 건 인간에겐 무리다. ——신뢰하는 부하에게 넘기고 맡길 수밖에 없다.

지금까지도 몇 번이고 같은 일이 있었겠지. 케이토 씨는 그다지 걱정하는 기색이 없었다.

"최고 책임자가 된다는 무거움을 알아라, 히메미야. 문제라도 생기면 설교할 거다. 자만하지 말고 최선을 다하도록."

"네, 네. 그래도, 문제 같은 게 생길 리가 없잖아요~?"

틈만 나면 설교를 하는 케이토 씨에게 토리 군은 지겹다는 듯한 태도로 대답한다.

"학생들은 모두 고분고분하게 말을 잘 듣고 있고 반역할 배짱도 없죠! 무서운 건 불의의 사고뿐이지만 우리 학생회가 드림페스를 완벽하게 관리하고 있는 이상 그것도 있을 수 없어요! 편한 일이에요. 자신만만하게 있기만 하면 되는걸. 아아, 권력자란 멋져☆"

"'문제'가 생기고 나선 늦는다. 절대로 긴장을 풀지 마라."

가벼운 태도의 토리 군이 걱정스러웠는지 케이토 씨가 거듭 주의를 준다.

"우리 학생회에는 유메노사키 학원의 치안을 유지하고……. 학생들을 엄격히 관리할 책임과 의무가 있다."

"네~에. 오늘도 힘차게 가축들을 돌볼게요☆ 부회장님도 라이브 힘내세요~♪"

"'힘낼' 필요는 없다. 사무 작업처럼 담담하게 정리할 뿐이야. ……그럼 실례하지. 히메미야, 무슨 일이 있으면 바로 연락해라."

귀엽게 손을 흔드는 토리 군에게 케이토 씨는 과보호한 부모처럼 더욱 충고를 한다.

"특히 내 드림페스 공연 중엔 절대로 방심하지 마라. 학원을 소란스럽게 하려는 놈들이 노린다고 한다면 그 타이밍일 거다. 경비를 강화해 둬. 물론 사무 작업도 미루지 말고."

"네, 네. 부회장님도 참. 전화로도 말이 많단 말이야……?"

혀를 내밀고 우에엑 하고 구역질이 나는 것 같은 시늉을 하는 토리 군. 그것에 쓴웃음을 짓고 케이토 씨는 통화를 끝낸다. 고요함이 학생회실을 다시 덮었다.

그럼 끊기 좋은 부분까지 일을 마쳐둘까 하고 케이토 씨가 소매를 걷어붙인—— 그 순간이었다.

"하스미 공!"

다급한 목소리와 함께, 학생회실 문이 산산조각 날 것 같은 기세로 열렸다. 적의 습격인가 하는 생각이 들 것 같은—— 거친 기운과 발소리. 케이토 씨가 흠칫 놀라, 그쪽을 돌아본다.

숨을 헐떡이며 누군가가 학생회실로 뛰어 들어왔다.

그 사람은 케이토 씨에게 친숙한 『홍월』의 유일한 2학년—— 칸자키 소마 군이다. 무사 같은 묶음 머리. 교복 차림에는 어울리지 않게 검을 차고 있어, 검집을 용맹스럽게 쥐고 있다. 정말로 습격하러 온 것처럼 과장된 몸짓이다.

아름다운 얼굴을 있는 힘껏 흐트러뜨리고 소마 군은 크게 소리치고 있다.

"실례하오! 긴급 상황이기에, 허락 없이 들어온 무례를 용서하시오. ——큰일이 났소! 하스미 공 지금 바로 '강당'으로 오셔야겠소!"

"……음? 무슨 일이지, 칸자키?"

꽤 이상한 등장이었지만 소마 군의 이런 언동에는 익숙해 있겠지. 케이토 씨는 침착하게 손목시계를 확인한다.

"우리 『홍월』의 공연이 있으려면 아직 1시간 정도 여유가 있다. 30분 전에는 대기실에서 의상으로 갈아입을 거다. 그때까지는 학생회실에서 사무 작업을 하고 있을 거라고 말했을 텐데."

흥분한 소마 군을 진정시키기 위해서겠지, 케이토 씨는 일부러 담담하게 이야기하고 있었지만. 역시 완전히 마음을 숨기지 못하고 얼굴을 굳힌다.

토리 군과 이야기하고 있던 때의 손자가 건방진 이야기를 하는 걸 귀엽게 여기며 꾸짖는 것 같은—— 부드러운 분위기는 완전히 버린다. 그리고 【용왕전】을 진압하던 때처럼 고압적이고 차가운 표정이 되었다.

지배자의 얼굴이.

서슴없이 들어오는 소마 군에게 케이토 씨는 일어서며 답한다.

"무슨 일 있었나?"

"설명은 나중이오! 실례하오. 조금 거칠게 데려가겠소!"

"음? 잠깐 칸자키. 잡아당기지 마! 혼자 걸을 수 있어!"

소마 군은 설명이 서툰지 놀랄 정도의 완력으로 케이토 씨의 손을 잡아—— 순간적으로 공중에 띄웠다. 케이토 씨도 내가 보면 상당히 몸집이 크지만 그걸 무라도 휘두르듯 가볍게 다루고 있다.

역시 그 행동에는 당황해 케이토 씨는 떨어질 뻔한 안경을 손으로 누르며 항의한다.

"미안하지만. 15초 줘. 기밀서류 등이 책상에 나와 있어 정리해야 해."

"그럴 시간은 없소! 키류 공이 재빠르게 대응해서 버티곤 있지만 혼자서는 한계가 있소! 우리 『홍월』 다 함께 나서 이 사태를 해결해야 하오……!"

시대착오라고도 할 수 있을 고풍스러운 말투로 그렇기에 더 시대극의 한 장면처럼—— 소마 군은 낭랑한 목소리로 외쳤다.

"이건 실로 유메노사키 학원 존망의 위기요! 자, 어서 '강당'으로! 하스미 공이 우려했던 대로 이번 『S1』엔 무언가가 벌어지고 있소……!"

✦◈◈◈✦

소마 군에게 이끌려 케이토 씨는 초특급으로 '강당'에 도착했다.

이미 관객이 빈틈없이 가득 들어찬 상태에 스탠딩 관객까지 들어와 있어—— 거의 발 디딜 틈도 없다. 무대가 상당히 멀게 보인다. 그런 '강당'의 출입구 문을 어떻게든 열고 들어서자 케이토 씨는 비틀거렸다.

숨이 흐트러지기는커녕 땀 하나 흘리지 않는 초인적인 소마 군의 어깨를 빌려—— '하아, 후우' 하며 헐떡이고 있다.

더 앞으로 나가려 하는 소마 군을 케이토 씨는 죽을 것 같은 목소리로 제지한다.

"미안, 잠깐만 기다려 칸자키. 난 너처럼 운동이 특기가 아냐. 15초만 숨을 고르게 해 줘. 주, 죽을 것 같아."

"흠흠, 하스미 공은 빈약한 것이오? 나나 키류 공을 본받았으면 하오만. 자신을 단련하는 것이야말로 사나이의 명예……☆"

오히려 기쁜지 머리를 쓰다듬고 싶은 듯 소마 군은 만족스러운 표정으로 알통을 만들어 보이고 있다.

그런 후배에게 어이없다는 표정을 지으며 케이토 씨는 투덜거렸다.

"너희 같은 근육 마니아와 똑같이 취급하지 마. 근력과 체력은 필요한 만큼만 있으면 돼. ……그런데 대체 무슨 일이지?"

"백문이 불여일견. 직접 보시오. 하스미 공!"

소마 군도 온화한 분위기를 버리고 적의 그림자를 찾듯 주변을 탐색한다.

그 시선에 재촉받아 밀집된 인파 속에서 케이토 씨는 발돋움했다.

시야는 밝다고 할 순 없지만 명확한 이변은 느낄 수 있다. 평소의 드림페스에 비해 이 열량은—— 관객들의 성원은 뭘까.

물론 오늘은 외부 손님이 초대되는 『S1』이다. 지난 『S2』처럼 유메노사키 학원 학생들만이 관객이라면 얌전히 질서 있게 앉아 있는 게 보통이지만.

외부 손님을 초대한 것에 의해 평소보다도 통제가 잘 되지 않고 분위기가 바뀌는 건 이상한 이야기는 아니다. 일반 관객들은 자유롭고 물론 어느 정도의 관리는 받고 있겠지만—— 완전히는 학생회의 지배하에 있는 건 아니다.

하지만 그것만이 열광의 이유는 아니다. 확실히 이상하다. 이번 『S1』에선 케이토 씨의 『홍월』이 첫 번째로 공연할 터였다. 그런데 이미 연주와 노랫소리가 울려 퍼지고 있다. 이미 전쟁이 시작된 것이다.

일을 정리할 필요가 있었다곤 하지만 '강당'에 도착하는 게 늦어져—— 케이토 씨는 상황에 따라가지 못하고 있다. 이 늦음은 치명적이기까지 했다.

그는 결코 방심하고 있지 않았다. 하지만 이런 사태를 예상하라는 게 터무니없는 일이다. 그런 작전을 우리는 선택했다. 적의 허를 찌르는 이것은 기습이다.

"음? 이, 이건……?"

케이토 씨는 다시금 물끄러미 무대를 바라본다.

"어째서 연주가 시작된 거야? 노래하고 있는 건 어느 『유닛』이지?"

자기 자신에게 묻고서 케이토 씨는 안경에 손끝을 올리고 얼굴을 굳힌다.

(안 돼. 침착함을 잃어선 안 돼. 먼저 심호흡을 하자. 돌발 사

태에 대처하는 건 서툴지만 그런 변명을 하고 있을 수도 없어. 신속하게 판단해서 적절히 처리해야 해.)

학생회를 지탱해 오던 긍지가, 경험이, 케이토 씨에게 급속히 침착함을 되찾게 한다. 완벽한 질서가, 예정이 흐트러져 동요는 역시 완전히 사라지지는 않았지만.

(뭔가, 좋지 않은 일이 일어나고 있어. 잘못 대처하면 불찰을 피할 수 없을 거야.)

이미 라이브는—— 전투는 시작된 것이다. 지휘관이 패닉에 빠지면 최악이다. 아무리 견고한 성일지라도 함락당한다. 아군은 모두 무너져 그대로 패배하게 된다.

그런 최악의 전개를 막고자 케이토 씨는 소마 군을 데리고 관객 사이를 빠져나와 무대로 향한다. 드라이아이스가 안개처럼 피워지고 조명도 최소한으로 억제되어 있기에 시야가 너무 좋지 않다. 가까이 가지 않으면 사태를 정확히 파악할 수 없다.

"오늘『S1』은『유닛』대부분이 사퇴했으니……. 출연하는 건 우리『홍월』과 어디서 굴러왔는지 모르는 2학년『유닛』뿐이었을 텐데."

"그렇소. 분명 나와 같은 '클래스'의 자들이 중심이 된『유닛』이오. 허나 지금 연주하고 있는 건 그들이 아니오."

소마 군은 클래스메이트인 우리의 존재를 알고 있다. 하지만 우리의 노림수까지는 파악하고 있지 않다. 아무래도 그는 생각하는 건 케이토 씨에게 맡기고 그저 그것에 따르는 충신 타입인 것 같다.

잘 벼려진 칼 그 자체다.

전력으로 휘두르면 누구라도 피하지 못하고 죽어버릴 수밖에 없겠지만.

생각하는 건 그걸 손에 드는 사람인 케이토 씨다.

"본 적이 없는 자들이오만 저건 대체 누구요?"

"음……? 잠깐 기다려. 안경이 삐뚤어졌다."

어둠 속에서 모두 일어나 이리저리 뛰어다니고 있어. 거의 폭동 같아 보이기도 하다. 누군가가 휘두른 손바닥에 뺨을 맞고 안경이 떨어질 뻔해 케이토 씨는 어안이 벙벙해졌다.

(뭐야. 이 인파는. 확연히 '강당' 수용 인원을 넘어섰어. 시야도 어둡고 조명도 최소한이라 거의 칠흑 같은 어둠이다. 아무것도 보이지 않아……!)

인파 틈에 끼여 케이토 씨는 옴짝달싹 못하고 있다. '강당'은 구조상 객석 사이의 통로를 지나지 않으면 무대까지 갈 수 없다. 무대 뒤엔 그럭저럭 공간이 있기에 처음부터 거기에서 대기했었다면 빨랐겠지만.

케이토 씨는 태평하게 학생회실에서 서류 작업을 하고 있던 자신을 후회하고 있는 것 같았다. 잠깐 눈을 뗀 사이에 이해할 수 없는 혼돈이 생겨나 있다.

아이돌이라기보다는 옛날에 좋았던 록 뮤지션의 라이브 같은 느낌이다. 모두 소리를 높여 머리를 흔들며 최고로 즐겁다는 듯 열광하고 있었다.

확실히 평소 드림페스와는 분위기가 다르다.

"내가 길을 열겠소! 무대까지 앞장서겠소. 하스미 공!"

소마 군이 극심한 정체를 일으키고 있는 통로에 몰려든 사람들을 향해 함성을 지른다.

"에잇, 물러서라 물러서! 길을 비켜라, 우리를 방해하는 자는 가차 없이 베어버리겠다!"

"베어버리지 마. 칸자키. '강당'에 검을 들고 오면 안 된다고 몇 번을 얘기해야 알아듣나."

검까지 뽑아 드는 소마 군의 팔을 잡아 케이토 씨는 필사적으로 말렸다. 이 상황에서 칼부림 사태까지 나면 패닉이 가중된다. 그 때는 정말 수습이 불가능하겠지.

"평소엔 『홍월』로서 활동하는 보상으로 묵인해 주고 있는 것뿐이란 말이다."

"허나, 검은 무사의 영혼이거늘!"

"넌 무사가 아니라 아이돌이다. 이렇게 이야기를 나누고 있을 때도 아니군——."

검을 뽑아 든 채 묘한 떼를 쓰고 있는 소마 군을 발견하고 역시 무기가 무서워 앞을 메우고 있던 사람들이 통로를 열어 간다.

마침 잘됐다고 케이토 씨가 무대까지 활보한다. 그 당당한 진격에 관객들은 무심코 한 발 물러서고 만다. 현재 학생회를 통솔하는 자로서의 위압감이, 박력이, 그들을 무대까지 옮기게 했다.

무대 아래에 도달한다. 케이토 씨는 드라이아이스 때문에 안경에 김이 꼈는지——아니면 단순히 지친 건지 거기서 멈춰 섰다.

전장에 서는 것만으로도 수고가 든다.

"예의에 어긋나지만 이대로 무대에 올라가겠소!"

소마 군이 훌쩍 점프해 무대로 착지. 케이토 씨에게 손을 내밀었다. 역시 굉장한 신체 능력이다. 무대는 관객이 섣불리 들어오지 못하게 하기 위해서인지 다소 높은 위치에 있음에도 그에게는 한걸음이다.

묶인 소마 군의 머리칼이 말꼬리처럼 흔들리고 있다.

"하스미 공, 손을 빌려 주시오!"

"우왓……? 네 녀석은 너무 거칠어. 반성해라. 나중에 설교하겠다. 칸자키."

소마 군이 끌어올려 주어서 케이토 씨도 어떻게든 무대로 올랐다. 기어오르듯 비틀거리며. 조금 한심한 모습이긴 했지만——다행히 무대 아래는 깜깜해 누구에게도 목격되지 않고 끝났다.

늠름하게 얼굴을 들고 케이토 씨는 무대 위에서 노래하는 자들을 큰소리로 꾸짖는다.

"네놈들! 이게 무슨 소란이냐. 무단으로 연주하는 건 교칙 위반이다!"

케이토 씨는 이런 상황에서는 상당히 태평한 이야기를 외치고 있었다. 적어도 공평하게 규칙에 따라 질책한 것이다.

"내가 학생회 부회장으로서 규탄한다! 지금 바로 공연을 중지

해라!"

"여어."

답한 것은 붉은 머리칼의 거구였다.

『홍월』의 의상을 입은 키류 쿠로 씨다. 어떻게든 무대로 기어 올라왔지만 몸을 일으킬 여유가 없었던 케이토 씨의 손을 잡아 바로 설 수 있게 도와준다.

듬직하다. 안심감을 느끼게 하는 호쾌한 미소다.

"하스미 나리—— 헐레벌떡 등장하느라 수고 많았다. 하지만 이 녀석들은 무조건 꾸짖는다 해서 말을 들을 녀석들은 아닌 것 같은데?"

"키류. 넌 이번 『S1』엔 참가하지 않을 수도 있을 거라 생각했었는데?"

케이토 씨는 의외인 듯하면서도 조금 기쁜 기색으로 말했다.

"지난 【용왕전】을 망친 건에 대해서는 아직 납득이 가지 않지만. 도리는 지킨다, 나도 『홍월』이니까."

쿠로 씨는 의리가 두터워 이번에도 어디까지나 『홍월』의 멤버로서 행동하는 것 같았다. 그런 공과 사의 구분에 있어선 고집스러워 보이기까지 했다. 내게 의상 제작을 가르쳐줄 때에도 과하게 편을 들지는 않았다.

어디까지나 내가 직접 생각하고 디자인을 짜내 의상 완성을 위해 노력을 거듭했다. 갈피를 잡지 못하고 있을 땐 쿠로 씨가 기술적인 조언을 주었지만. 이런 의상이라면 『홍월』을 이길 수 있다는 방향의 조언은 없었다.

"책임은 다하도록 하지. 그리고 지금은 날 신경 쓸 때가 아니지 않나?"

역시 【용왕전】에 대해서는 다소 앙금이 남아 있는 것 같지만. 어디까지나 케이토 씨의 아군으로서 그를 북돋아 준다.

"봐, 지옥의 문이 열린 것 같다. 개구쟁이들이 신명나게 날뛰고 있다고?"

오히려 전의를 불태우며 쿠로 씨는 무대 중앙을 매섭게 쏘아본다.

거기서 기묘한 무리가 노래하며 춤추고 있다.

그것은 검은색을 기조로 한 과격한 의상을 몸에 두른 '삼기인' 사쿠마 레이 씨를 필두로 한 『유닛』──『UNDEAD』다.

이름대로 정말 지옥 밑바닥에서 나타난 마물의 무리 같다. 덤벼들면서 물고 늘어지는 것 같은 폭력적인 퍼포먼스⋯⋯. 노랫소리는 달콤하고 다정하게 쓰다듬어 주는 것 같다. 하지만 방심해 그걸 받아들이면── 마음속 가장 깊은 소중한 곳까지 침략당해 탐식당한다.

위험한 향기를 풍기며 『UNDEAD』는 어둠 속에서 군림하고 있었다.

"크하하하! 더 흔들어 보라고 우민들아. 이번 『S1』은 이 몸들이 접수했다!"

가장 격렬하게 돌아다니며 외치고 있는 건 오오가미 코가 군이다. 늑대 털가죽 같은 은색 머리칼. 두 눈동자가 짐승처럼 반짝반짝 빛나고 있다. 지옥의 옥졸 같은 의상으로 아무래도 장식

이 아니라 진짜인 것 같은 사슬이 찰랑찰랑 수상한 소리를 내고 있었다.

마이크를 물어뜯듯 코가 군은 달을 향해 울부짖는 야수처럼 노래하고 있다.

"고막이 터질 때까진 못 돌아가! 꿈속에서도 지옥에서도 이 몸들의 노래를 들어……!"

그런 코가 군이 격렬하게 움직이는 손발이 닿지 않는 위치에서 포근하게 웃고 있는 인물이 있다. 가든 테라스에서 나를 공포의 밑바닥으로 떨어트렸던── 황금색 머리칼이 화려한 하카제 카오루 씨다.

그도 또한 『UNDEAD』인 것이다. 의욕이 없다는 이야기를 들었지만──어째서인지 오늘은 생기가 넘쳐 보인다.

"미안해~ 안경 군. 너무 늦는 거 같길래. 먼저 시작해버렸어."

굶주린 야수처럼 이빨을 빛내며 카오루 씨는 자신을 멍하니 바라보고 있는 케이토 씨에게 윙크한다.

"여기 와 있는 여자애들은 모~두 내가 차지할 거니까♪"

그 이상은 쓸데없는 소리를 하지 않고 그저 관객들을 매료해 나간다. 남성 아이돌의 라이브다──외부에서 온 관객들도 당연히 여성이 많다. 그들 모두가 카오루 씨에게는 최고의 보물인지 당장에라도 손을 뻗어 끌어안으러 갈 것 같다.

이걸 목적으로 삼아 이번 라이브에 나와 준 거겠지……. 관객석에서 가득 보내온 성원에 카오루 씨는 천진난만하게 매우 기뻐하고 있었다.

"자자, 멀리서 보러 와 준 일반인 여자애들! 학원 남학생들에게 보여주는 건 비밀로 했던 내 진심을 보여줄게!"

날뛰는 것 같은 코가 군의 노랫소리를 밀어내듯 달콤한 목소리를 얹어 간다.

"오늘은 마음껏 내게 빠져 줘~☆"

각자 멋대로 노래하고 있다. 오히려 싸우고 있는 것 같아 보이는 두 사람이지만. 기묘하게 얽혀 어둠 속에서 뱀의 독처럼 섞여간다.

거의 불협화음인데도 그렇기에 자극적이고 보고 있는 것만으로도 취해버릴 것 같다. 관객석에 있는 사람들도, 황홀해하고 있다. 이것이 『UNDEAD』의 라이브인 것이다.

『Trickstar』나 『홍월』과는 또 다른 각자가 독자적인 매력과 개성을 가진 유메노사키 학원의 아이돌들. 아직 더 다양한 『유닛』들이 하늘의 별만큼 있겠지.

무대에서 미끄러져 떨어질 것 같을 정도로 몸을 기울여 노래하는 코가 군이 엉겨 붙는 듯한 카오루 씨의 노랫소리를 싫어하며 맹렬하게 뒤를 돌아보았다.

"야, 아도니스. 네놈도 뭐라고 말 좀 해 봐! 이런 건 기세가 중요하다고 우렁차게 외치란 말이야! 기세를 높여!"

오히려 도움을 구하는 듯 코가 군이 시선을 향한 곳에서——.

"……말하는 덴 소질이 없다."

짧게 대답한 건 거의 어둠에 녹아들어 있는 까무잡잡한 피부의 인물이었다.

자유로이 마음대로 퍼포먼스를 하는 코가 군과 카오루 씨의 다소 뒤편. 두 사람을 보이지 않는 곳에서 받쳐주며 노랫소리와 댄스의 틈을 메우고 있다.

이국적인 윤곽이 뚜렷한 얼굴. 철가면 같은 무표정. 키가 크고 근육도 골격도 발달해서 딱 보기만 했을 땐 무섭게도 특이한 인상이다. 죽은 사람의 색── 보랏빛 머리칼은 살짝 웨이브가 들어가 있어 그것만이 어딘지 순진함을 느끼게 한다.

나와 같은 반이니 이름 정도는 알고 있다. 그가 『UNDEAD』의 네 번째 멤버, 마지막 마물── 오토가리 아도니스 군이다.

굉장히 무서운 인상이기에 두려워서 나는 대화를 나눈 적도 거의 없지만. 어째서인지 고기나 바나나 같은 음식들을 내게 주기도 하니 나쁜 사람은 아닌 것 같다.

강철로 만들어진 무기 같은 내 클래스메이트는 머리에 쓴 군모에 손을 대고 진지하게 앞을 바라보고 있다. 관객 한 사람 한 사람을 위압하는 것처럼. 『UNDEAD』라는 감옥에 갇힌 포로들을 엄하게 지켜보는 교도관처럼.

프랑켄슈타인의 괴물처럼 더듬거리며 선언한다.

"대신 노래와 연주와 댄스를 『UNDEAD』에게 바치겠어."

그리고 코가 군에게 억지로 끌려 최전선에 몸을 던진다. 둘이 사이좋게 어깨동무하는 것 같은 자세로 노래하는 후배들을 카오루 씨는 왠지 신기하다는 듯 곁눈질로 바라보고 있었다.

마물들은 어둠 속에서 자유로이 날뛰고 있다.

(이 녀석들은? 어째서 공연을 하고 있는 거야. 목적이 뭐지?)

기괴한 마물들의 연회가 펼쳐지고 있는 무대에서── 케이토 씨는 그저 상황을 파악하려 노력하고 있었다. 모든 것이 예정조화. 파란도 예상외의 사태도 있을 수 없는 것이 현재의 드림페스……. 하지만 지금 바로 눈앞에서 악몽 같은 비상식적인 사태가 전개되고 있다.

(설마 난입해서 무대를 점거한 건가?)

하지만 당황해서 생각을 포기해 버린다는 어리석은 일은 범하지 않고──.

오른쪽에 쿠로 씨, 왼쪽에 소마 군을 데리고 『홍월』의 리더는 현재 상황을 확인한다.

(아마 '강당'에 모인 관객들도 이상사태라고는 눈치채지 못했을 거야. 아무래도 퍼포먼스의 일부라 생각하는 것 같군.)

관객들은 폭도처럼 열광하고 있지만 비상사태에 패닉을 일으키고 있는 것 같지도 않다. 『UNDEAD』의 거칠고도 폭력적인 퍼포먼스에 빠져 물들어 있을 뿐인 것 같다.

'강당'에 들어차 있는 건 외부 관객이다. 공연을 보러 왔다. 교사나 학생회 임원 등 학원 측에서 정식 공지가 없는 이상 지금 무대 위에서 일어나고 있는 것이 얼마나 평소에는 있을 수 없는 사태인지 상상하는 것도 할 수 없다.

멋대로 해석해 관객들은 자기 자신의 목적──아이돌의 라이브를 즐기는 것에 모든 힘을 다한다. 실제로 『UNDEAD』의 퍼포먼스는 굉장한 물건이다. 순식간에 취해버리고 있다.

　규칙을 무시한 『UNDEAD』의 만행을 행사의 일환으로 잘못 인식해 관객들은 그저 고조되어 있는 것 같았다. 여기에 물을 끼얹으면 오히려 학생회가──『홍월』과 케이토 씨가 규탄받을지도 모를 일이다.

　(학생회는 손이 모자라. ‘강당’의 경비도 완벽하다 할 순 없었어. 나도 대기실에 있었어야 하는 건데 학생회실에서 사무 작업을 하고 있었어……. 그 틈을 타 침입해서 지극히 당연한 것처럼 『UNDEAD』녀석들이 무대에 올라와 연주를 시작한 건가?)

　지금 『UNDEAD』를 진압하려고 억지로 그들을 묶거나 무대에서 떨어뜨리거나 하는 날엔……. 반대로 관객들은 이상사태임을 눈치채 패닉을 일으킬 위험마저 있다.

　눈앞의 일을 학원과 아이돌들이 준비한 연출이라 생각하고 있는 동안에는 오히려 안전하다 할 수 있다.

　하지만 케이토 씨도 팔짱을 끼고 보고 있을 수만도 없다.

　(정말 구제불능이군.)

　케이토 씨는 자신이 정체를 알 수 없는 음모, 덫에 걸렸다는 사실을 자각했다. 가만히 있지 않고 『UNDEAD』를 크게 꾸짖었다.

　“네놈들……! 뭘 하고 있어. 이건 학생회에 반역하는 행위라 판단하겠다! 지금 당장 무대에서 떠나라. ──여긴 네놈들이 서도 될 곳이 아니다!”

　“진정하게나, 하스미 군.”

대담한 자는 『UNDEAD』의 리더—— '삼기인' 사쿠마 레이 씨다.

　그는 앞으로 나서지 않고 마음대로 날뛰는 동료들의 가장 뒤쪽에서 우아하게 노래하고 있었다. 모든 것을 감싸는 어둠의 화신인 것처럼, 어딘가 만족스러운 듯.

　"그렇게 매정한 말은 말아 주게나."

　스스럼없이 케이토 씨에게 말을 걸며 스르르 다가왔다.

　"본디 드림페스는 아이돌이 꿈과 희망을 펼치는 화려한 무대지. 허나 이번엔 참가하는 『유닛』이 조금 적은 것 같으니 말일세?"

　유들유들하게 제멋대로인 논리를 늘어놓는다.

　"본인들이 화려함을 조금 더하기 위해 깜짝 등장한 거라네. 주객전도가 될지도 모르겠지만. 그땐 너그러이 용서해 주지 않겠는가?"

　"……사쿠마 씨. 신기한 일도 다 있군. 당신이 직접 나서다니."

　케이토 씨가 눈썹을 찌푸리며 조심성 없이 다가온 레이 씨와 거리를 두었다. 접촉하면 더러워진다고 우려하는 것처럼.

　아무래도 두 사람 사이에는 인연이 있는 것 같다. 현재의 학생회를 이끄는 부회장과 '삼기인'. 양극단에 있는 두 사람이기에 당연하겠지만.

　아무래도 그것만은 아닌 것 같은 분위기이기도 하다.

　케이토 씨는 레이 씨를 지나치게 경계하고—— 오히려 두려워하고 있는 것 같았다.

주변이 어두워 검은 머리칼의 미인은 그 모습을 확인하기 어렵지만 그 또한 『UNDEAD』의 의상을 입고 있다. 우리와 이야기를 나누던 때는 온화한, 개를 무릎 위에 재우며 일광욕하는 노인네 같은 분위기였는데── 지금은 태도가 완전히 바뀌어 있다.

그도 또한 마물. 밤의 어둠 속에 살고 있는 불길한 존재. 그 피부는 약간의 반짝임을 반사해 시체처럼 하얗고 입술과 혀는 피를 흘린 것처럼 붉다.

"크크크. 어차피 반은 이미 관 속으로 들어간 늙은 몸일세. 화려하게 전사해도 후회는 없으이. 마지막으로 전장에서 깃발을 한 번 휘날려보고 싶어서 말이지?"

그는 사랑스럽다는 듯 관객석을 바라보며 움찔움찔 몸을 떤다.

"노병은 죽지 않고 그저 사라질 뿐이라곤 하지만…… 홀로 잠드는 건 쓸쓸하니 말이지. 지옥에 함께할 길동무가 필요한 게야."

어둠 속에서 손짓하는 괴이 그 자체인 것 같은 레이 씨를 향해 케이토 씨는 더욱 얼굴을 찌푸렸다. 공연을 계속하고 있는 『UNDEAD』멤버들을 노려본다.

"이 무례한 자들은 당신의 부하인가?"

"아니. 본인의 친애하는 동료들일세."

코가 군을, 아도니스 군을, 카오루 씨를── 각각 곁눈질로 바라보고서 레이 씨는 다시 케이토 씨를 바라본다. 관객에게 완전히는 등을 돌리지 않고 춤을 추면서.

노래 틈틈이 케이토 씨를 상대하고 있는 것 같아 보이기까지 했다. 압도적인 지배자이자 학생회의 질서를 지키는 케이토 씨를——어린애라도 달래는 듯이.

　"무대에 오르는 건 오래간만이니 모두 잊어버렸을지도 모르겠구먼. 이 사쿠마 레이가 이끄는 마물의 무리. 이야말로 본인의 사랑스러운 『UNDEAD』이니라. 참가하는 『유닛』이 적어서인지 드림페스의 개막 시간이 늦춰진 건 큰 도움이 되었다네. 밤은 이제부터 시작이지. 백귀야행은 날이 밝을 때까지 이어질 거라네."

　낮에는 오히려 잠이 덜 깬 것 같은 언동이 많았던 레이 씨였지만. 어둠이 소용돌이치는 이 무대에서는 전에 없이 활기가 차 있다. 그 노랫소리와 몸짓 하나하나가 어둠 속에 전파되어—— 지켜보는 관객들의 눈과 귀와 입에 음탕한 악마처럼 파고든다.

　그리고 지배한다. 그건 학생회의 고압적인 지배와는 다른 의미를 가진—— 감미롭고도 빠져버릴 것 같은 더없이 좋은 술 같았다. 관객들은 취해 그저 넋을 잃고 있다.

　"불만이 있다면, 자네도 군사를 끌고 오게. 자네가 자랑하는 『홍월』로 말이지. 본인들을 무대에서 쫓아내면 될 게야. 아니면 평화로운 시대가 너무 길어서 무대 위에서 진검승부를 겨룰 배짱도 잃어버린 겐가?"

코웃음 치는 '삼기인'이 내뱉는 독을 모두 삼키고 잔을 바닥에 내동댕이치듯 케이토 씨는 태세를 갖췄다.

"······좋아. 일반 관객은 이 상황을 몰라. 이대로 '연출의 일부'로서 당신들의 존재는 눈감아주지."

냉정히 상황을 파악하고 판단한다. 위정자답게── 긍지 높게 정정당당히.

처음부터 끝까지 케이토 씨는 공평했다.

"난투라도 벌어져 관객들이 휘말리게 되면 유메노사키 학원의 평판은 땅에 떨어질 거다. 오늘 밤도 무대는 아무 일 없이 진행되어 평소대로 끝날 거다. 관객에겐 그 사실을 의심조차 하지 않게 만들겠어."

그것이 케이토 씨의 선택이자 긍지였다.

우린 그걸 역으로 이용해── 비겁한 기습을 한 것이다.

"에이치가 없는 동안 난 이 학원의 질서를 지키는 최고 권력자다. 유메노사키 학원 학생회의 위신에 먹칠하게 둘 순 없어. 사쿠마 씨── 아이돌로서 진검승부를 원한다면 상대해 주지."

칠흑의 무대에 『홍월』이 발을 들여놓는다. 붉은색과 검은색이 서로 어우러진다. 노름판에서 이루어지는 카드 승부처럼. 어느 쪽의 패가 높은 역할인지는 자유롭고 공평하고도 잔혹하며 향락적인 관객이란 심판에게 맡겨진다.

"네놈들의 방식에 맞춰······. 비공식전 『B1』처럼 한 무대에서 두 『유닛』이 동시에 연주하는 합동 공연 형식으로 대결하면 되는 건가?"

"후후, 그래야 『대결』이라 할 수 있지. 순서대로 예의 바르게 '착한 아이'가 되어 공연해서야 쓰겠는가. 뭐, 그건 자네들의 필승전술이니 말일세. 필승법을 포기하는 건 '기저귀'도 못 뗀 꼬맹이에겐 겁이 나는 일인가?"

평소엔 부드럽고 친절한 사람이지만. 무대 위의 레이 씨는 악의의 화신 같았다. 도발하며 부추기며 피와 진흙투성이가 되어 싸우는 것도 원하는 괴물이다.

살벌해진 무대 위 레이 씨는 입을 초승달 모양으로 일그러뜨리며 비웃는다.

"순서대로 하고 싶다면 상관없네. 허나 본인들은 무대에서 물러가지 않을 걸세. 이대로 순서를 기다리고 있는 자네들을 흘겨보며 언제까지고 공연을 하고 있겠네 ♪"

"흥, 좀도둑이 날강도가 되었군. ──쳐부숴 주지. 여긴 우리의 무대다."

케이토 씨는 두려워하지 않는다. 정면에서 맞서 싸운다.

그런 그에게 길을 열어주듯 쿠로 씨가 앞으로 나선다. 누구도 막을 수 없는 무도의 발걸음이다. 연주에 방해가 되진 않는다. 극히 자연스레 길이 열렸다.

"실력 차이를 뼈저리게 느끼게 해 주지. 구조에 의지해 항상 승리하는 게 아니란 것을."

마물을 토벌하는 정의의 사자처럼 케이토 씨는 위풍당당하게 군림한다.

"네놈들은 더 버티지 못하고 풀이 죽어 무대에서 도망칠 거다. 『홍월』이야말로 최강이다. 네놈들의 노래를 감쪽같이 지워주지."

그곳에는 항상 승리하는 『유닛』의 리더다운 자부심이 있었다. 『UNDEAD』의 난입이라는 예상외의 사태에 흐트러졌던 정신을 급속히 안정시키고 있다.

"관객의 시선이 네놈들에게 향할 일은 없다. 과거의 망령은 누구의 눈에도 드는 일 없이 사라지겠지. 네놈들의 조건 속에서 완전히 승리하는 것이야말로 의미가 있어. 그렇게 하면 두 번 다신 우리에게 대들 수 없게 될 거야. ……정면에서 굴복시켜주지. 문제아들."

거기까지 되받아치고 나서 케이토 씨는 재빠르게 발길을 돌린다. 도망친 것이 아니다. 전투복으로 갈아입을 필요가 있다. 서둘러 달려온 케이토 씨는 아직 교복 차림이다.

"칸자키, 의상은 대기실에 준비되어 있지? 갈아입고 오겠다 ──키류, 내가 돌아올 때까지 시간을 끌어둬."

쿠로 씨가 말이 아닌 몸짓으로 대답한다. 관객 쪽을 보며 뒷모습으로 감정을 전달하는 의협심이다. 안심한 듯 한숨을 쉬고 케이토 씨가 무대 뒤로 향한다.

유일하게 전용 의상을 입은 쿠로 씨가 자리를 지킨다. 관객들의 시선을 자신에게 향하게 한다. 그가 시선을 끌고 있는 사이에 케이토 씨는 얼른 전투 준비를 마쳐야 한다.

교복이라도 노래하고 춤추는 건 가능하지만── 그것도 예의에 어긋나는 일이다.

"분부대로 하겠소!"

지시를 받으면 소마 군의 반응도 빠르다. 케이토 씨를 전폭적으로 신뢰하는 거겠지. 그 말대로 움직이면 반드시 이길 수 있다. 그렇게 의심도 하지 않고 확신하고 있다.

그도 아직 교복 차림이기에 서둘러 갈아입어야 한다. 큰 걸음으로—— 어디까지나 태연히 걸어가는 케이토 씨에게 종자처럼 따라붙어 물었다.

"……허나 괜찮은 것이오. 저들을 멋대로 날뛰게 해도? 하스미 공이 명한다면 난 수라가 되어 저들을 피바다 속에 묻어줄 것이오!"

"그럴 필요는 없어. 소동을 일으켜 관객이 이변을 눈치채면 손해를 보는 건 학생회다. 드림페스가 중지라도 되는 날엔 전대미문의 대실수로 남겠지."

케이토 씨는 정확히 상황을 판단해 신속하게 대응하고 있다. 그렇게 간단히 뒤집을 수 있을 정도로 학생회는, 『홍월』은 만만하지 않다. 기묘한 술수에 농락당해 기습을 당해 크게 뒤진 건 사실이지만 아직 만회할 자신이 있는 것이다.

"어쩌면 '삼기인' 사쿠마 레이의 목적은 바로 '그것'인지도 몰라. 절대로 도발에 넘어가지 마라. 놈들이 바라는 바다. 어리석은 자들에게 실력 차이를 보여주면 그걸로 충분하겠지."

불쾌하다는 듯 케이토 씨는 그대로 무대 뒤로 사라져 간다.

"『UNDEAD』라 했던가. ——오랫동안 활동을 쉬던 『유닛』이 이길 정도로 드림페스는 만만하지 않아. 우리도 참 얕보였군."

어둠이 소용돌이치는 무대를 지긋지긋하다는 듯 어깨너머로 뒤돌아보며.

"학생회와 『홍월』에게 도전한 걸 후회하게 해 주겠어."

악역이 퇴장하듯 하지만 사형선고처럼 엄숙하게 고한다. 그 등 뒤에서는 마물들이 자유로이 날뛰며 뛰어오르고 있다. 평소와는 다른 상황 속―― 모든 것을 퍼포먼스라 철석같이 믿고 관객들은 최고조의 흥분을 보이고 있었다.

"자자 모두들. 연회를 만끽해 주게나!"

케이토 씨가 자리를 뜬 후 이때다 싶어 『UNDEAD』의 멤버들은 만행을 벌인다.

자기 세상인 양 무대 중앙에 진을 치고 레이 씨는 크게 소리 높여 웃었다.

"오늘 밤은 우리 『UNDEAD』의 부활제라네! 밤의 어둠이야말로 본인들의 무대. 노래하고 춤추며 현세의 꿈을 즐겨 보세나!"

"밤낮이 바뀐 건 사쿠마 씨뿐이잖아~. 뭐, 나도 밤이 싫지는 않지만?"

방해하듯 하지만 무언가 기쁜 듯 카오루 씨가 맞장구를 친다.

"밤놀이는 불량학생의 특권! 아하하, 기운이 넘치는걸~ ♪"

"하! 평소에도 그렇게 기운을 좀 내라고 빌어먹을 선배들!"

똑 닮은 실루엣의 두 선배가 뒤편에 있는 걸 확인하고──덧니를 드러내며 웃고 있는지 화내고 있는지 알 수 없는 표정을 짓고는 코가 군이 으르렁댄다.

"어이 아도니스. 영감탱이들에게 지지 않을 만큼 이 몸들도 크게 외치자고! 너도 뭐라고 말 좀 해!"

"말을 해야 한다면 노력은 하겠다. 하지만 동료끼리 경쟁해도 어쩔 수 없다."

아도니스 군은 조용히 그저 자신의 역할을 다하고 있다. 모두가 따로따로 노는 걸로 보이지만──기묘하게 융화되어 있다.

마물들이 멋대로 미친 듯이 날뛰고, 그것을 레이 씨가 감싸고 있다. 아니, 강화하고 고무해 더 큰 폭풍으로 승화시키고 있다. 한계를 모르고 장내가 달아오른다.

뜨거워진 거겠지. 철가면 같아 보이던 아도니스 군의 뺨에서도 땀이 흘러내렸다. 그것을 닦지도 않고 그는 살짝 미소를 지었다.

"우리 둘이라면 서로 물어뜯는 정도가 '딱 좋을지도' 모르겠다만. ……떨어지지 않도록 나도 필사적으로 물고 늘어지도록 하지."

이걸로 하려는 말은 전해졌을까 하고 걱정스러운 듯 아도니스 군이 말했다.

어딘가 화기애애해 보이는 『UNDEAD』 멤버들을 바라보며 혀를 차고, 『홍월』 중에서 홀로 무대에 남겨진 쿠로 씨가 얼굴을 찌푸리고 있었다.

(아무래도 좋지 않은 전개로군. 갑작스러운 『UNDEAD』의 난입이란 예측하지 못한 사태에 『홍월』은 침착함을 잃어 버렸어.)

쿠로 씨는 내 의상 제작을 도와주었지만 어디까지나 『홍월』의 일원이다. 우리의 작전에 대해서도 그에겐 전혀 밝히지 않았다.

(우리 『홍월』의 주무기인 전통예능은 이런 상황을 염두에 두고 있지 않아. 평소대로 착실하게 완벽하게 일을 소화하는 걸로 진가를 발휘하지.)

이 사태를 쿠로 씨도 예상하지 못했던 것이다. 우리 말고는 누구도 상상할 수 없는 비상 사태가 발생했다. 그렇기에 효과적인 기습이 된다.

(하지만 기선을 제압당하고 말았어. 최고의 기회를 놓쳤으니 여기서 만회하는 건 아주 어려울지도 모르겠어.)

학생회에게는 앙금이 남아 있지만 그렇다고 해도 쿠로 씨도 지는 건 원치 않는다. 이를 갈며 필사적으로 해결책을 찾으려 하고 있었다.

(저쪽은 네 명. 이쪽은 하스미와 칸자키가 돌아올 때까지 혼자서 전선을 지켜야 해. 무대 위에서 사람이 많은 쪽에 눈이 가는 게 당연한 일이다.)

무대를 맡은 책임감―― 인의를 위해 전력으로 대처하고 있다.

그것이 키류 쿠로라는 인물이었다. 위대한 우리의 선배였다.

어려운 처지인데도 그는 최대한 노력하고 있다. 강한 의지의 힘으로 약함도 불리한 상황도 모두 떨쳐내기 위해.

(안 그래도 『UNDEAD』는 자기주장이 강한 집단이야. 이대로 자기 세상인 양 날뛰게 두면 우린 백댄서로 전락하고 말아. 현재 학원에서 최강이라 불리는 『홍월』이 들러리라니 농담도 정도껏 하라고.)

표면상으론 평정심을 유지하면서도 쿠로 씨의 마음속은 갈대처럼 흔들리고 있었다. 관객들에게도 그 흔들림은 전해진다. 무대 위는 착실하게 『UNDEAD』에게 지배되어 가고 있다.

(뭐 상관없어. 하스미가 돌아오면 최악이라도 대등한 상태까지는 회복할 수 있겠지. 게다가 생각하는 건 내가 할 일이 아냐. 평소처럼 짜여진 대로 완벽한 퍼포먼스를 보여주고 승리한다. 그게 『홍월』이야. 우리의 방식이다.)

그렇다곤 해도 역시 열세다. 쿠로 씨도 어떻게든 버티고 있지만 이대로라면 상황이 점점 악화된다. 그런 현재 상황을 피부로 느끼면서도 그의 마음속엔 망설임도 있었다.

(책임을 다할 수밖에 없군. 도리는 다한다. 하지만 무리를 할 정도는 아냐. 【용왕전】이 무산된 화근도 있어. 이번엔 별로 내키지가 않는군. 동료들의 발목을 잡지 않을 정도라면 괜찮겠지.)

완벽한 몸짓으로 책임을 다하고 있지만 쿠로 씨도 아무것도 느끼지 못하는 인형은 아니다. 과거의 일에 사로잡혀 그 움직임이 다소 흔들리고 있다.

그렇지 않아도 혼자서 다수를 상대하는 상태다. 점점 압도되어 간다.

(그런데 하필 『UNDEAD』라니. 골동품이잖아. 이제 와서 나서다니? 틀림없이 전학생 아가씨의 『유닛』이 나올 줄 알았는데……?)

우리의 작전을 모르는 쿠로 씨는 뒤에 일어날 사태에 대해서도 추측밖에 할 수 없다. 이걸로 끝이라고 생각하는 건 과히 낙관적이다. 만일의 위험성을 고려해 어떤 것이라도 대처하기 위해 자세를 잡는다.

그가 『홍월』의 기둥이다. 그것은 결코 흔들리지 않는다.

"어이어이, 상태가 안 좋아 보이는데~ 키류 선배?"

내버려 두면 좋을 텐데 코가 군이 쿠로 씨에게 야유를 날렸다.

"크하하! 유메노사키 학원 최강도 다 죽었구만. 꼴좋다! 【용왕전】에서 네 녀석과 결판을 내지 못했으니 이 『S1』에서 이 몸의 발밑을 기게 해 주지!"

【용왕전】에선 쿠로 씨의 기술에 날려간 데다가 결국 결판을 내지 못하고 끝나버렸다. 코가 군에게는 상당히 울분이 쌓여 있는 듯했다.

혀까지 내밀며 코가 군은 시건방지게 도발한다.

"울고불고 빌어도 이젠 늦었어~! 상처 입은 짐승이야말로 최강이라고. 네 녀석의 숨통을 물어뜯어 주지!"

"시끄럽군, 무대 위에서 소란 피우지 마라."

쿠로 씨는 오히려 흐뭇해하는 것 같은 표정을 지으면서도 바로 옆에 선 레이 씨에게 화살을 향한다.

"사쿠마── 교육이 부족한 것 같군. 네 애완견은."

"미안하이. 본인도 부끄럽다네. 멍멍이는 어떻게 해도 짖어대는 버릇이 고쳐지지 않으니 말일세."

레이 씨는 여유롭게 코가 군의 영 마땅하지 않은 태도에 말을 덧붙였다.

"하지만 위협은 되지. 오래전부터 개가 짖는 소리엔 마귀를 쫓는 힘이 있다 하지 않던가. 이 학원에 저주처럼 만연해 있는 인습을 날려버리기엔 딱 좋지 않겠는가?"

밤의 어둠 속에서 사는 '삼기인'은 기분이 좋다는 듯 노랫소리와 관객의 성원을 받고 있다. 오랫동안 떨어져 있던 고향에 돌아온 고독한 여행자처럼.

"오늘 밤은 보름달일세. 관중을 광기의 도가니로 넣어 주자꾸나. 멀리서 개가 짖는 소리가 들리고 마물들이 연회를 열지. 악몽보다 더 광란에 가득 찬 마의 밤이니라 ♪"

"호오, 개가 짖으면 마물들은 달아나는 건가. 그럼 너희도 무대에서 퇴장해야 하는 게 아닌가. 『UNDEAD』여?"

"어이 임마, 그러니까 이 몸은 개가 아니라고! 적당히 안 하면 진짜 화낸다. 죽여버릴 거야~!"

레이 씨와 쿠로 씨의 대화 내용이 마음에 들지 않았겠지. 코가 군이 얼굴을 새빨갛게 붉히며 소리치고 있다. 이젠 누가 적이고 아군인지도 혼란스러워졌다.

　그런 무대에 씩씩하게 등장하는 사람이 있다.

　"⋯⋯흠."

　『홍월』의 의상으로 갈아입은 소마 군이다. 잠시 자리를 비운 사이에 어째서인지 코가 군이 레이 씨와 쿠로 씨에게 대들고 있는 걸 보고 상황을 이해할 수 없었으리라. ——당황해하고 있다.

　그리고 같은 반인 아도니스 군에게 다가가 작은 목소리로 말을 걸었다.

　"그쪽 『유닛』은 상당히 활기차 보이는구려, 아도니스 공?"

　"모두 말하는 걸 좋아하니 말주변이 없는 내겐 편하다."

　두 사람은 아무래도 친한 친구인 듯하다. 나도 교실에서 둘이 사이좋게 담소를 나누고 있는 걸 자주 본 적이 있다. 하지만 지금은 서로 적—— 쓸데없이 친한 모습을 보이지 않는다.

　"같은 A반 급우라고 해서 봐주진 않을 것이오."

　소마 군은 스쳐 지나가며 아도니스 군에게 말을 걸면서도 동료인——쿠로 씨가 있는 곳으로 급히 달려간다. 검 대신에 손에 쥔 유려한 부채를 펼치고 화려하게.

　"그대들의 무례함은 참혹한 패배로 속죄하시게."

　"그래. 무례하단 건 이미 알고 있다."

　아도니스 군도 정면에서 친구의 전의를 받고서 관객들을 향해 다시 몸을 돌린다.

　"하지만 급우라면 그건 내게 할 말은 아닌 것 같다."

문득 입에 담은 그의 혼잣말에 소마 군은 "무슨 말이오?"라며 어리둥절해 했다.

"……말이 많았군. 역시 말은 어렵다. 공연에 집중하겠어."

"좋소. 무대의 주역은 우리 젊은이들이 아니오. 지금까지 유메노사키 학원을 지켜온 선배들을 존중하도록 하겠소."

짧은 대화를 끝내고 소마 군은 의문을 해소하지 못한 채——말 그대로 한 발 물러서 길을 연다. 그런 그에 비해 다소 늦게 무대에 올라오는 사람이 있다.

"진짜 주역, 등장이오."

기쁜 듯 말하는 소마 군의 시선이 향한 곳에서——.

『홍월』의 의상으로 갈아입은 케이토 씨가 무대로 오른다.

"기다리게 했군."

갈아입는 것뿐만 아니라 조명이나 음향 담당에게도 지시를 내리고 왔는지——『홍월』의 곡이 흐르기 시작한다. 어두웠던 무대 위에 라이트가 쏟아진다. 어둠에 눈이 익숙해 있던 관객들에겐 특히 더 눈부시게 보였겠지.

하늘에서 내려온 부처처럼 『홍월』의 리더는 광휘에 휩싸여 있다. 안경 렌즈가 빛을 반사해 그 표정은 짐작할 수 없다.

서두르지 않고 유유히 활보하며 케이토 씨는 『홍월』의 동료들에게 다가간다. 그리고 당연한 것처럼 중앙에 서고는 관객들을 보았다.

나지막하게 잔소리를 하는 것도 잊지 않고.

"역시 키류가 도와주지 않으면 이 의상은 입기가 어려워."

"아아……미안하다. 그 생각은 미처 못했어."

쿠로 씨가 왠지 놀란 듯 반웃음이 되어 다소 변명하는 것처럼 중얼거렸다.

"『홍월』은 체격이 타고난 데다 자세도 좋은 인물들이 모여 있으니. 의상을 만드는 것도 즐거워서 복잡한 걸 만들어 버렸어."

"상관없어. 네 의상도 『홍월』의 무기 중 하나다. 다른 『유닛』에 전용 의상을 만들어 준다는 그 '부업'도 허가하고 있어. 네가 그렇게 성의를 다해 주기에 학생들의 증오가 『홍월』에게 너무 쏠리지 않는 거기도 해."

케이토 씨는 왕이 된 자의 관록으로 위엄 있게 고개를 끄덕였다. 갈아입으면서도 상황을 분석하고, 나아가 자신감과 긍지도 흔들리지 않고── 마음을 가라앉히고 전장으로 뛰어든 것이다.

두 번 다시는 무너뜨리게 하지 않겠다는 견고한 철의 의지를 두 눈동자에 품고.

『홍월』의 리더, 케이토 씨는 시원시원하게 공언했다.

"승리하는 건 바로 우리 『홍월』이다."

담담하게 지극히 상식적인 사실을 입에 담는 것처럼.

어둠에 지배당했던 무대를 진홍의 빛이 가른다.

드디어 서로가 총집합, 준비만반── 지금부터가 진짜 대결이다.

🎤 *Stars* ✨

합동 공연 형식의 드림페스에는 몇 가지 종류가 있다.

완전히 동시에 노래나 연주를 하는 것, 같은 시간에 두 무대에서 퍼포먼스를 해 집객률을 겨루는 것, 같은 무대 위에서 한 곡을 부르거나 각각 주어진 시간을 교대로 사용해 퍼포먼스를 하는 것, 서로 메시지성이 높은 곡을 즉흥으로 불러 이야기를 이어나가다 파탄한 쪽이 패배하는 것—— 등등, 천차만별이다.

한마디로 드림페스, 라이브라고 해도 매번—— 느낌이 다르다. 공식 드림페스에선 대결하는 『유닛』이 일정 시간을 노래하고 춤추며 서로 반복하는 형식이 일반적이지만.

이번 『S1』은 어떤 형식이 될까. 먼저 실력을 보겠다는 듯이 『UNDEAD^{언 데 드}』 멤버들이 레이 씨의 부름에 마지못해 다소 뒤로 물러선다.

대신 위압적으로 발을 내디딘 『홍월^{아카츠키}』이 공연을 시작한다.

물론 『UNDEAD』의 난입은 사전에 예정된 것이 아니다. 『홍월』은 그걸 몰랐다. 합동 공연용 곡을 준비했을 리가 없다.

미숙한 『유닛』이라면 당황해 아무것도 못하고 자멸하기만 했겠지. 그렇게 정리되면 간단했겠지만.

『홍월』은 유유자적하게, 모든 요령을 이해하고 노래와 춤을 선보이고 있다.

"『홍월』······. 어둠 속에 떠오르는 붉은 달인가. 실로 아름다운 마성이로고 ♪"

레이 씨는 눈을 가늘게 뜨고 『홍월』의 춤을 만끽하고 있다. 옆에서 근질근질한지 당장에라도 뛰쳐나가 쓸데없이 날뛸 것 같은 코가 군의 목덜미를 잡아―― 제어하면서.

『홍월』의 방향성은 전통예능. 오랜 역사 속에서 배양된 문화를, 기술을, 악곡을 완벽히 습득해 선보일 수 있다. 두터운 역사의 지층 위에 난공불락의 성이 우뚝 서 있다. 그렇게 간단히 무너뜨릴 수 있는 게 아니다. 역시 『홍월』은 흔들리지 않는다.

호흡도 딱 맞는다. 케이토 씨의 눈짓, 손에 든 부채의 움직임에 소마 군도 쿠로 씨도 반응해 맞춘다. 처음부터 이런 흐름이 될 거라 예상하고 반복해서 연습한 것처럼. 관객들도 어느새 넋을 잃고 바라보며 빠져들어 있다.

소란스럽고 자극적인 『UNDEAD』의 퍼포먼스에 온몸을 시달리고 있던 관객들에겐 아름답고 고요하고도 편안한 『홍월』의 스타일이 특히 더 잘 스며든다.

상처가 치유되고 독이 정화되어 신성한 분위기에 취해 간다.

"사쿠마 씨."

'강당'의 분위기를 순식간에 지배한 『홍월』의 리더 케이토 씨는―― 자신의 동료를 자랑하듯 당당하게 웃어 보인다.

"당신이 무슨 일을 꾸미고 있는지는 모르겠지만 전력으로 부쉬 주겠어.”

그리고 춤추는 한편 레이 씨에게 말을 건다. 아직 완전히는 그의 진의를 파악하고 있지는 못한 건지—— 겉보기만큼 여유는 없다. 조금 전까지의 광란의 잔향이 남아 있다.

“아니, 먼지를 털어내고 정화하겠다. 내겐 완벽하게 청결한 유메노사키 학원을 유지해야 할 사명이 있어.”

“음. 악의 소굴 같던 유메노사키 학원에 질서를 되찾은 학생회의 공적은 크네. 학원을 어지럽히며 돌아다니던 ‘오기인’ 인 본인일지라도 그 점은 인정하지.”

관객들이 알아채지 못할 정도로 각 『유닛』의 리더들이——『유닛』의 화신인 것처럼 자신의 모든 존재를 맞부딪히고 있다.

“하지만 역사는 반복된다네. 몇 번이고 말일세. 학원의 걸어 다니는 백과사전이라 불리는 이 몸이 하는 말이니 틀림없을 게야.”

레이 씨는 자학적으로 하지만 유쾌하다는 듯 뾰족한 송곳니를 빛내며 웃었다.

“이번엔 자네들이 사냥당할—— 아니, 쓰레기봉투에 담겨 폐기될 차례라네 ♪”

“그건, 당신의 복수인 건가…… 사쿠마 씨?”

“당치도 않네. ‘오기인’ 도 지금은 수가 줄어 찌꺼기만 남은 ‘삼기인’ 이 되었네. 이미 우리들의 시대는 지났네. 언제까지고 눌러앉아 추한 몰골을 보여선 안 되겠지.”

가볍게 케이토 씨의 질문을 받아 넘기며—— 레이 씨는 시가 (詩歌)를 읊듯 이야기한다.

"새로운 아침 해가 비추기 전에 밤의 어둠에 소용돌이치는 인연을 해소하러 온 거라네."

그립다는 듯 과거의 사진을 보는 것처럼 레이 씨는 케이토 씨를 바라보고 있다.

"그렇다곤 해도 본인이 나이가 많다고 해서 경칭을 붙일 필요는 없다네. 지금은 서로 적. 사양 말고 덤비는 게 좋을 게야……. 그렇지? 아이야♪"

"흥. 그럼 사양 않고 처벌하도록 하겠다."

레이 씨는 유급했다고 하니 최고학년── 3학년인 케이토 씨보다도 연상이다. 그렇다고 해도 제 세상인 양 드림페스를 휩쓸고 다니는 상대에게도 성실하게 예의를 다하는 케이토 씨도 융통성이 없다고 해야 할지, 굉장히 진지하다.

"사쿠마 레이. 당신은 좀 더 현명한 사람일 줄 알았는데."

구제할 길이 없다고 내뱉고는── 케이토 씨는 역전의 군사처럼 지시를 날린다.

"키류, 칸자키, 포진을 변경한다. 『UNDEAD』와 『홍월』이 뒤섞여 있어선 관객은 어딜 봐야 할지 알 수 없어."

'강당'의 무대는 넓지만 그래도 음향설비 등도 설치되어 있는 만큼 이만한 사람 수가 들어오면 비좁다. 그렇기에 케이토 씨는 소마 군과 쿠로 씨를 움직여── 무대의 짜임새를 다시 구성해 나간다. 『홍월』의 색으로 다시 칠해 나간다.

모든 것을 지배해 드림페스를 제압한다. 그것이 『홍월』. 그것이 케이토 씨인 거겠지. ──관객에의 배려도 있다.

하나도 나무랄 데가 없다. 이미 상황에 대응을 끝내려 하고 있다.

"무대를 두 영역으로 나눠 동서로 각 『유닛』이 자리를 잡는다. 그리고 전력으로 무대를 제패한다. ……진지 쟁탈전이다."

갑자기 시작된 합동 공연에 규칙을 만들어 간다. 규칙이——구조가 있다면 『홍월』은 압도적으로 강하다. 그들이 상황을 파악해 오랜 역사와 강대한 권력으로 보강된 규칙의 설치를 끝내기 전에 재기불능으로 만들 수 있다면 간단했겠지만.

그렇게는 뜻대로 움직여 주지 않는다. 케이토 씨의 두 어깨에는 『홍월』의, 학생회의, 이 유메노사키 학원의 위신이 걸려 있다. 더는 싫다고 도망칠 수도 없다.

전력으로 이번에 저항해 싸울 생각인 것이다.

"어리석은 반역자들을 제물로 바쳐주지. '강당'을 『홍월』의 색으로 물들이자."

"알겠소. 공간을 점하는 건 검술의 정수. 하스미 공은 전술을 잘 이해하고 있구려!"

소마 군이 쾌재를 부르며 누구보다도 빨리 지시대로 움직이고 있다.

"그렇다면 인원수만큼 공평하게 무대를 분배하지 않겠나. 네 명인 이쪽이 세 명뿐인 그쪽보다 비좁으니 말일세~?"

"그렇게 타협할 의무는 없다. 얼른 무대를 떠나라. 침입자들."

레이 씨가 교묘하게 자신들이 유리한 상황으로 유도하려 했지만 케이토 씨가 즉석에서 그 요구를 딱 잘라 거절한다.

마물의 사악한 의도를 깨부수고 만다.

(흠——.)

레이 씨는 내심, 혀를 내두르고 있었다.

(흔들리지 않는구먼. 벌써 대응해버렸어. 썩어도 백전백승의 『유닛』인 겐가. 저들의 '평상시'에 넘어가서는 기습으로 얻은 이 우위도 무너질 게야. 고정된 형식만 있다면 전통예능은 최강. 언제까지고 기책으로만 버티기엔 한계가 있는 겐가.)

레이 씨도 그저 반쯤 재미로 무대에 난입한 것은 아니다. 승리를 위해 그 포석을 위해—— 퍼포먼스를 이어 나가면서도 대책을 짜고 있다.

(그렇다 해도 무리하게 버틴 건 본인들이네. 어느 정도 양보는 해야겠지. 다툼으로 번지면 이쪽이 곤란하이. 지금은 아직——— 관객들에게도 이 전대미문의 합동 공연 방식의 승부는 퍼포먼스라 여겨지고 있어.)

임기응변으로.

맹렬하게 진홍빛에 물들어 가는 무대를 내려다보며.

(마지막까지 그렇게 생각하도록 만들어야 해. 드림페스가 중지되기라도 한다면 이쪽의 계획도 '꽝'이 될 테니 말이지?)

냉정하게 최악의 사태만은 피한다.

케이토 씨는 현명하고 그에 걸맞은 실력도 있다. 하지만 레이 씨는 교활하다. ──그런 그의 행동도 생각도 어느 정도는 읽고 있는 것 같다. 예측해 준비를 갖추고 있었다.

따라서 당황하지 않고 자신의 생각대로 상황을 끌고 간다.

모든 것이 레이 씨의 손바닥 안인 것 같았다.

(교사나 경비원이 오면 모든 게 헛수고네. 이대로 공연을 계속하며 다음 단계로 넘어가야겠어.)

위험한 줄타기 속 『UNDEAD』의 리더는 호시탐탐 승리의 기회를 노리고 있다.

(본인들은 이기지 않아도 되네. 견고한 『홍월』을 조금이라도 흔들어 호각으로 만드는 것만으로도 감지덕지니라. 본인들을 경계하면 할수록 『홍월』은 『Trickstar』의 존재를 잊어버리겠지. 그거야말로 진짜 노림수인 게야. 크크크♪)

(상상 이상으로 성가시군. 『UNDEAD』가 연주하는 소음은.)

케이토 씨는 레이 씨가 뻔뻔스럽게 웃고 있기에 자신은 무언가 판단을 잘못한 걸까── 한순간 의심한다. 하지만 고개를 저어 부정했다.

케이토 씨는 최선을 다하고 있다. 하지만 그것마저도 적이 예상한 범위 내라면──.

의심과 불안을 완전히 떨쳐낼 수 없다. 하지만 라이브 중이다. 관객들의 흥분도 최고조다. 무대에서 내려갈 순 없다, 절대로.

(록이라, 야만적이군…….『홍월』의 전통예능과는 정반대의 방향성이야. 서로가 서로를 방해해 잡아먹고 있어.)

상황은 어디까지나 『홍월』의 발목을 잡으며 전신을 옭아맨다.

여기는 레이 씨가 준비한 거미줄 위에 있는 것이다.

(이대로는 우리 『홍월』 본연의 퍼포먼스를 발휘할 수 없어. 우린 정취 있는 고상하고 우아한 무대가 특색이야. 그걸 전부 흐트러트리고 있어. 우아하게 손님에게 차를 대접하려는데 가까이서 도로 공사가 시작된 것과 같아.)

냉철하게 관객의 시점마저 갖고── 케이토 씨는 계속 상황을 분석한다. 깊이를 알 수 없는 수렁. 그 질척거리는 곳에 빨려 들어가는 듯한 섬뜩함을 안은 채.

(그렇지만 서로가 방해되는 건 마찬가지다. 물과 기름이야. 서로 반발해 투표가 갈릴 뿐이야.)

거기서 케이토 씨는 눈을 크게 떴다.

(……설마 '그게' 목적인 건가?)

케이토 씨는 이때 우리가 승리를 위해 준비한 방정식. 그 해답에 다다르려 하고 있었다. 생각을 정리해 대책을 짤 시간이 몇 분만 더 있었더라면── 그는 완전히 우리의 의도를 간파해 완벽하게 부서뜨렸겠지.

(젠장, 생각하고 있을 여유도 없어. 어째서 알아차리지 못한 거지. 수상한 낌새는 있었는데. 오랫동안 이어진 평온에 방심하고 있었던 건가, 나마저도?)

하지만 이미 상황은 굴러가기 시작하고 있다. 맹렬한 가속도와 함께. 태평하게 있다간 떨어져 끝난다.

『홍월』은 사전에 준비했던 곡이 아니라 갑작스러운 합동공연 형식에 맞춘 공연을 하고 있다. 그걸 관리해 동료들에게 지시하고 자기 자신도 최대한 퍼포먼스를 행한다. 그것만으로도 아무리 케이토 씨 같은 사람이라도 빠듯한 것이다.

침착하게 생각할 여유마저도 빼앗겼다. 서로 목덜미를 물고 늘어진 상황에서는 적의 의도를 찾을 수 없다.

(대체 뭘 꾸미고 있는 거냐. '삼기인' 사쿠마 레이?)

레이 씨를 노려보고, 케이토 씨는 그래도 생각을 멈추지 않는다. 그에게는 책임이 있다. 항상 승리하는 『유닛』으로서의 자부심도 있다. 아직 전의는 흔들리지 않는다.

(아까 대기실에서 갈아입으며 확인은 마쳤어. 뭘 어떻게 한 건지?──참가 예정에 없던 『UNDEAD』가 『S1』에서 공연을 하기로 되어 있었어.)

규칙을 무시한 난입. 경비원에게 잡혀 쫓겨나도 이상하지 않을 『UNDEAD』의 수법이었지만. 그 부분에 대한 사전 조치는 이미 해 둔 것이다.

(언제 등록한 거지? 그런 신청을 수락한 기억은 없는데. 그런 비합법적인 수단은 자신 있다는 건가. 과거 '오기인' 이라 불렸던 문제아들의 우두머리는.)

레이 씨는 그저 불한당이 아니다. 책략을 짜 음모를 펼쳐 먹잇감을 사냥하는 마물의 우두머리다. ──규칙 위반으로 잡히기 직전의 아슬아슬한 수법으로 이런저런 손을 써 『홍월』을 농락하고 있다.

(강제로 같은 무대에 오르게 하고 말았어. 나중에 상세히 알아봐야겠지만……. 지금은 그럴 때도 아니군.)

모든 것이 승리하기 위한 작전의 일환이었던 것이다.

(확실히 『UNDEAD』는 『S1』 참가자로서 등록됐고 명목 상으론 학원도 그걸 승인하고 말았어. 내가 강권을 발동해 『UNDEAD』를 쫓아내는 것도 불가능해. 물론 최악의 경우엔 그것도 고려해야겠지만.)

오히려 그것은 덫이기도 했다. 아무것도 모르는 『홍월』이 『UNDEAD』를 끄집어내려 움직였다면…… 이상한 짓을 하고 있는 건 『홍월』이라고, 케이토 씨라고 관객들의 불만을 샀을 것 이다.

(그래도 그럴 순 없어. 정의의 대명사인 우리 학생회가 규칙 위반자가 되어버린다. 그런 구조가 만들어져 있어. 원칙과 입 장이 족쇄가 되어 움직일 수 없어.)

케이토 씨는—— 그렇게 겹겹이 설치된 악의가 담긴 덫을 하 나하나 풀어나간다.

(실력으로 무릎 꿇릴 수밖에 없겠군. 그리고 우린 그걸 해낼 수 있어.)

결코 굽히지 않고 그는 당당하게 앞을 바라본다.

현재의 유메노사키 학원을 통솔하는 왕으로서.

(얕보지 마라. 어둠에서 기어 나온 마물들에게 정의의 심판을 내려 주겠어.)

(사태가 복잡하게 얽혀, 냉정함을 잃고 말았지만——.)

케이토 씨는 여러 가지를 신경 쓰며 전선을 지탱하고 있다. 평범한 사람이라면 이미 굴복해—— 그대로 『UNDEAD』에게 후드려 맞아 무참하게 패배했을 것이다.

하지만 케이토 씨는 아직 저항하고 있다. 여러 악의를 짓밟고 용맹스러운 금강역사처럼 서 있다. 승리를 위해—— 학생회의 권위를, 정의를 수호하기 위해.

비통하기까지 한 각오로.

(아직, 회복의 여지는 있어. 키류나 칸자키도 이 정도로 흔들릴 만큼 약하지 않다.)

그런 케이토 씨의 마음가짐에 소마 군과 쿠로 씨도 힘껏 답하고 있다. 현시점에서 이미 『홍월』은 서서히 『UNDEAD』를 밀어내고 있는 상황이었다.

(물론 나도 그렇다. 학생회장이, 에이치가 없는 지금—— 내가 유메노사키 학원의 최고 권력자다! 내가 왕이다. 혁명 같은 건 용납하지 않아!)

기세를 내뿜으며 케이토 씨는 공연에 집중한다. 『UNDEAD』는 안중에도 없는 것처럼—— 자신의 모든 것을 통해 이해할 수 없는 현재 상황에 맞서고 있다.

(승리하는 건 『홍월』이다. 언제나 승리하고, 결코 패배하지 않는다. 상승불패(常勝不敗)의 칭호는 겉멋이 아니야.)

그는 기세만 있고 생각이 없는 사람이 아니다. 케이토 씨는 공평하게 냉정하게—— 상황을 분석하고 있다. 예상외의 사태에 당황하기도 했지만 이미 평정심을 되찾았다.

(권력에만 의존하는 것도 아니지만, 학생들은 '평소처럼' 우리에게 투표할 확률이 높아.)

그렇다. 그는 학생회——유메노사키 학원의 지배자다. 이곳은 그들의 홈그라운드다. 원정지에 쳐들어온 『UNDEAD』에 비해 모든 것이 유리하게 작용한다.

(공식 드림페스에선 누구에게 몇 점을 주었는지 상세한 기록이 남아. 학생회의 눈에 나는 걸 두려워해. 보통은 『홍월』에게 투표하겠지.)

그런 구조에 완벽히 보호받고, 물론 그들 자신의 실력도 있었겠지만——『홍월』은 연전연승. 항상 승리하고 결코 패배하지 않는 『유닛』이 되었던 것이다.

(그것이 유메노사키 학원의 상식이니까. 모두가 용감히 반역을 일으킬 수 있을 리가 없지. 관습을 따르는 게 이 학원의, 아니 인간에게 당연한 일이다. 그렇게 쉽게 갈아탈 순 없어.)

그렇기에 지금까지 『홍월』의, 학생회의 위신은 지켜져 왔다. 무사안일주의인 민중이 변화를 두려워해 권력에 맞서는 어리석음을 범하지 않고 학생회를 계속 선택해 왔던 것이다. 자신들의 통치자로서, 지배자로서.

그렇게 누구도 거역하지 못할 정도로 학생회의 권위는 단단한 것이 되었다.

(비록 『S1』에는 일반 관객도 참여하지만 『UNDEAD』와 『홍월』의 실력은 호각. 득표는 거의 비슷하겠지. 거기에 학생들의

투표가 더해지면 우리의 승리는 확정된다.)

아주 단순한, 초등학생이라도 풀 수 있는 산수 문제다. 지극히 간단한 덧셈의 결과로서 본래는 호각일 『홍월』과 『UNDEAD』의 득표에는 치명적 차이가 발생한다.

그것이 승패를 가른다.

(다행히도 합동 공연에서의 투표 방법도 모두 아는 것 같고. 일반 관객에게 나눠 준 팸플릿에라도 적혀 있었겠지.)

역시 의상을 갈아입으며 확인했던 것이기에 케이토 씨도 배포된 팸플릿의 모든 내용을 보지는 못했을 것이다. 개요 정도는 파악하고 이러고 있는 지금도 토리 군 등── 학생회 부하에게 이래저래 조사를 시켰겠지만.

그쪽은 따라잡지 못할 가능성이 크다. 라이브는 이미 시작됐다. 사전에 파악해 손을 못 쓴 대가를 치르고 말았다.

(야광봉 색을 통해 투표 점수를 결정할 수 있어. 일반적인 드림페스라면 1~10점 점수체계를 사용하지만.)

하지만 그 이상의 실수는 없다. 후방으로 돌면서도 케이토 씨는 승리를 위한 최선책을 잡는다. 그것을 통해 안심하고 퍼포먼스의 흔들림도 억제할 수 있다.

완벽하다. 케이토 씨는 강한 사람이었다.

(합동 공연 형식일 경우엔 색에 따라 2점, 4점, 6점, 8점, 10점……으로 다섯 종류의 색으로 표현되지. 열 가지 중 다섯 색씩. 각 『유닛』이 담당하게 되니까.)

다시금 사전 지식도 재확인하고 있다.

(일반 드림페스라면 최소한이라도 1점은 들어와. 하지만 합동 공연 형식에선 적대 『유닛』에게 투표할 경우 우리에겐 득점이 없어.)

그것이 일반 드림페스와의 가장 큰 차이점이다.

합동 공연 형식은 사실상의 전면전쟁—— 정말로 대결이다. 명확하게 승자와 패자가 갈리고 만다. 최악의 경우 1점도 얻지 못하고 완벽한 패배를 맞이할 수도 있다.

(표는 분산되어, 종합적인 득표수는…… 점수는 평소보다도 낮아져.)

거기까지 생각하고서 케이토 씨는 온몸을 떨며 경악했다.

(——설마 '그런' 건가!?)

추측을 거듭해, 추리를 계속하여, 케이토 씨는 우리의 의도를 간파한 것이다.

하지만 그건 그가 생각할 수 있는 것 중에서 가장 최악의 시나리오였다. 악마의 한 수다. 그것은 유리하게 진행되고 있다 믿는 『홍월』의 발목을 잡아 상황을 뒤집을 정도의 마술 같은 수법이었다.

케이토 씨는 완전히 걸려들고 만 것이다.

(이놈들은, 『UNDEAD』는 미끼야! 놈들의 노림수는? 진짜 의도는……!?)

"아무래도 눈치챈 모양이구먼."

레이 씨가 목구멍 속에서 '크크크' 하고 웃고는 사랑스럽다는 듯 케이토 씨를 바라보았다.

"허나, 이미 늦었다네. 막은 올라갔어. 새로운 시대가 태어나는 소리가 들리려 하고 있네. 이젠 아무도 막을 수 없는 게야."

늦게나마 자신의 의도를 예상하고 진상을 간파한 케이토 씨의 혜안을 칭찬하는 것처럼…… 레이 씨는 친절하게 부드럽게 손뼉까지 치고 있었다.

하지만 실제로, 깨달았을 때는 이미 늦었다.

"우리의 공연은 곧 시간을 다 소모하고 끝나겠지. '개막' 공연은 끝일세. 지금부터가 진짜 시작인 게지~♪"

"젠장, 함정을 팠구나, 사쿠마! 능구렁이 같으니, 이게 네놈의 계획이었나!"

칭찬하는 레이 씨를 케이토 씨가 체면도 잊고 매도했다. 냉정함을 완전히 버리고 격노하고 있다. 안전한 길을 걷는 줄 알았더니── 지면 아래에 핵탄두가 묻혀 있다고 들은 셈이다. 아무래도 평정심을 유지할 수 없어진다.

레이 씨는 지극히 유쾌하다는 듯 싱글벙글 웃어 보인다.

"고지식한 안경 군에겐 조금 어려웠던 모양이네만 좀 더 빨리 알아채야 했지 않은가. 미지근한 물에 오래 있어서 정신이 해이해진 게냐?"

참으로 악마처럼 비웃고, 자신의 악의에 묶여버린 불쌍한 먹잇감을 구경하고 있다.

"이런 부정하고 사악한 수단이야말로 우리 '삼기인'의 진면목이라네. 충분히 즐겼느냐? 반갑지 않았더냐? 본인도 젊어진 기분이네♪"

관객들의 갈채를, 케이토 씨의 맹렬한 시선조차도 감로수처럼 음미하며——입맛을 다시고 레이 씨는 만족스러운 듯 배를 쓰다듬었다.

"허나, 이제 끝낼 시간이구먼. 깨끗이 무대에서 내려와 본인들도 유메노사키 학원의 학생으로서, 관객으로서…… 아이돌의 등장에 갈채를 보내도록 하세나."

그 직후, 공연 종료 시각을 알리기 위해 '강당' 천장 부근에 설치된 원형 시계가——심야 0시를 가리켰다.

새로운 하루가 시작된다.

시간이 정지한 듯한 유메노사키 학원에 미래가 찾아온다.

그것을 '삼기인' 사쿠마 레이 씨는 양팔을 벌려 환영했다.

커다란 갈채가 울려 퍼지고 있다.

그것은 유메노사키 학원의 지반을, 역사를, 모든 것을 뒤흔드는 계기——축복 그 자체였다. 관객들은 웃고, 뛰고, 아이돌들에게 찬사를 보내고 있다. 밤하늘의 별처럼 찬란한, 사랑스러운 그들에게. 애정을 가득 담아 외치고 있었다.

그것을 레이 씨는 음미하고 있었다. 사막을 헤매는 바짝 말라버린 여행자가 정말 오랜만에 양손 가득 물을 마시듯.

눈물까지 글썽이며 탐닉하고 있었다.

하지만 넋이 나가 있던 건 정말 짧은 순간. 레이 씨는 금방 자

신이 해야 할 일을 떠올렸겠지. 관객들에게 우아하게 인사하고
서 한 발 물러섰다.

　새로운 별들에게 자리를 넘긴다.

　"계획은 성공했네. '주역'으로 이어지는 중간 발판을 부탁하
겠네, 우리의 동포 『2wink^{트윙크}』여!"

　"네~에."

　"고생하셨어요, 사쿠마 선배."

　부름에 답한 건 발랄한 목소리다. 무대 뒤에서 경음부의 쌍둥
이── 아오이 히나타 군과 유우타 군이 경쾌하게 뛰어나온다.

　"부름을 받아, 등장♪"

　"짜자자잔~♪"

　천진난만하게 웃으며 서로 손을 맞잡거나 한 명이 말이 되고
그것을 다른 한 명이 뛰어넘거나 하며── 자유분방하게 돌아
다니고 있었다.

　두 사람은 여유롭게 서 있는 레이 씨를 향해 달려간다. 그리고
거울에 비친 것처럼 완전히 똑같은 움직임── 똑같은 표정으
로, 관객들에게 인사했다.

　(……!? 이 녀석들은 어디에서 나타난 거지?)

　케이토 씨는 화들짝 놀라 눈을 휘둥그레 뜬다. 갑작스러운
『UNDEAD』의 난입에 대응하고── 그 꿍꿍이를 추측하느라
머리고 몸이고 지친 거겠지. 하지만 약한 모습을 보이지 않고
케이토 씨도 정중히 관객에게 인사해 『홍월』의 동료들과 함께
예의를 다한다.

라이브 대결은 규정시간을 마치고 일단락되었다. 아무리 케이토 씨라도 한순간 긴장이 풀려 있었다. 그 틈을 파고드는 것처럼 쌍둥이가 등장한 것이다.

『홍월』과 『UNDEAD』에 주목하고 있던 관객들은 갑자기 공중에서 나타난 것처럼 느꼈겠지. 마술처럼, 쌍둥이는 어느새 공간에 동화되어 있었다.

쏙 빼닮은 아오이 형제는 아이돌의── 그들의 『유닛』 전용 의상을 입었다. 화려하고도 굉장히 눈에 띄는 모습이다. 호화로우면서도 고상한 『홍월』이나 자극적이지만 검은색을 기조로 한 『UNDEAD』의 의상과도 경향이 다르다.

쌍둥이다운, 그들다운── 그들만이 입을 수 있을 듯한 맞춤 의상이다. 완벽한 무대에 섞여든 노이즈 같은, 명화에 몰래 적힌 낙서 같은……. 온 세상 아이들이 사랑하는 장난감이나 달콤한 과자 같다.

눈이 아플 정도의 형광색은 좌우 비대칭으로 칠해져 있고 서로의 헤드폰 색이 손톱이나 의상에 뒤죽박죽 흩날려 있다. 쌍둥이가 가끔 서로 교차하며 움직이기에 두 사람의 색이 녹아 섞여드는 것 같은 아찔함이 있었다.

(의상의 경향이 달라. 『UNDEAD』는 아니군. 나는 본 적 없는 『유닛』이다만── 아직 『A1』조차 경험하지 않은 신인가?)

케이토 씨가 기묘한 쌍둥이를 응시하고 있다. 그는 학생회 부회장이다. 『유닛』 결성이나 해산 등의 수속 서류를 확인할 권한은 있다. 그렇다고 해도 유메노사키 학원에 『유닛』은 무수히 존재하니까 상세한 데이터를 하나하나 파악하고 있지 않은 거겠지.

한 사람에게는 처리할 수 없는 정보량과 책임을 케이토 씨는 집념과 노력으로 끌어안고 온 것이다. 벌어진 틈이나 구멍은 필연적으로 생긴다. 우리는 그 틈새를 파고든다.

비겁한 습격이다. 하지만 수단을 고를 여유는 없었다. 『홍월』은, 케이토 씨는 그 정도로 강대하고—— 맞서는 것만으로는 부족하기에 전략을 짰다.

그리고 우리가 시행한 작전의 전모를 지금의 케이토 씨는 아직 채 이해하고 있지 못하고 있다. 하지만 열심히 추리하고 있다. 대응하려 하고 있다. 방심할 수 없다.

(이 『유닛』도 참가 신청을 한 적이 없을 텐데……. 역시 몰래 절차를 밟은 거겠지. 차례차례로 꾀를 부리는군!)

그는 필사적으로 쌍둥이의 정보를 머릿속에서 긁어모으고 있는 것 같았다.

(쌍둥이——라면 1학년의 아오이 형제인가. 아마 경음부 소속, 즉 사쿠마의 직속 후배로군. 이 녀석들도 사쿠마의 계획의 일부인 건가?)

케이토 씨가 레이 씨를 노려보았지만, 그런 그에게 쌍둥이가 재빠르게 엉겨 붙는다. 등으로 엉덩이로 케이토 씨를 꾹꾹 무대 뒤로 밀어낸다.

"네네, 배틀 만화처럼 긴장하지 말고 얼른 나가요. 나가♪"

"벌써 규정 공연시간은 한참 지났어요, 계속 그러고 있으면 득표수에 페널티가 붙을 거예요~ ♪"

"큭, 뻔뻔하기는!『UNDEAD』에, 쌍둥이 『유닛』은 『2wink』
──라 했나? 드림페스 후에 네놈들이 이 학원에 머물 곳이 있
을 거란 생각은 꿈도 꾸지 마라!"

"크크크. 다른 사람의 앞날에 대해 이러쿵저러쿵 떠들고 있을
때가 아닐 텐데. 이 드림페스가 끝나면 학원 전체의 분위기가
크게 바뀔지도 모른다만?"

혼이 나 즐거운 듯 도망쳐온 쌍둥이를 옆에 데리고 레이 씨가
요염하게 웃었다.

"혁명이 일어나면 옛 왕은 단두대로 보내지는 법이라네 ♪"

농담처럼 목을 치는 시늉을 하며 그는 다시 한번 깊이 고개를
숙인다.

"그렇다곤 해도 이렇게 계속 눌러앉아 있는 것도 실례되겠지.
모두 철수하세나! 우린 역할을 다 했다네. ──나중에 가~득
칭찬해 주겠노라 ♪"

연회도 한창 무르익어── 레이 씨는 『UNDEAD』의 동료들
을 이끌고 무대 뒤로 사라져 간다.

개선한다. 이미 승리한 것처럼.

그가 직접 말한 대로 계획은 성공한 것이다.

"에~, 사쿠마 씨에게 칭찬받아도 기쁘지 않은데."

누구보다도 빨리 귀찮은 일을 끝내고 싶은 거겠지. 카오루 씨는—— 자리를 뜨는 레이 씨에게 과자를 조르는 아이처럼 달려가 이야기한다.

"그것보다 전력으로 분위기를 띄우면 전학생 쨩의 키스를 받을 수 있다~는 건 진짜지? 그래서 나 아주 열심히 한 건데~ ♪"

웬일로 카오루 씨가 의욕만점이다 싶었더니 여성 관객이 많아서가 아니라—— 합법적으로 내게서 보상을 받을 수 있다고 생각했기 때문인 듯하다.

그런 위험한 이야기가 오갔다는 사실을 이 시점에서 나는 몰랐지만.

레이 씨도 시치미를 떼며 조금 전까지 마물 같았던 박력은 뭐였는지 다시 늙은이 같은 분위기가 되곤 고개를 갸웃거린다.

"글쎄? 본인이, 그런 이야기를 했었는가……?"

"에에!? 아직 깜빡깜빡할 나이도 아니잖아, 사쿠마 씨?"

아무리 그래도 대우가 좀 너무해서 카오루 씨가 레이 씨에게 따지고 있다.

"너무하잖아~. 난 그것만 기대하고 이렇게 열심히 한 건데!"

"조잘거리지 말고 얼른 무대 뒤로 가라고 늙다리들! 거치적거려!"

괜히 다투고 있는 선배들에게 짜증이 난 코가 군이 호통 쳤다. 하지만 선배들을 신경 쓸 여유도 없는 거겠지. ——급히 서둘러 해야 할 일을 한다.

"아도니스, 이 몸들이 가져온 기자재를 정리하면서 철수한다! 『Trickstar』에 맞춰서 장식도 해야 돼. 계속해서 무지 바쁠 거라고!"

옆에 어느새 서 있던 아도니스 군에게도 지시를 내리고 코가 군은 말 그대로 기자재를 재빠르게 정리해 나간다. 의외로 솜씨가 좋다. 뭐라고 할까 이기기 위해 필요한 고생이라면 군말 없이 맡는 열정적인 아이인 거겠지.

"나 참, 왜 이 몸들이 이런 일을⋯⋯? 뭐, 그 전학생 녀석에겐 빚이 있으니 어쩔 수 없지만. 이걸로 다 갚은 거다. 빌어먹을!"

【용왕전】때, 내 얼굴을 밟았던 일을 말하는 걸까. 틀림없이 잊고 있을 거라 생각했었는데── 진지하게 걱정하고 있었던 모양이다.

물론 나는 코가 군을 진즉에 용서했다. 우리를 위해 싸워 주었으니까. 승리의 포석을 위해── 누구도 맞서는 것조차 생각하지 못했던 이 유메노사키 학원의 지배자를 향해 함께 무기를 들고 도전해 주었으니까.

이미 전우다.

그런 코가 군을 어딘가 기쁜 듯 바라보면서 아도니스 군이 꽤 무거워 보이는 기자재를 가볍게 들어 올렸다.

"힘쓰는 일은 자신 있다. ⋯⋯칸자키도 도와주겠나?"

"음, 내가 도울 의무는 없다고 생각하오만? 어, 어떻게 해야 좋을지── 하스미 공!"

갑자기 이름을 불려 놀란 거겠지. 무대 뒤로 사라지려 했던 소마 군이 당황해 어쩔 줄 몰라 한다. 그 모습을 케이토 씨는 어딘가 지친 듯 바라보았다.

"신경 쓰지 마. 우리 공연시간은 끝났다. 얼른 퇴장하지 않으면 득표에 감점이 붙어. 일단 나가서 사태를 파악하겠어. 학생회도 소집해. 이 긴급사태에 대응하겠다."

부모님을 보는 것 같은 아도니스 군의 시선에 도와주고 싶다, 요망받고 싶다──는 것처럼 갈팡질팡하던 소마 군의 목덜미를 케이토 씨가 잡는다. 그리고는 억지로 끌고 간다.

아직 라이브는 진행 중이다. 결과 발표가 있을 때까지 싸움은 계속된다.

다음 순서를 기다리는 출연자를 위해 태평하게 있을 시간은 없다.

"선수를 빼앗겼지만 아직 만회할 수 있어. 아니── 학생회가 구축한 강철 같은 질서는 이 정도로 흔들리지 않아."

악역이 퇴장하듯 내뱉는 케이토 씨에게 쌍둥이가 도발적으로 손을 흔들어 보인다.

"네~네, 알았으니 좀 나가 주실래요~?"

"들러리가 꾸물거리면 진행이 늦어지잖아요. 모처럼 공연장이 최고조로 달아올랐는데~?"

"우리가…… 들러리라고!?"

역시 가만히 듣고 있을 수 없었던 거겠지. 케이토 씨가 뒤돌아본다. 안경 속 두 눈동자가 분노에 불타고 있다. 제대로 바보 취급을 받은 데다 무대까지 망쳐서 화가 머리끝까지 치민 것 같다. 완전히 악마를 멸하는 명왕이다.

"자존심에 상처를 줬다면 죄송해요. 그래도 확실히 그런 분위기인걸~♪"

"최소한 일반 관객들이 보기엔 들러리예요. 『홍월』도 『UNDEAD』도 우리 『2wink』도. 그치?"

꺅 하고 비명을 지르고, 분위기가 살벌해진 케이토 씨의 시선을 피해 쌍둥이가 서로 달라붙어 아기 새처럼 떤다. 얼굴은 완전 웃고 있어서 무서워하는 것처럼 보이는 것도 연기겠지. 속을 알 수 없는 신비한 쌍둥이다.

두 사람은 손을 맞잡고 어디까지나 즐거운 듯 말한다.

"먼저 승리해, 모든 걸 끝낸다……. 그런 필승의 시스템이 반대로 방해가 됐네요~. 보통은 먼저 나온 사람이 개막 공연 담당이랍니다☆"

"영웅은 마지막에 등장하는 법♪"

희곡에 색채를 더하는 쾌활하고 사악한 요정처럼── 쌍둥이는 뛰어 올랐다. 그리고 무엇이 시작될까 몸을 기울여 상황을 바라보는 관객들에게 힘차게 선언한다.

"그런고로 진짜 주인공 등장……. 오늘의 유력 우승후보, 유메노사키 학원 신진기예 아이돌 유닛 『Trickstar』의 무대가 곧 시작되겠습니다~☆"

"박수로 맞이해 주세요♪"

그 소개에 다소 약해졌던 박수 소리가 다시 커진다.

무언가 굉장히 유쾌하고도 매력적인 이야기의 막이 지금부터 오른다는 것처럼.

자——.

이야기하고 싶은 건 아직 많지만, 아쉽게도 지면이 부족하다. 가장 중요한 주역들——『Trickstar』가 이제부터 어떤 이야기를 자아낼까. 『S1』의 결과는, 유메노사키 학원은 어떻게 될까……. 그 전부를 전하는 건 아직 불가능하다.

언젠가 이야기할 기회가 생길지도 모르겠지만. 그날을 기약하며 우선은 이별을 고해야 한다. 시간도, 다른 모든 것도 모자라다. 그만큼 농밀하고, 유메노사키 학원에 전학 온 지 아직 한 달도 지나지 않았다고는 생각이 들지 않을 정도로—— 노도처럼 몰아치는 나날이었다.

앞으로 매일 이와 같은, 혹은 그보다 더 활기차고 즐겁고 충실한 시간이 이어져 간다. 그것만은 적어도 보증하고 싶다. 도장을 땅 찍겠다. 유메노사키 학원의 『프로듀서』제 1호로서. 우리 아이돌들은, 그들과 지내는 날들은 최고라고.

마지막으로 그들이 결전 직전, 무대에 오르기 전에 주고받은 대화에 대해 적고 마무리를 짓도록 하겠다. 주역이 없는 채로 끝나버리는 건 어딘가 쓸쓸하니까.

전대미문의 야단법석이 펼쳐지고 있는 '강당'에서 조금 떨어진 유메노사키 학원 건물 내—— 빈 교실에. 『Trickstar』멤버들이 모여 있다.

모두 내가 아슬아슬하게 매달려서 완성한 전용 의상을 입고 있다. 현대적이고 친숙해지기 좋으며 학교 복도나 교실에서 사이좋게 이야기하며 웃을 수 있는 친구 같은── 하지만 아이돌이란 것도 잊지 않는 밸런스를 신경 썼다.

잘 만들어졌을지는 모르겠지만. 조금이라도 『Trickstar』가 더욱 빛나는 데 일조할 수 있다면 좋겠다.

그렇게 생각하며 나는 모두의 가장 옆에서── 지켜보고 있다. 언제나 웃는 얼굴로. 그 사실이 더할 나위 없이 행복했다. 나는 여기에 전학 와서 정말 다행이었다.

즐거운 게 좋다. 모두의 웃는 얼굴이, 정말 좋다⋯⋯. 꿈을 이룬다는 건── 그 무엇보다 멋진 일이다.

그래서 즐거운 시간을, 모두에게 행복을 전하는 것을 꿈으로 삼은 아이돌들은──신이나 천사님이라 불리며, 신앙의 대상이 될 정도의 고귀한 존재라고 생각하고 있었다.

하지만 나는 알지 못했다.

내가 유메노사키 학원에서 만났던 아이돌들은, 결코 아름답게 장식되어 모셔진 인형 같은 우상이 아니라⋯⋯. 울기도 하고 웃기도 하고 화내기도 하며, 평범한 사람들처럼 청춘을 살아가는 남자애들이기도 하다는 것을.

그런 그들이 꿈을 이루기 위해, 얼마나 많은 눈물을 흘려야 했는지를── 어리석은 나는 상상도 하지 못했었다.

그래서 나는 몇 번이고 실패하고, 후회하고, 웅크려 앉아 잘못된 선택을 하며 고민하며── 모두에게 폐를 끼치고 말았다. 그래도 지금은 아주 조금이라도 그걸 알 수 있었으니까.

적어도 모두의 옆에 있을 테니까.

웃고, 잡일을 하고, 사랑하는 것밖에 할 수 없더라도.

그저 좋아하거나 동경하기만 하지 않고—— 조금이라도 힘이 되어 보일 테니까.

함께 울고 웃을 수 있게 해 줬으면 좋겠다.

앞으로도 계속.

오랫동안. 바라건대 영원히.

"드디어 운명의 순간이야."

호쿠토 군이 모두를 돌아보며 평소처럼 구령을 붙인다.

"다들 준비는 됐어?"

웃음도 띠지 않고 담담히 행동하고 있다. 그 모습에 이전의 호쿠토 군처럼 로봇 같은 차가움—— 어색함은 없다. 보면 반할 것만 같은, 싸우는 남자애 특유의 늠름함이 있다.

우리의 반장은 언제라도 갈 길을 적확히 알려준다.

" '강당' 의 대기실은『홍월』과 마주칠 위험이 있어서 빈 교실을 이용하고 있지만…… '강당' 까지는 거리가 있으니 서두르지 않으면 공연 시간이 줄어들 거야."

"자자자, 잠깐만! 이제 와서 좀 그렇긴 한데 나 온몸이 떨리기 시작했어~!"

한편 한심한 소릴 하는 건 마코토 군이다. 출연 직전이 되어 무서워진 거겠지. 무대에는 올라가지 않는 나도 숨을 쉴 수 없을 정도로 긴장해 있다.

솔직하게 감정을, 공포와 약함을 드러내고 있다. 그런 마코토

군이 우리의 마음을 대변해——가장 울며 동요하고 흐트러져
준다.

하지만 겁쟁이에 항상 자신감이 없어 보였던 그가 그래도 약
한 소리고 뭐고 전부 삼키고 무대로 향한다. 그건 가치가 있는
것이다. 칭찬받아야 할 반짝임이었다.

누구에게도 이의를 제기하지 못하게 하는 마코토 군의 매력이
었다. 인간성이었다. ——예쁜 인형이 아닌, 청춘을 살아가는
한 사람의 남자애로서 당연한 감정이었다.

그것을 노랫소리와 퍼포먼스로 바꿔—— 관객에게 전한다.
꾸밈 없는 감정이기에 그것은 공감을 받고, 전해지고, 가슴을
울리게 하는 거겠지.

"우와아아, 이제부터 많은 관중들 앞에서 노래하고 춤추는 거
지 우리!?"

"응. 일반 관객도 있는 만큼 『S2』이하의 드림페스와는 규모
가 달라. 분위기에 압도당하지 않도록 주의하자. 특별 훈련을
하던 때를 생각해 유우키."

"그, 그렇지! 줄 없이 번지점프 하는 거에 비하면 무섭지 않
아. 하나도 무섭지 않다고……. 으아아아, 역시 무서워! 실패하
면 어떡하지~!?"

조금 진정했나 싶었더니 다시 몸부림치는 마코토 군. 이렇게
버둥거리고 있는데도 의상이 찢어지거나 이상하게 주름이 잡
히거나 하지 않는다. 이거라면 본 무대에서도 괜찮겠다. 그런
식으로 나는 별로 관계가 없다고 할까, 분위기에 맞지 않는 확

인을 하고 있었다.

"괜찮다니까. 혹시 마코토가 실수해도 우리가 커버할게."

그런 나와 마코토 군을 조용히 바라보며 마오 군이 평소처럼 힘차게 말했다.

"그러려고, 서로 든든하게 받쳐 주려고 『유닛』을 하고 있는 거잖아. 편하게 가자. ——말은 이렇게 했지만 역시 나도 조금 긴장되기 시작했어 ♪"

"아하하, 더 즐거운 일을 생각하자! 여기서 이기면 우린 영웅이야☆"

우리 모두를 동시에 끌어안는 것처럼 스바루 군이 파고들었다. 예전에 외톨이였다는 그는—— 지금은 사랑스러운 온기 속에 있다.

"난, 엄청 설레~. 전학생도 『유닛』 전용 의상을 완성해 줬으니 말이야☆"

주먹을 불끈 쥐며 나까지 칭찬해 준다. 배려할 수 있게 되었다. ——단순히 생각한 것을 그대로 입에 담고 있는 것 같지만.

그렇기에 기쁘다.

입에 발린 말이 아니라 순수하게 좋다고 말해 주는 걸 알 수 있으니까.

빙글빙글 돌고 있는 스바루 군에게 나는 감사하며 고개를 숙인다.

"좋아 이 옷, 정말 최고야! 멋지고 반짝반짝하고 움직이는데도 편해서 춤추기도 쉬워~. 룰루랄라 ♪"

"무려 네 사람의 옷을 일주일 만에 만들어 준 건가. 많이 힘들었겠지. 고마워, 전학생."

호쿠토 군도 다시금 감사를 전해 주며 이어진 밤샘 여파로 축 늘어져 있는 내 얼굴을 잡아── 억지로 자신을 보게 한다.

"잠도 거의 못 잔 거 아닐까. 눈이 빨간데?"

"히다카 군 가까워 가까워, 전학생 쨩이랑 키스라도 하려고? 결전에 나서기 전에 축복을 받으려는 거야~?"

"치사해 홋케~! 이 엉큼한 녀석!"

마코토 군과 스바루 군이 훼방을 놓기에 호쿠토 군은 당황하며 내게서 떨어진다.

그러는 바람에 나는 비틀거렸다.

딱히 키스 정도는 해도 괜찮지만. 그 정도로 모두를 내 자식처럼 사랑하고 있으니까.

"뭐 됐어. 최선을 다하자. 이제는 돌이킬 수 없는 결전의 방아쇠가 당겨졌어. 개죽음을 각오하고 돌격해서 대장의 목을 치자."

호쿠토 군을 바라보았지만 그는 연설에 바쁜 것 같다. 순정만화 같은 전개는 아직은 보류인 것 같다.

"우리라면 불가능도 가능으로 만들 수 있어. 그걸 위해 노력도 했어. 사쿠마 선배의 작전도 성과를 보인 모양이야. 싸울 수 있어. 분명 이길 수 있을 거야. 그렇게 믿고 힘차게 전진하자 『Trickstar』."

현재 상황은 아직 소년만화다. 남자애들이 좋아하는 노력과 우정과 승리의 이야기다. 무슨 인과인지 나는 그 자리에 함께하고 있다.

　그리고 딱히 그렇게 불쾌하거나 지루하지도 않다. 오히려 즐거워서 마음이 들뜬다. 우리의 운명을 좌우할 결전을 앞에 두고 내가 생각해도 태평하다 싶지만. 정말로 아무리 진지한 표정을 지으려 해도 웃음이 흘러나온다.

　행복했다.

　아아, 청춘을 만끽하고 있다.

　"홋케~도 참, 또 표정이 딱딱해졌잖아?"

　라이브 전인데 스바루 군이 스스럼없이 호쿠토 군의 볼을 손바닥으로 쳤다. 붓기나 하면 큰일이지만── 뒷일을 생각하지 않는 게 스바루 군이다.

　그 추진력은 분명 우리를 우주까지 보내줄 것이다.

　"웃어 웃어~. 즐기자☆"

　"그래, 즐기는 사람이 이기는 거야. 좋은 조건도 모여 있어. 여기서 진다면 웃음거리가 될 거야. 무능하단 낙인이 찍혀서 학생회에서도 설 자리가 없어질지도~?"

　마오 군이 자신의 복잡한 입장을 오히려 우스꽝스러운 이야기처럼 말한다.

　"그러니까 나도 각오했어. 어차피 갈 곳이 없어진다면 새로운 세상으로 향하자."

"나도 모두의 발목을 잡지 않도록 노력할게!"

마코토 군도 자신만 두려워하고 있는 것도 우습다 생각했는지 잠깐만 미소를 지우고 진지한 얼굴로 선언했다.

"……무의미한 노력 같은 건 없다고 끝까지 주장하겠어. 이게 바로 내 인생이라고 이즈미 씨에게 보여줄 거야."

"좋아, 그럼 이동하자."

풀어지던 분위기를 호쿠토 군이 '짝짝!' 하고 손뼉을 쳐 바로 잡는다. 평소와 다르지 않은―― 하지만 숭고한 의식이다.

『Trickstar』의 기동음이었다.

" '강당' 까지는 조금 거리가 있으니 서두르지 않으면 늦을지도 몰라. 지각으로 부전패가 되기라도 하면 대대로 수치로 남을 거야."

"알겠어, 전학생 쨩도 가자! 무대 뒤에서 우리의 활약을 지켜 봐 줘~ ♪"

씩씩하게 앞장서 빈 교실 문을 열고 나가는 호쿠토 군. 그런 그의 뒤를 쫓으며 마코토 군이 내 손을 잡아 이끌어 준다.

서둘러 걸으며 손을 잡은 탓에 밸런스가 무너져 넘어질 뻔한 우리를―― 스바루 군이 살짝 받쳐준다.

다른 사람을 배려하고 온기를 공유해서 스바루 군은 매력이 한층 늘어났다. 반짝임을 우주마저 돌파할 정도로 팽창시켜 나간다.

넋을 잃고 바라보고 있자니 스바루 군은 우리의 등을 밀며 곤란하단 표정을 지었다.

"그렇구나. 관계자라서 전학생은 무대 뒤에서 볼 수 있구나. 실수했네~?"

"······무슨 소리야, 아케호시?"

모두가 잘 따라오는지 확인하기 위해서인지 뒤를 돌아보며 호쿠토 군이 물었다.

"그게 말이야. 시노농이 이번에도 '교내 아르바이트'로 접수를 맡고 있는 것 같아서. 몰래 부탁해서 특등석 티켓을 확보해 뒀거든~?"

이것 보라고 스바루 군이 의상 주머니에서 티켓을 꺼냈다.

"무대와 가장 가까운 맨 앞줄······. 거기서 우리 활약을 봐 줬으면 했거든. 티켓이 쓸모가 없어지네, 어쩌지~?"

"흠. 『S1』은 일반 관객 우선이라 학생이 티켓을 구하는 건 어렵고······. 가격도 꽤 비쌌을 텐데."

호쿠토 군은 스바루 군으로부터 티켓을 받아 가짜가 아닌지 의심하고 있는 듯── 뒤집어 보거나 빛에 비춰 보거나 하며 확인하고 있다.

걸으면서 그러면 벽에 부딪힐 것 같아 나는 초마초마하다.

우당탕거리며 돌아다니는 건 왠지 우리답지만.

"어디서 돈을 낸 거야. 구두쇠 주제에."

"아니아니, 난 구두쇠가 아니라니까! 돈은 좋아하지만 쓰지 않으면 이득이 없잖아? 저금통에 넣어두기만 하면 반짝반짝하지 않잖아?"

"네 금전 감각은 아직도 잘 모르겠어."

"흐흥 ♪ 사쿠마 선배가 방음연습실도 빌려주고 의상도 직접 준비하다 보니 이래저래 돈이 굳었으니까. 군자금이 남았어~☆"

호쿠토 군이 웬일로 재치 있는 말을 해서 기뻤던 것이리라. 스바루 군은 심한 말을 듣는데도 오히려 기쁘다는 듯 만면에 미소.

윙크를 하며 내 어깨를 두드려 준다.

"그래서 여러 고마움을 담아 전학생을 위해 특등석을 준비한 거야."

"그랬군, 그런 거라면……. 티켓을 헛수고로 만들기도 그러니 전학생은 특등석에서 관전하면 되겠어."

호쿠토 군이 정중히 내게 티켓을 내민다.

다정하고 자연스러운 미소와 함께.

"무대 뒤나 옆보단 정면이 더 잘 보일 거고 말이야."

"눈앞에 있는 전학생을 위해 노래한다고 생각하는 게 기합도 더 들어가고! 우리의 반짝반짝한 대활약을 맘껏 즐겨줘~☆"

스바루 군의 호의가 그대로 담긴 티켓── 그것을 나는 소중하게 받았다.

절대로 떨어트리지 않도록 두 손으로 감싼다.

정말로 나는 행운아다. 풋내기 『프로듀서』인데. 모두에게 거의 도움도 주지 못했는데. 의상을 만들고 잡일을 하며 이야기를 듣고──그래도 그것들이 조금이라도 모두의 힘이 되었다면 그걸로 행복했다.

항상 유령처럼 떠돌고 있었다. 이 학교로 전학 오기 전까지 나는 공기 같았다. 지금도 그렇게 바뀌었단 생각은 들지 않는다. 세상일에 그렇게 관여할 수 없는 단순한 방관자 같다.

하지만. 지금까지의 인생을 모두 압축한 것 같은 2주를 통해 조금이지만 내 안에도 모두에게 받은 반짝임이—— 열이 깃들어 있다.

그것을 되새긴다. 실감하며 소중히 하자.

고마워.

나, 지금 정말로—— 살아 있단 느낌이 들어.

"저기, 재촉하는 것 같아서 미안한데……. 곧 『홍월』의 공연이 끝날 거야. 아마도."

행복에 젖어 있는 내 등을 마오 군이 살며시 밀어 주었다.

멍하니 있어선 안 된다. 아직 전부 끝나지 않았다.

지금부터가 승부다.

"조금 늦더라도 『2wink』가 시간을 벌어 주겠지만. 얼른 '강당'으로 가는 게 좋겠어, 무대가 오래 비면 관객들이 나갈지도 모르잖아?"

"그래. 서두르자. 모든 고난을 극복하자. 우리의 꿈을 모두에게 전하러 가자."

"으하~ 긴장감 MAX라 온몸이 떨려! 그래도 이건 흥분해서 그런 거겠지~! 열심히 할 거야♪"

"자, 즐거운 라이브의 시작이야~☆"

네 사람이 각자 자기 생각을 입에 담고 있다. 그리고 앞으로 달려나간다. 마오 군이, 호쿠토 군이, 마코토 군이, 스바루 군이

──찬란하게 빛을 내면서.

별똥별처럼.

만약 소원이 이루어진다면 모두에게 승리를. 행복한 미래를 ──.

이제부턴 나는 기도밖에 할 수 없지만.

아니다. 하다못해 응원하자.

가장 앞줄에서 모두를 지켜보자.

눈부셔서 눈이 멀더라도, 바라는 바다.

"홋케~! 웃키~! 사리~! 전학생! 나, 오늘이란 날을 맞을 수 있어서 최고로 행복해☆"

"그래, 나도 같은 마음이다."

스바루 군이 쾌재를 부르고 호쿠토 군이 동조한다. 단순한 친근감이 아니다. ──진심으로 신뢰하는 동료 간의 절묘한 팀워크다.

"돌이켜 보면 만감이 교차하지만, 감상에 빠지는 건 뒤로 미루자."

앞장서서 뛰어나가는 스바루 군을 어째서인지 호쿠토 군이 질세라 따라잡았다.

마코토 군도, 마오 군도 웃는 얼굴로── 금방 옆에 따라와 달린다.

『Trickstar』의 네 사람이── 정말로 유메노사키 학원을, 이 세상을 새로이 칠할 기적 같은 남자애들이 달려나간다. 나와 동년배인 고등학생답게, 하지만 더할 나위 없이 아이돌답게 반짝

반짝 빛나며.

　나는 모두의 뒷모습을 향해 지금까지의 인생 중 가장 큰 목소리로—— 성원을 보냈다.

　모두는 놀란 듯 돌아보며 웃어 주었다.

　이제는 앞만 보고—— 일직선으로 청춘을 달려 나간다.

　"우리의 노래로, 혁명을 일으키자. 오늘, 유메노사키 학원은 다시 태어날 거야."

　호쿠토 군의 목소리와 함께 모든 것이 움직이기 시작한다.

　"희망의 빛을 퍼뜨리자. 『Trickstar』!"

　이야기가, 꽃을 피우기 시작한다.

　아아, 꿈만 같아.

　정말이지. 엄청난 곳에 전학을 오고 말았다.

후기

안녕하세요. 『앙상블 스타즈!』 시나리오 담당 아키라입니다.

『앙상블 스타즈!』의 메인 시나리오는 상당히 장대해 『청춘의 광상곡』 『혁명아의 개가』에 수록된 분량으로 드디어 반 정도……. 내용 면에서도 거의 중간 지점입니다.

표지나 다른 걸로 봐서는 편집부에서 메인 시나리오를 2권 안에 모두 정리하고 싶었던 것 같은 기분이 듭니다만, 지문을 제외하더라도 2권 분량은 넘어서기에…… 물리적으로 들어가지 못했습니다. 죄송합니다.

혹시 소설판의 평판 등이 좋다면 다음 권도 낼 거라 하시니 뒷이야기가 궁금하신 분은 응원 잘 부탁드리겠습니다(모바일 앱 『앙상블 스타즈!』에서 메인 시나리오 뒷이야기를 읽을 수도 있습니다).

그나저나 표지에 등장한 아이들은 대체 누구인가…… 하고 소설판으로 본작을 처음 접하시는 분은 어리둥절하실지도 모르니 이 '후기' 뒤에 있을 신규 집필 파트에서―― 가볍게나마 그들에게도 등장을 부탁드렸습니다.

박수로 맞이해 주시길.

아키라

🌹 *Daydream* 🌹

갈채가 울려 퍼진다.

유메노사키 학원 '강당' 에 무지개의 광채가 넘쳐흐른다. 어지러이 흔들리는 일곱 빛깔 물결은 야광봉을 통한 투표── 그 최고점을 나타낸다. 10점, 만점, 최고, 부족함이 없는 완벽한 라이브였다고……. 자주 보던 풍경이긴 하지만 역시 기분이 좋긴 하네.

꿈을 꾸고 있는 것 같아.

너무나도 비현실적인 광경── '강당' 에 모여든 관객들이 만드는 특이한 무지개. 그것은 그들 자신의 손에 의해 파도치며 흩어지고 때때로 충돌하며 수습이 되지 않는다. 아무리 봐도 질리지 않는다.

하지만 일일이 감동하고 있을 순 없다. 그 정도에 평정심을 잃어 눈물을 흘리고 예정되어 있던 순서를 지연시킬 수도 없다. 감개무량한 마음에 울어버리고 싶을 정도지만 감동해야 하는 건 아이돌이 아니라 관객이겠지. ──그 점을 잘못 인식해서는 안 돼.

질서를 부여하자.

"고마워."

나는 간신히 호흡을 가다듬으며 관객석을 향해 웃으면서 손을 흔들었다.

마이크로 확대된 목소리에 자신의 흐트러진 호흡이 섞여들지 않도록 완벽하게 조절. 웃어 보이며 허리를 숙인다. 환성이 더욱 폭발한다. 사랑받고 있다는 실감이 있었다.

"이 승리를 모두에게 바칠게."

주변의 동료들도 내 뒤에 한 발 물러서서 조용히 손을 흔들고 있다. 천사를 본뜬 순백의 의상. 금실로 화려하게 장식된 이 혼돈스러운 악덕의 도시 같은 유메노사키 학원에 질서를 가져오는 희망의 상징.

우리는 종말의 나팔을 불며 이 말세에 종지부를 찍기 위해 하늘에서 파견된 영웅이다. 혁명을 일으켜 폭군을 물리치고 찬가가 울려 퍼지게 한다.

길고 힘들었던 싸움도 오늘로 끝난다. 그 사실을 조금 쓸쓸하다 느끼고 있는 건 아무래도 나밖에 없는 듯하다. 귀여운 '오기인'도, 그 통쾌한 '임금님'도 내게 패해 고개를 숙였다. 남겨진 나는 상처투성이가 된 내 무기들을——동료들을 끌어안고 이곳에 우두커니 서 있을 수밖에 없다.

이것이 결말이어도 좋았다. 이야기는 해피 엔드로 끝나니까, 그렇지? 할 일은 다 했어. ——이제부턴 지루하고 장황한 후일담이 길게 이어질 뿐.

하지만 뭐, 동료들은 우수하고 없어서는 안 될 도구지만. 너무

고분고분해서 재미가 없어. 너무 큰 걸 바라는 것 같지만. 부하로서는 유용하지만.

승리만 한다면 즐겁지 않아도 완전하다.

만족할 순 있다. 어디까지나 아이돌로선……. 그리고 아이돌로서의 우리밖에 모르는 관객들에게도 그걸로 충분하겠지.

관객석에 앉아 있을 때만 무한대의 꿈을 공유해 주면 된다.

잘게 다져, 굽고 끓여 조리해, 소스를 얹은 우리의 꿈을——마음껏 배불리 대접해 주겠어. 자자, 리스토란테에 어서 와.

마음껏 즐겼니?——그렇다면 다행이야. 요리사로서 과분할 정도로 고마워.

그만 됐다고 해도 억지로 밀어 넣어 유쾌한 동화처럼 배가 터지게 만들어 주자. 오늘은 이제, 그만 문을 닫을 시간이지만.

"오늘은 우리를 만나러 와 줘서 고마워."

마지막으로 깊게 머리를 숙인다. 유메노사키 학원의 정점에서 찬미를 받으며, 하지만 이 순간만은 노예처럼 아양을 떨어 볼까. 이건 진심이야—— 내 지루하고 답답하던 인생에 무지갯빛 색채를 더해줘서 고마워.

관여해 줘서, 만나 줘서 고마워. 만나러 와 줘서, 기뻐해 줘서 고마워. 이 세상에 태어나서 다행이야. 진심으로 그렇게 생각할게.

(……흠)

스포트라이트를 받으며 나는 흐뭇한 광경을 발견한다.

관객석 맨 앞줄에서 작은 아이가 몸을 과하게 내밀고 있다. 무대로 기어 올라오려고 하는 건지 옆에 앉아 있던 보호자인 것 같은 청년이 당황해 뒤에서 붙잡는다. 자주 보던 두 사람이다. 얼굴을 기억하는 건 특기야. ──우리 라이브의 단골이구나.

너무 흥분해 얼굴을 새빨갛게 붉히며 아기 새처럼 소란을 피우고 있는 건 아름다운 소년이다. 태아와 같은 빛깔의 머리칼. 입고 있는 고급스러운 옷은 아직 성장에 맞지 않지만 그런 점도 포함해 어디까지나 사랑스럽다.

(히메미야, 토리 군이었던가.)

자주 사교계에서 얼굴을 마주치기에 알고 있다. 한번 예의상 인사를 겸해 내 라이브에 초대했더니 아무래도 푹 빠진 모양이라── 자주 찾아와 준다.

고마운 일이야. 옛날의 나와 많이 닮았어.

아이돌이라는 개념과 만나기 전까지 따분함이란 이름의 사신에게 온몸을 난도질당해 영혼이 망가져 가기만 했다. 어떤 방탕함도, 좋은 음식도, 뭐든지 나를 채워주지 못하고 공허했다. 하지만 그런 고독한 영혼에 노랫소리가 스며든다.

상처를 치료해 준다. 생명의 충실감을 느낀다. 그래서 난 아이돌이 된 거다.

(너도 이쪽으로 오겠니?)

토리 군에게 손짓한다. 그는 몹시 감격한 듯 눈물마저 글썽이며 고개를 끄덕이고는 무대로 올라오려 한다. 그것을 역시 옆에 앉아 있던 보호자 청년이 필사적으로 껴안아 막는다.

저 아이도 최근 자주 보이네. 토리 군과는 무슨 관계인지 잘 모르겠어. 그 정도로 친하진 않다. 유메노사키 학원에 들어오고 나서 사교계에는 가끔 얼굴을 비치는 정도가 됐기도 하고. 흥미도 없어, 높으신 분들의 권모술수에는. 지루해서 하품이 나올 정도니 말이야.

내 인생은 나만의 것이다. 어차피 짧은 목숨 모두 나를 위해 쓰자. 누구도 간섭하지 못하게 할 거야. ——아버님도 어머님도 조상들도 신조차도 말이야.

흥미가 생겨 보호자 청년을 관찰한다.

여전히 미인이다. 눈가의 눈물점이 매력적이야. 잘 단련되어 있지만 장인이 정성 들여 만든 보석이라기보단—— 거친 파도를 맞으며 형성된 아름다움이다. 다소 긴 머리칼을 뒤로 묶고 있다. 복장도 수수하다 해야 할지 록 패션이라 해야 할지.

거친 길 위를 달리는 여행자 같은 외모야. ——고귀하고 우아한 히메미야네 도련님과 대체 어떤 관계일까. 신경이 쓰이지만 쓸데없는 일을 생각하고 있을 때도 아니다.

아직 무대 위에 서 있다. 반짝이는 꿈속에.

정점을 목표로 지금까지 달려왔다. 그곳에 깔린 반짝이는 무지갯빛과 밀어낸 아이돌들과 그 꿈의 잔해를—— 짓밟고 오늘도 나는 출정하자. 내일도 모레도 언제까지고 더 높은 곳을 향해서.

고독한 정상으로 모든 것을 개혁할 수 있는 신과도 같은 위치로——나의 종착점<ruby>피네<rt></rt></ruby>으로.

"고마워."

마지막으로 그렇게 말하자마자 무대에 막이 내려가기 시작했다. 관객들과 그들이 발하는 무지갯빛 광채와는 잠시 이별하자. ——그렇게 생각하니 아쉬워서 좀 더 보고 있고 싶어서.

고개를 들려고 했지만.

현기증이 났다. 곤란한걸. 아직 막은 완전히 내려가지 않았다. 나는 아직 역할을 완벽히 마치지 못했다. 마지막의 마지막까지 위풍당당하게—— 군림하고 있어야 한다.

가여운 내 숙적들을 볼 면목이 없다. 적어도 의기양양하게 있어야지, 웃어야지, 우아하게 거만하게. 그것이 다른 사람의 꿈을 빼앗고 탐한 나의 의무다. 모든 꿈을 손에 넣어. 나는 내 꿈을 꽃피우자. ——그게 설령 추악한 꽃일지라도.

피지도 못하고 떨어져 간 무수한 주검들을 위해서라도.

"아직 관객들이 보고 있습니다."

의식이 끊기려고 해 그 자리에 쓰러질 뻔한 나를 받쳐주는 든든한 팔이 있었다. 동료들일까. 가끔은 센스 있는 일을 하는걸. 그렇게 생각하고 올려다보니 그곳엔 곤란한 듯 쓴웃음을 짓는 내 숙적 중 한 명이 있었다.

사람을 미치게 만드는 달빛 같은 은색 머리칼. 그것을 독특한 형태로 올려 묶고 있다. 미장부란 표현이 적절한 체격과 미모다. 이야기 속 영웅 같았다. 키는 나와 같을 정도겠지만 나는 허약하니까── 상당히 훌륭하고 커 보인다.

입고 있는 의상도 나와는 다르다. 그는 오늘의 라이브── 드림페스의 대전 상대였다. 내가 마지막으로 쓰러트려야 할 강적이었다.

동료들은 역할이 끝나면 얼른 무대 뒤로 들어가 버린다. 우수하지만 비즈니스적이다. 싸구려 같은 소년만화 같은 우정놀이를 하고 있어도 의미는 없다. 그런 것에 현실을 바꿀 힘은 건 없다. 그건 실감하고 있지만 조금 쓸쓸한걸.

쓰러질 뻔한 내게 시선을 한 번 주면서도 동료들은 손을 내밀어주거나 걱정하는 일도 없이 사라져 간다. 혹사시켰으니 말이야. 원망하고 있겠지. 나는 내 제국을 세우기 위해 무수한 적을 쓰러트리고 동료들에게도 희생을 강요해 왔다.

폭군이다. 옥좌는 고독하다. 알고 있다. 그런 길을 선택했다. 그렇게 하지 않으면 유메노사키 학원에 혁명을 일으킬 수 없었다. 그 밖에 사랑스러운 소년소녀가 동경해 푹 빠져 읽을 수 있는 이야기 같은 뛰어난 방법이 있었을지도 모르겠지만.

피바다에 머리까지 푹 잠길 것 같은 길밖에 선택할 수 없었다.

그래서. 적일지라도 이렇게 팔로 받쳐져── 품에 안겨서, 그 온기가 그리워졌다. 나는 무의식중에 응석을 부려 내 숙적에게 볼을 가져다 댄다.

그의 이름은 히비키 와타루. 귀여운 '오기인'의 한 축. 아름답고도 어리석은 피에로. 평범한 인물들과는 일선을 긋고, 그렇기에 동떨어져 버린 천재── 아주 조금 친근함이 들어. 너는 나를 죽이고 싶을 정도로 미워하고 있겠지만.

"꼴사납군요."

수다쟁이인 그답지 않게 짤막하게 내 모든 걸 표현해 준다. 그 말대로야. 너에 비해 나는 너무나도 한심해. 꼴사납고 정말로 모양이 나질 않아.

태어날 때부터 몸이 약했다. 앞으로 몇 개월밖에 살지 못할 거란 이야기를 끊임없이 들으며 살아왔다. 라이브를 할 때마다 병원에 실려 가는 허약한 육체를 끌고서⋯⋯. 처방된 약과 링거와 환자식으로 만들어진 일그러진 내 몸을── 한껏 꾸미고 폼을 잡고 있을 뿐이야.

다른 사람이 부러워하는 걸 모두 손에 쥐고 있으면서도 모두 잃어버린 패배자처럼 고개를 떨구고 있다. 인생의 패배자인 것처럼.

가여운 내 숙적들, 너희처럼 태어나고 싶었어. 신의 축복을 받아서, 풍부한 재능과 천성의 기량을 갖고 매력이 있고 누구에게나 사랑받는── 이야기 속 주인공 같은 빛나는 존재로서 이 세상에 관여하고 싶었어. 네가, 너희가 부러웠었어.

와타루, 믿지 못할지도 모르겠지만, 넌 내 영웅^{아이돌}이었어. 그런 널 마지막에 쓰러뜨리고, 내가 동경하던 영웅들을 발밑에 엎드리게 하는 걸로── 열등감을 극복하고, 나는 내 인생을 손에 넣었어. 덧없는 꿈일지라도 내 인생을.

이야기를.

몸을 떨며 구역질한다. 참을 수가 없어 핏덩이를 토해냈다. 아아, 와타루의 단정한──완성된 미모가 피로 더럽혀진다. 미안해, 미안해.

이 세상에 태어나서 정말 미안해.

문득 눈이 떠졌다.

어디까지 꿈이었던 걸까. ──모든 것이 내가 병실에서 꾸던 꿈이었다면 유쾌하겠지만. 실제로 내 반평생은 너무 완성된 이야기 같아서 거짓말 같기도 하다. 귀여운 소꿉친구가 자주 그려주던 어린애를 위한 만화처럼.

하지만 꿈이 아니다. 나는 아직 혼돈 속에 있다. 정든 유메노사키 학원의 가든 테라스다. 시간은 이미 한밤중이겠지. 불길한 달빛이 쏟아지고 있다. 주변은 굉장히 소란스러워. 다소 거리가 떨어진 '강당'에서는 음악이 흘러나오고 있다.

이것 참 그리운걸. 『UNDEAD』의 곡일까. 완전히 은거했을 터인 흡혈귀가 관 속에서, 무덤에서 기어 나온 걸까. 잠시 눈을 뗀 사이에 이야기는 새로운 전개를 맞이하고 있다. 나는 역시 주인공이 될 수 없는 것 같다. 내 사정은 무시하고 오늘도 이 별과 우주는, 유메노사키 학원은 돌아가고 있다.

눈앞의 사태에 따라가지 못해서──당혹스러워 고개를 갸웃거린다. 아직 잠이 덜 깬 걸까. 오랜만에 많이 걸었으니까…….집안 사람이 차로 바래다줄 거라곤 했었지만 그것도 번거롭다.

직접 내 발로 걷고 싶었다.

단순한 반항기인 걸까. 잊기 쉽상이지만 나도 아직 고등학생이다. 입고 있는 것도 오랜만에 착용한 그리운 내 모교의── 유메노사키 학원 교복이고.

다소 쌀쌀한 시기지만 신기하게 온기가 있다. 매우 호화로운 무릎담요와 털모자와 머플러가 내 몸을 추위로부터 막아주고 있다. 덤으로 가든 테라스의 전원에 연결된 난방기구도 설치되어 있었다. 그러니 따뜻하지── 과보호하네. 이런 일을 한 건 유즈루이려나.

우연히 지나가다 졸고 있는 내가 깨지 않도록 조심하면서 건강을 생각해 이런저런 조치를 해 준 건가. 여전히 세심한 아이야. 깨워 줘도 좋았을 텐데── 아무래도 지쳐서 잠시 졸았던 것 같지만.

모처럼의 무대를, 시대의 고비를, 무심코 잠들어 놓쳐버릴 뻔했다.

다소 떨어진 위치에서 나는 유즈루의 모습을 발견한다. 작고 귀여운 토리를 목말 태운 채 아무래도 '강당'을 중심으로 모여 있는 관객들을 정리하고 있는 것 같다.

토리는 얼굴을 새빨갛게 붉히며 소리치고 있다. 하지만 혼돈은 그 정도로 수습되지 않는다. 유즈루는 자신의 머리칼을 잡아당기며 화풀이하는 토리를 보며 난감한 표정을 짓는다.

제법 멀리 있는데도 유즈루는 내 시선을 알아챈 듯 눈웃음을 짓고 가볍게 인사한다. 손을 흔들어 고생이 많다고 입 움직임만으로 전했다.

　도와주고 싶지만. 아무래도 와타루가 종종 문병을 와 이야기해 준 대로―― 유메노사키 학원에서 유쾌한 사태가 벌어지고 있는 것 같네.

　어떻게 할까. 진압하는 건 쉽다. 내가 가진 모든 힘을―― 권력과 재력을 총동원하면 눈 깜짝할 새 정리될 소란이긴 하다. 하지만 나는 막 퇴원한 참이라 솔직히 내키지 않는다. 성가신 일은 모두 케이토에게 맡겼고.

　그가 대처할 수 있다면 그 정도의 일……. 시대를 바꿀 정도는 아니다, 유메노사키 학원에서 자주 있는 헛소동에 불과하다. 하지만 케이토가 처리할 수 없는 이상한 일이 일어나고 있다면 ―― 그건 그거대로 재밌겠어.

　마지막에 불쑥 무대 뒤에서 나타나 모처럼 자아낸 이야기에 불합리한 종지부를 찍는 것 같은―― 데우스 엑스 마키나는 흥이 깨잖아. 그렇다고는 해도 방관자 행세를 할 정도로 늙지도 않았다. 아무것도 안 하면 나중에 케이토에게 죽도록 설교를 들을 테고.

　어떻게 할까 생각하고 있으니――.

　바로 옆에 있던 수풀이 부스럭부스럭 흔들린다.

　고양이인가 생각하며 무심하게 그쪽을 본다. 아무래도 가든 테라스는 잠자기에 좋은 곳인지 고양이나 나와 같은 홍차부의 리즈 군 등이 잠자리로 삼을 때가 있다. 그래서 그런 귀여운 생물이 갑자기 나타나도 놀라지 않는다.

여기는 꿈과 접속하는 출입구다.

그런 가든 테라스에서 나는 처음으로—— 그녀와 만났다.

수풀을 뚫고 머리를 내밀고선 그녀는 눈을 동그랗게 뜬다. 나뭇잎과 꽃잎과 흙에 귀여운 얼굴이 조금 엉망이 되어 있다. 머리카락도 헝클어져 청승맞게 튀어나와—— 마치 무릎을 꿇고 머리를 조아린 듯한 자세에서 고개를 갸웃거리고 있다.

정말로 야생 고양이 같다. 아직 누구의 것도 아닌 사랑스러운 생물이었다.

유메노사키 학원 교복을 입고 있지만—— 아이돌과에는 본디 있을 수 없는 여학생 교복이다. 특별히 디자인된 다른 과와도 다른 교복이다.

아하. 나는 이해했다.

현시점에서 이 교복을 입는 사람은 한 명밖에 없다.

입원 중—— 와타루에게서 잠결에 들었었다.

드디어 만났구나. 영광이야.

네가 바로 소문의 전학생이구나.

말 정도는 걸어볼까 했는데 그녀는 아무래도 서두르고 있는 것 같다. 바라보는 내게—— 어딘가 곤란해 하는 듯한 반웃음을 지으며 인사하고는 서둘러 '강당'으로 향한다.

그녀는 가냘파 모여든 인파 사이를 뚫을 수 없다. 그렇기에 (아마 내가 편히 잠들 수 있도록 유즈루가 출입금지 조치 등을 해서) 사람이 없는 가든 테라스의 수풀을 돌파한다는 지름길을 이용한 것이다.

그리고―― 운 좋게, 아주 짧은 순간 나와 시선을 교환해 주었다.

드디어 만났다. 그 기적을 신에게 감사하자.

물론 그녀는 나를 모르겠지. 그녀가 전학을 온 지 아직 한 달도 지나지 않았고―― 나는 계속 입원하고 있었으니 조우할 리도 없었다.

하지만 이야기로는 들었어. 유메노사키 학원의 태풍의 눈. 이 폐쇄된 학교에 새로운 바람을 불게 해 준 신비한 여자애. 그야말로 이야기 속 주인공 같아.

본인에겐 그럴 셈은 없는지 어째선지 통행인A 같은 얼굴로 인파에 섞여 '강당'으로 달려간다. 손에는 특등석 티켓. 그녀가 만나고, 사랑하고, 함께해 온 『유닛』이 오늘, 이제부터 라이브를 하는 거겠지.

기대와 불안에 흔들리며, 그래도 행복해 보이는―― 충실하고 좋은 표정을 짓고 있었다. 좋아. 부러워……. 청춘이야. 충분히 만끽하도록 해.

꽃의 생명은 짧으니까.

"그럼――."

계속 앉아 있기만 해도 소용없다. 나도 전학생을 쫓아 '강당'으로 가자. 내 손에도 그녀가 들고 있던 것과 같은 티켓이 있다. 아주 가까이서 볼 수 있겠지. 혁명아들이 일으키는 기적의 라이브를―― 특등석에서.

완성도가 좋다면, 박수 정도는 보내주자.

그리고 그 기회에 그녀에게 이름을 밝히도록 할까.

내 이름은 텐쇼인 에이치.
유메노사키 학원의 학생회장이야.
사람에 따라선 『황제』라고도 불러.

앙상블 스타즈! 혁명아의 개가

이 문서의 출판 정보

2018년 10월 25일 제1판 인쇄
2022년 09월 05일 제4쇄 발행

지음 아키라 ┃ **원작 · 일러스트** Happy Elements 주식회사 ┃ **옮김** 이미지

펴낸곳 영상출판미디어(주)
등록번호 제 2002-000003호
주소 21315 인천광역시 부평구 부평대로 283 A동 702호
전화 032-505-2973(代) ┃ **FAX** 032-505-2982

ISBN 979-11-319-8607-3
ISBN 979-11-319-8605-9 (세트)

ENSEMBLE STARS! Volume2:KAKUMEIJI NO GAIKA
ⓒAKIRA 2015
ⓒ2014 Happy Elements K.K
All Rights Reserved.
First published in Japan in 2015 by KADOKAWA CORPORATION, Tokyo.
Korean translation rights arranged with KADOKAWA CORPORATION, Tokyo

 노블엔진(NOVEL ENGINE)은 영상출판미디어(주)의 라이트노벨 및 관련서적 브랜드입니다.

NOVEL ENGINE

앙상블 스타즈!
작품리스트

◆

(글: 아키라 / 그림 : Happy Elements)

청춘의 상상, 시동을 걸어라!

문호 스트레이독스
공식 가이드북 개화록&심화록

TV애니메이션 「문호 스트레이독스」 완전 독본이 등장했다!

나카지마 아쓰시, 다자이 오사무를 비롯한 캐릭터의 궤적을 자세히 분석한 스토리 해설,

세계를 채색하는 미술 설정. 이 책에서만 읽을 수 있는 상세한 설정 소개 등의 내용이 가득하다.

치밀하게 구축된 「문호 스트레이독스」의 세계를 더욱 깊이 즐기기 위한 공식 가이드북이 합본으로!

제1기를 다룬 「개화록」과 제2기의 암흑시대 편, 길드 편을 다룬 「심화록」을 함께 소장할 수 있는 기회!

제작진×성우×원작자들의 토크, 대담도 가득 담긴
문호 스트레이독스 애니메이션의 모든 정수가 바로 여기에!

아사기리 카프카, 하루카와 산고 원작 / 문호 스트레이독스 제작위원회

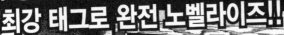

다자이 오사무와 암흑 시대

탐정사의 명콤비(!?)
구니키다와 다자이의 만남편!!

다자이 오사무의 입사 시험

NOEN COMICS

문호 스트레이독스
DEAD APPLE
1

세계 각국에서, 이능력자가 잇달아 자살하는 괴사건이 발생했다.
현장에는 모두 불가사의한 「안개」가 발생.
사건에 관여한 것으로 의심되는 남자의 이름은 시부사와 다쓰히코.
「컬렉터」라고 불리는, 수수께끼에 휩싸인 이능력자였다.
그에 더해 다양한 사건에 암약하는 마인 · 표도르의 모습도 언뜻언뜻 보이는데…….
요코하마가 무시무시한 악몽에 휩쓸리려 하고 있다――.

「문호 스트레이독스」 시리즈
첫 번째 극장판 애니메이션의 만화화 시동!!

간지이 만화 / 문호 스트레이독스 데드 애플 제작위원회 원작

NOENCOMICS